光文社文庫

長編推理小説

ポリス猫ＤＣの事件簿

若竹七《なな》海《み》

光　文　社

『ポリス猫ＤＣの事件簿』

もくじ

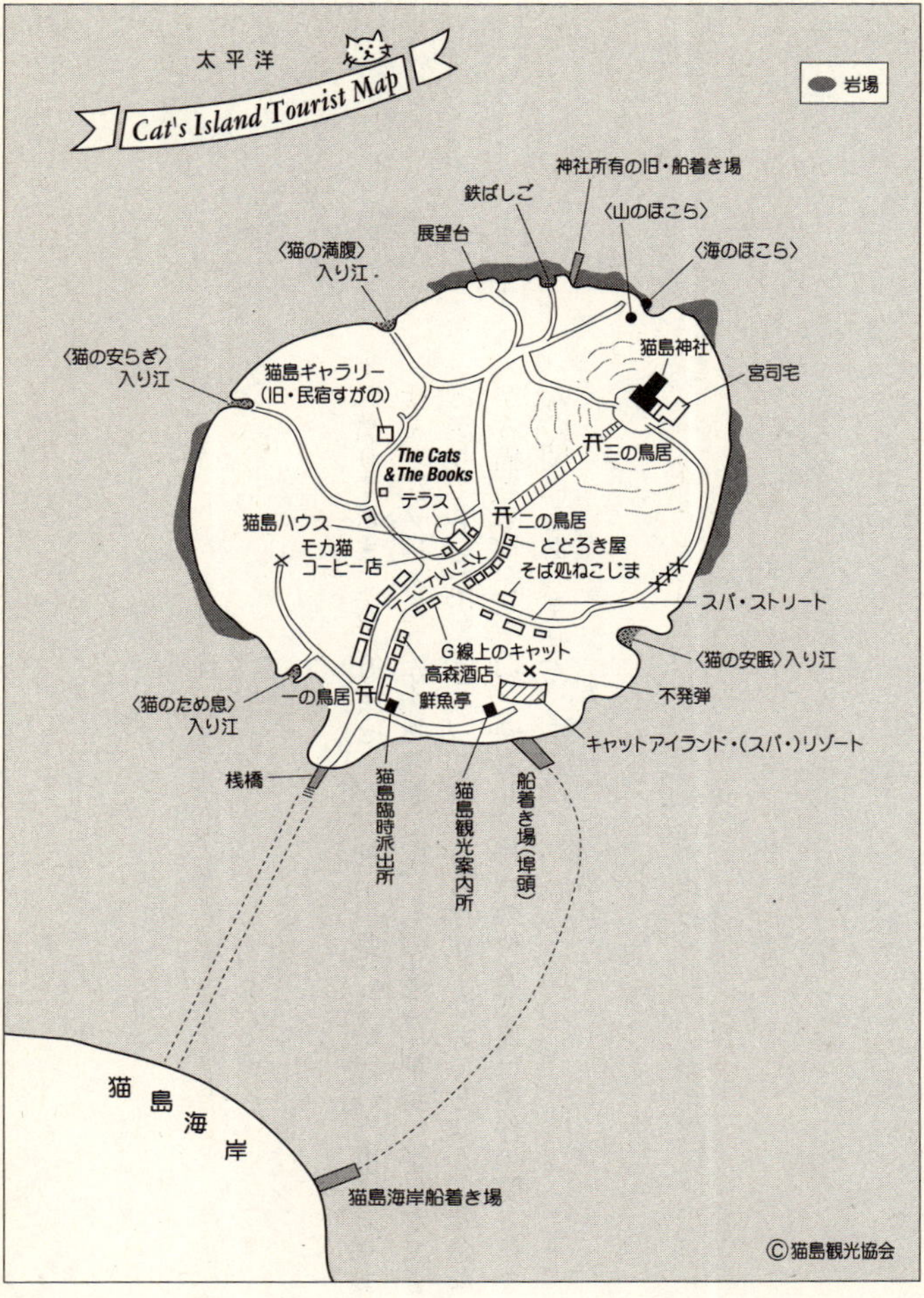

太平洋
Cat's Island Tourist Map
岩場
神社所有の旧・船着き場
鉄ばしご
〈山のほこら〉
展望台
〈海のほこら〉
〈猫の満腹〉入り江
猫島神社
宮司宅
〈猫の安らぎ〉入り江
猫島ギャラリー（旧・民宿すがの）
三の鳥居
The Cats & The Books
テラス
二の鳥居
猫島ハウス
とどろき屋
モカ猫コーヒー店
そば処ねこじま
メインストリート
スパ・ストリート
G線上のキャット
〈猫の安眠〉入り江
高森酒店
不発弾
〈猫のため息〉入り江
一の鳥居
鮮魚亭
キャットアイランド・（スパ・）リゾート
桟橋
猫島臨時派出所
猫島観光案内所
船着き場（埠頭）
猫島海岸
猫島海岸船着き場
©猫島観光協会

＊お断りするまでもありませんが、神奈川県に葉崎《はざき》という市はありません。江ノ島《えのしま》あたりが突然隆起して、ものすごく細長い半島ができあがりでもしないかぎり、これからも存在しないでしょう。残念ながら猫島も存在していませんし、舞台の位置関係は事件の謎とはなんの関係もありません。（筆者）

ポリス猫の食前酒

トラックが停《と》まった。作業員はくわえていた煙草《たばこ》を水たまりに吹き捨てて両手をあげ、顔をしかめた。運転手が助手席の窓を開けてなにか叫んだが、聞こえない。雨脚が急に強まったのだ。

作業員は雨合羽《あまがっぱ》のフードをかぶり、他の連中に合図をして、荷台に荷物を積み込んだ。できるだけ手早くやったつもりでも、助手席に滑り込んだときには下着までずぶ濡れになっていた。

「ひどい天気だなあ」

積みおろしの手伝いはおろか、一度も降りてこなかった運転手はのんきに言いつつ車をスタートさせた。作業員はすでにしぼれるほどになったタオルでさらに顔を拭きながら、答えた。

「梅雨《つゆ》も後半戦なんだろ。にしても、こんなんで海が渡れるのか」

「明日にすりゃよかったのに」

「融通の利く役所なんてこの世にはねーよ。今日、建てると決めたからには、今日なんだとよ」

「海開きは来週だろ。一日くらい、遅れたって」

「役人にとっては書類がすべて。建てるのは今日だと書類に書かれている以上、船が出ないと決まらないかぎり、今日やるっきゃねーんだよ。……うわっ」

煙草の箱までずぶ濡れになっているのに気づき、窓から外へ放り捨てた作業員が大声をあげた。後部のスペースに猫がいた。とんでくる水しぶきに抗議するように、作業員の肩を前足ではたいたのだ。

丸顔で身体《からだ》も大きく、足はぶっとい。おそろしく目つきの悪いオス猫だった。

「おい、なんだこのドラ猫」

「うちのガキが拾ってきて、アパートの裏で給食の残りなんかやってたんだよ。ノラにしちゃ警戒心がないっていうか、もらえるエサはなんでもよく食うし、しばらく好きなようにさせてたんだけどよ。最初はちっこかったのがみるまにこんなんなっちまって、だから大家に見つかってさあ」

「まさか、置いてくるつもりか？」

「猫の楽園に猫置いてくる。いいだろ？」

「保健所につれてけよ」

「殺されちまうだろうが」

「しかたねえだろ」

運転手は鼻をすすった。

「いや、コイツにはちょっとばかり恩もあってよ」

「恩？　猫に？」

「うちのババアがぼけちまってさ。こないだ、大家の家に勝手に上がり込んで、残りもん食っちまったんだよ。女房がみつけて連れ戻したんだけど、大家が泥棒だ、出前の特上寿司が食われたって騒ぎ出してさ。あのドケチが、店屋《てんや》もんなんかとったことないくせに」

「おまえんとこの大家、うるさそうだもんな。てか、ぼけた老人のしたことなんだから、とっととあやまっちまえよ」

「冗談じゃないよ、そんなことがしれたら追い出されるよ。前から言われてんだよ、いまのアパートはオレにじゃなくてババアに貸したんだから、ババアが死ぬか出て行くかしたら、オレには貸せないってよ」

「ひでえな」

「だから、ババアの仕業《しわざ》だってこと大家はもう知ってんだよ。知ってて被害者ヅラしてオレんとこ追い出そうって魂胆なんだよ。そんで他の住人も見てる前でいろいろもめてたら、その猫がよ、急にスゴイ勢いで大家の家に飛びこんでって、台所からなにかくわえて逃げてったんだよ。みんなの見てる前でさ。で、なんだ犯人は猫だよってことになって、大家はなんにも言えなくなっちまったと、こういうわけなんだよ」

「ふーん」

作業員は運転手の乾いた煙草を勝手に一本抜き取り、火をつけてつぶやいた。

「ま、いまは猫の持ち込み禁止だから、ばれないようにしろよ」

港につくと、今度は運転手も手伝って、頼んでおいた漁船に積荷を移した。プレハブ小屋の材料と、デスクと椅子など家具をいくつか。積みおろしが終わったところで、五メートル先も見えないほどだった白い水の幕がふいに薄れ、視界が開けて猫島《ねこじま》が姿を現した。海の中にぽこっと浮かぶ、緑の小島。陸と結ぶ砂州はまだなかば波に没している。潮風が魚と、緑と、雨のにおいをこちらに運んできた。

「やあ、晴れてきた。むこうで作業中もこんな天気だったら、どうしようかと思ったよ」

作業員がタオルをしぼりつつ言ったとたん、トラックから猫が弾丸のような勢いで飛び出してきて、荷物の上に座り込んだ。

荷物のいちばん上、〈猫島臨時派出所〉と筆太に書かれた大きな木の札の上に。

やがて漁船は猫島に向けて出航した。時間にしてわずか五分の船旅、その間に、雲の切れ目から太陽の光が斜めにさしこんで、ドラ猫をやさしく照らし出した。

ポリス猫DCと多忙な相棒

1

もう、死んでしまおうとケイは考えた。

これ以上、我慢できないし、我慢するつもりもない。誰も助けてくれないし、だったら死んじゃってもかまわないんじゃないかな、と。

朝早く電車に乗り込んだときには、そこまで考えてはいなかった。思い立って家を出て、ひとけもまばらな駅に歩いていっただけでなにか満足していた。手持ちの金を半分使って、自販機でチケットを買った。見とがめるひとはいなかった。そこでケイはちょうどホームに滑り込んできた電車の、運転席の真後ろに陣取って、朝日に輝く線路をじっと見つめ、遠くに行くのだという気分を思うぞんぶん味わった。

線路は続いている。ごとん、ごとん、ととぎれながらも続いている。ただ立っているだけで、ケイは遠くに運ばれていくのだ。それはあたりまえのことだったが、なんだか新鮮でもあった。

でも、終わりはある。なんにでも。線路にも、チケットの金額にも。

金額が許すかぎりのおしまい、それが葉崎《はざき》だった。

聞いたことがあるようなないような、小さな街。もちろん、ケイがここを訪れるのは生まれて初めてだった。駅前のロータリーに立ち、ケイは困惑していた。

それはケイの街と同じような眺めだった。ホコリっぽい植え込みが中央にあって、キオスクがあって、寂れた商店街の入口が見えて、駅からまっすぐに太い道路が北に向かっていて。だらしない感じの並木に、だしの香りをふりまいている立ち食いそば、ドアが開け閉めされるたびにぴろぴろと情けない音をたてる、新しそうなコンビニ。

どこか遠くの世界に行きたくてやってきたら、これかよ。

死んじゃおうかという考えが浮かんだのは、そのときだった。

どこにも逃げ場はない。どこへ行っても、同じ世界が広がっている。本気で別の世界に行きたいと思ったら、死んじゃうしかないんじゃないの？

たぶん、その旅にはお金もかからないだろうし。

とはいえ、お金がかからなければかからないだけの面倒はあった。チケットを売っているわけではないので、自分で行き方を考えねばならない。どうしたらいい？　車の前に飛び込む？　でも、これだと死ねなかったときにはたくさんお金がかかりそうだし。高いビルから飛び降りる？　あいにく、この街には高いビルなど見あたらなかった。ホームに戻って電車に飛び込もうか。いや、葉崎は横葉線《よこよう》の終着駅だ、電車はゆっくりのんびり、ホームに滑り込んでくる。あれに轢《ひ》かれるのはいかにも痛そうだ。

ため息をついたとき、目の前にバスがやってきた。

バスの行き先表示には〈猫島海岸〉とあった。

2

「そっち！　早く、おまわりさん、そっちだよ！」

七瀬《なな せ》晃《あきら》は網を抱えて指さされたほうに走った。

「どこっすか」

「〈猫島ハウス〉の屋根。あっ、ほら、棕櫚《しゅろ》の木に飛び移った。あっ、隣の屋根に移ったよ！」

言われて首をめぐらすと、真っ赤なお尻がちらっと七瀬の目に入った。猿は一瞬足を止め、歯をむき出して見せると座り込み、土産物《みやげ》屋の店先からかっぱらったとおぼしきかりんとうの袋を器用に開けて、悠々と食べ始めた。

「なにしてんの、早く早く。いまなら捕まえられるじゃない、早くってば！」

冗談じゃないっすよ。七瀬晃は自分の持っている網と屋根とを見比べながら、思った。さすがに二階建ての屋根までは網も届かない。だいたい、テレビのニュースで見たのだが、繁華街の駅に猿が出現したときには、大勢の警察官がＪＲの職員などとともに猿を追いまわしたものの、結局は逃げられていたではないか。

ここにいる警察官は自分ひとりだ。肩で息をしながら七瀬は思った。たったひとりで猿なんか捕まえられるかっての。


ここは神奈川県葉崎市猫島である。神奈川の盲腸と呼ばれるひょろっとした葉崎半島の西に位置する。潮が引くと砂州ができて島に渡ることができ、満潮になるとその通路は水没する。よってお役所的には〈砂渡島《さわたりじま》〉らしいのだが、島の人口よりたくさん猫が住んでいる島であることから、一般には〈猫島〉と呼ばれている。

そもそも鎌倉時代から文献に〈猫島〉として登場するうえ、島の神社は猫島神社、対岸は猫島海岸が正式名称なのだから、ここだけ〈砂渡島〉では落ち着きが悪い。おまけに、もっかのところ猫ブームに乗じて猫好き観光客を招いている手前もあって、猫の島であることを官民あげて大アピール中。島の入口には「ようこそ猫島へ　猫は捨てないでね」と書かれた看板が立っていた。

看板の脇には猫島臨時派出所があった。数年前、鎌倉から葉崎半島をくるっとまわって藤《ふじ》沢《さわ》へいたるフェリーが就航し、いくらか交通の便がよくなったこともあって、猫島や猫島海岸にやってくる海水浴客が増えた。葉崎警察署はこれに対応するべく、〈猫島夏期臨時派出所〉を新設したのだが、あにはからんや、夏が過ぎても観光客の数は減らず、トラブルは増大。葉崎警察署は猫島神社の宮司《ぐうじ》をはじめとする関係者からの強い要望を断り切れず、臨時派出所を当面そのまま運営することに決めたのだった。

その裏には、今年の夏の台風のさなかにバレた神社の隠し財産の一部が葉崎警察署署長のふところに移行した、という生臭い事情があるとも言われているが、臨時派出所勤務の七瀬晃巡査には、そんなことはどうでもよかった。

他の警察官が日勤、夜勤を繰り返す勤務態勢をとっているのに、毎朝九時に猫島に出勤し夕方五時に島を出て本署に戻る、という健康的な毎日を送れる。海はきれいだし、島の人たちは手厚くもてなしてくれるし、面倒な警察組織内の人間関係とも距離をおいていられるし、文句を言ったらバチがあたりそうなほど楽しい毎日を謳歌《おうか》できているのだから。

とはいえ、その自由と引き替えに、島で起こるたいていのトラブルには自分ひとりで対処しなくてはならない。だから忙しいときは昼食をとるヒマもないほどだ。もちろん、いざというときには、対岸の猫島海岸派出所にいる仲間が駆けつけてきてくれるのだが、到着までには当然、時間がかかる。

それに、大乱闘が始まりそうだとか、死体が出たというような大事件であれば必死になって駆けつけてくれる仲間たちも、今回は応援要請を聞いて大笑いしているだろう。

「なに、猫島に猿が出た？　いいじゃないか、出たって」

「七瀬なら猫の捕獲には慣れてんだろ。猿くらい軽いだろ。ひとりでやらせとけ」

七瀬晃は背後で騒げるだけ騒いでいる島民たち（と猫たち）に聞こえぬように、そっとため息をついた。

そもそも今朝、七瀬が出勤するのを待ちかねたように、猫グッズショップ〈Ｇ線上のキャット〉のマダムが現れたときから、本日は厄日と決まったようなものだった。

どんな駄猫をも甘ったるく「猫ちゃん」と呼び、猫におドレスを着せてしまい、いやがった猫がおドレスをバリバリに引き裂くと人間用の精神安定剤を飲ませてあやうく殺しかけた、という過去を持つこのマダム、こういう性格の人間にありがちだが口うるさく、人使いが荒い。

「最近、お隣に甥《おい》っておっしゃるひとが出入りしてるの、ご存知でございましょ」

マダムはあきらめきったような表情の飼い猫アイーダ（おドレス着用）を抱きしめて、猫に対するときとは別人のような、つっけんどんな口調で七瀬に言った。

「お隣っていうと、水口《みずぐち》さんとこっすか？　いや、知らないっす」

水口徳子《のりこ》は七十八歳になるひとり暮らし――いや、ブチ猫のツナキチと二人暮らしで、もとは自宅で民宿兼土産物屋を営んでいたのだが、五年前、持病の糖尿が悪化したのを理由に引退した。いまでは調子のいいときには近くの店で数時間店番などして小遣いを稼ぎ、ツナキチを相手におちょこ二杯ばかりの日本酒で晩酌をするのがなにより楽しみという、けっこうな老後を送っている。

「これまで一度も遊びに来たことなんかないのに、このところ毎日のように現れて、水口さんに特養ホームに入れってしつこく勧めてるらしいんですの。医者と看護師が常駐している箱根《はこね》のホームで、食事も作ってもらえるし、話し相手も大勢いるからって。金は自分が出すから入れって」

「へえ。そりゃけっこうな話じゃないっすか。水口さんにそんないい甥がいるなんて初耳だな」

「いい甥?」

マダムの眉がぐいっとつり上がった。七瀬はほうきを取り出して、派出所の周囲を掃きながら、

「だって金出してくれるってんでしょ。高いっすよね、ホームの入居費用って」

「冗談じゃありませんわよ。ツナキチちゃんはどうなるんです。ホームには猫はつれていけませんのよ。水口さん、毎日泣いてらっしゃるわ。ツナキチちゃん、かわいそうに」

ツナキチはよく酒臭いゲップをしながらひなたぼっこし、なでようとするもの好きな観光客に襲いかかっている。目やにだらけで毛はぼさぼさ。見るたびに、昼間っから仕事もせず飲み歩き、駅のベンチでふて寝して、起こされると駅員に暴行を加えるおっさんみたいな猫だと思う。

　聞くところによると、水口さんの死んだ亭主というのがまさにこういうタイプだったそうで、ツナキチのほうは、水口さんがいなくなってもあまり気にしないにちがいない。

「あの甥ったら強硬で、ホームに入らなかったら葬式も出してやらないからそう思えって水口さんに言ったんですってよ。これって脅迫ですわよね」

「いや、身内のことだし……」

「あの甥にはなにか魂胆があるに決まってます。甥が来るたびにツナキチちゃんが狂ったように暴れるんですのよ。猫ちゃんは神秘なパワーを持っています。その力で、悪を見抜いているんです」

　あのおっさん、いや、ツナキチが？

「そもそも、年取った叔母のところに急に甥が出入りするようになったら、疑ってしかるべきです」

「疑うって、なにを」

「それを調べるのが警察の仕事でしょう！」

　わかりました、善処します、と答えるべきだった。いくら神奈川県警が間違って採用したダメ警官と呼ばれ、自分でも深くそれに賛同している七瀬でも、警察官になって四年がすぎ、それくらいの世間知は身に付けていた。が、魔が差したというべきか、

「水口さんちも猫島神社の借家っしょ。親切にしたって、遺産のあてなんかないし、考えす

ぎじゃないっすか」

などと口走ってしまい、おかげで長々と説教を食らうはめになり、しかもそのさなか、

「おまわりさん、たいへんだ、猿、猿がいる」

猫島神社で働いている森下哲也《もりしたてつや》が駆け込んできて……結局、七瀬は健康診断から逃げ回る猫を捕獲するための網を手に、猿を追って島中走り回り、石段を駆けのぼったり駆けおりたりしたあげく、こうしてなすすべもなく、猿を見あげているというわけだ。

「おまわりさん、おまわりさん、たいへんだ！」

こうなったら、家の主に頼んで屋根にあげてもらうしかないか、と覚悟を決めたとき、島の魚屋〈鮮魚亭〉の若いのが人混みをかき分けて現れ、七瀬の腕を引いて叫んだ。

「ニセ警官が出た」

「はあ？」

七瀬は思わず猿から目を離して聞き返した。

「ニセ警官が出たんだよ。派出所をうろうろしてやがってさ、おかしいと思ったうちの大将が聞いたら、自分は警察官だって言って、ヘンな手帳みたいなやつ見せたんだ。いまじゃ警察バッジだろって問いつめたら、間違えたとかなんとか、しどろもどろになりやがって。いま、うちの大将が取り押さえてるけど、どーしたもんか、おまわりさんをつれてこいって。どーする？」

「ちょっと。見ればおわかりでしょうが、いま、おまわりさんは猿退治のまっさいちゅうなんですの。猿がかわいそうな猫ちゃんたちに悪さをしたらどうします。こっちのほうがニセ警官なんかより、猫島にとってはずーっと大切なお仕事なんですのよ。ジャマなさらないでくださいましな」

「どーするって……」

マダムが食ってかかり、周囲の野次馬——人間が七人と大勢の猫たち——が無言のうちにマダムに賛成した。〈鮮魚亭〉の若いのはへどもどして、

「おまわりさんが忙しいようなら、こっちで処理してもいいんだけどよ。うちの第二十八猫島丸なら、ものの十五分でいい感じに外洋に向かってる潮までたどり着けるから。オロクで戻ってきてケーサツに迷惑かけたりしねーから、安心してまかせてくれって、大将は言ってんだけどね」

そんなこと言われても。七瀬がパニックに陥りかけた瞬間、野次馬から押し殺したような歓声が漏れた。見ると、かりんとうをぱくつく猿の背後に一匹の猫が現れて、じりじりと向かっていくところだった。

首から星章をさげた、丸顔で目つきの悪いでっかいドラ猫。

七瀬の唯一の相棒で、猫島臨時派出所勤務員、その名もポリス猫ＤＣの登場だ。

ＤＣはちらっと七瀬に目をやった。まるで合図を送るかのように少しうなずく。七瀬は思

わず網をしっかと構え直し、じりっと屋根に向かって近寄った。ＤＣは音もなく猿の背後まで近寄ると、いきなり総毛を逆立ててものすごい叫び声をたてた。ビックリした猿が足を滑らせ、屋根から落ちる。

七瀬は猿の身体を勢いよく網ですくい取った。

暴れる猿と七瀬の周囲に、ばらばらとかりんとうが降ってきた。七瀬は森下哲也の手を借りて、網の中の猿を猫を入れるのに使っている大きな檻《おり》に、なんとか移し替えた。

テレビカメラがまわっていなかったのが、残念なほどのみごとな連係プレーといえよう。見たか、猿め。

猿は七瀬の得意顔に唾を飛ばし、歯をむき出して暴れ、檻はがんがんと音をたてて動いた。猫ならともかく、猿なら壊せるんじゃないか、この檻、とちょっと心配になってきたとき、ポリス猫ＤＣがすました顔で下りてきて、檻の中の猿と向き合った。が、ちらと見ただけで興味を失ったらしく、ぷいと顔を背けるといきなり座り込み、股の間をせっせとなめ始めた。

猿は急に抵抗をやめ、しょんぼりと背中を丸めて片隅にうずくまった。

気の毒に。どうやってこんな島まで渡ってきたのかは知らないが、霊長類のプライドずたずただよな。七瀬は疲労困憊《ひろうこんぱい》のあまり、檻のそばにくずおれそうになりながら、今日の弁当にバナナを持ってきたことを思い出し、猿に分けてやることに決めた。

「あのう、おまわりさん？」

〈鮮魚亭〉の若いのがおそるおそるといった様子で声をかけてきた。七瀬は歯を食いしばって立ち上がった。

「はいはい、ニセ警官っすね。すぐ行きます」

「いやそれが」

若いのは申し訳なさそうに頭を掻《か》いた。

「大将の早とちりだったそうで。手帳は確かにニセ物だったんだけど、ちゃんと本物のバッジも持ってたっていうんですわ。いやー、まったく、手帳がニセだからって警官までニセとはかぎらない、なんてこと、あるんですね。びっくりだわって大将が。すんませんね」

あはははは、と笑う〈鮮魚亭〉の若いのの首を、七瀬はあやうく絞めるところだった。

3

無線機がけたたましく鳴り出した。葉崎東海岸と隣接する観音《かんのん》市のはざまの海上で、若い女性の変死体が発見されたという。海上に管轄線など引かれてないからやっかいなことになるかもしれないが、とりあえず自分には関係ないはずだ。七瀬晃は手短に無線の応対を終えると来客に向き直った。

「ですから、猫島は猫の引き取り施設じゃないんすよ。この小さな島にすでに百匹の猫が住んでるんです。エサ代だの去勢手術代だの健康診断代だのって、もうタイヘンなんてもんじゃない。これ以上の受け入れは、どう考えたってムリっすよ」

「やっぱ、そうか」

柳原建彦《やなぎはらたけひこ》は音をたてて渋茶をすすると、ため息をついた。

ニセ警官と間違われたこの男、柳原建彦は七瀬が研修時代に世話になった先輩で、七瀬が警察学校に戻るのとほぼ同時期に刑事研修を受け、やがて藤沢署の刑事課に配属になり、現在では横浜のどこかの署で刑事をやっている。

『太陽にほえろ！』の時代から一ミリも進歩していない昔気質《かたぎ》で凡庸なプロデューサーが漠然と思い浮かべそうなデカ面だが、三十になったばかり、しかもおっちょこちょい。本人は自分が手帳と警察バッジを出し間違えたことを棚に上げて〈鮮魚亭〉のオヤジの悪口を言っていたが、以前、アクセルとブレーキを踏み間違えて、パトカーを署の植え込みにつっこませたことがある。

七瀬晃は派出所の目の前に広がる砂州に目をやった。ようやくやってきた応援が、しっかとバナナを握りしめた猿の入った檻を運んでいくのと入れ違いに、観光客の一群がこちらに渡ってくるところだった。駅前発〈猫島海岸〉行きのバスが到着して五分ほど。バスは時刻通り運行しているようだ。

十二月に入って、砂州を渡る風は冷たさを増していた。こちらへやってくるおばさんや家族連れなどの観光客らしい人々は、みなコートの前をきっちりおさえている。おばさんのひとりがフードを頭にかぶり、真っ赤なほっぺをした男の子はセーターの袖口でしきりに鼻水をこすっていた。長い髪の女がひとり、風にあおられてよろけている。

寒そうだけれど、この島に来るひとたちはみんなけっこう幸せそうにみえる。七瀬は笑みを浮かべそうになり、きわどいところで暗い顔をして座っている先輩警察官の存在を思い出して咳払いをした。

「まあ、一匹や二匹なら、島内会にはかって押し込めるとは思うんすけど、いくらなんでも十一匹ってのはね」

なんとか話を継いでから、七瀬は不思議に思った。柳原はまだ独身で寮住まいのはずだし、両親は新潟《にいがた》で長男夫婦と孫に囲まれて暮らしていると聞いている。年賀状のやりとりくらいでめったに会うこともなかった先輩が、ふいにやってきて、この島で猫を十一匹引き取ってもらえないだろうか、と言い出すとは。

七瀬はちらっと目をＤＣに向けた。書類棚の上の座布団という定位置の相棒は前足をきちんとそろえ、丸い頭をくいっともたげて耳をこちらに向けていた。聴取の用意はできている、といわんばかりの格好だ。

ＤＣはたまたまこの派出所に出入りしていただけの猫だが、マスコミ大好きの葉崎署署長によって星章を与えられ、正式に勤務員に任命された。これは署長の思惑どおり、ニュースとなって日本はもちろん世界にまで配信され、ファンを獲得し、いまでは猫島にとって貴重な観光資源ともなっている。

「先月、うちの管轄内で殺しがあったんだ」

柳原は渋茶で両手をぬくめつつ、七瀬とＤＣを交互に見ながら語った。

「横浜の猫屋敷殺し。知ってるだろ」

「ああ、確か、猫だらけのお屋敷に住んでた大金持ちのじいさまがナイフでめった突きにされて、おまけに死体が猫に……ええと、むさぼり食われてたんでしたよね」

言ってしまってから、七瀬は相棒を見た。ＤＣはすました顔をしていた。そこに肉があっただけではないか、騒ぐことなどない、とでも言いたげである。

「少しなめられてただけだよ。被害者は時間通りにキャットフードが出てくる機械を備えつけてたから、猫どもも死体なんぞ食う必要はなかった。凶器はナイフじゃないし、じいさまは大金持ちでもなかった。家土地は自分のものだったけどとっくに抵当に入ってたし、年金暮らしだった。猫を三十四飼ってはいたが、丁寧に世話をされていたから、近所ではあの家が猫屋敷なんて知らないひとも多かった。おまえ、ワイドショーの見過ぎだな。のどかでいーよなー、こういう島のおまわりさんは」

七瀬は少しムッとした。管轄の違う関連もない事件について、自分が正確に知ってたらそのほうが問題じゃないか。

「それじゃ、どんな事件だったんすか。解決したって話はきかないけど」

「やなこと言うなよ。この二十日間収穫ゼロ。元市役所の役人で温厚なひとり暮らしの老人、盗まれたものはなし。玄関の下駄《げた》箱のうえの電話に、代金引換で注文した猫関連本の代金とおぼしき二万円が用意されていたけど、それにも手をつけられてなかった。お茶の間で、猫をひざにのせてなでながらテレビを観ているとき、ふいに背後から二度刺されて死んだ。助けを呼ぶどころか痛みを感じるヒマもなかったらしい」

砂州を渡ってきた観光客たちが入口の階段にたどり着き、よろよろしながら上陸してきた。柳原と七瀬は無意識にそちらに目をやった。おばさんが五人、両親に子ども三人の家族連れ、若い女がひとり、年配の夫婦らしいのが二組。計十五人。この時期にしてはまあまあの数だ。

十一時にはフェリーが到着する。そうしたらまた観光客が上陸してくる。そろそろ巡回を始めるべきなんだけどな、と七瀬は先輩の顔色をうかがったが、柳原は気づかず話を続けた。

「衝動的殺人でもないし、物取りでもない。当然、動機は猫じゃないかって考えた。とにかく猫が嫌いだ、一匹でもイヤだってやつもこの世にはいる。被害者の猫たちは敷地から出なかったんだが、自分とこの庭の野菜は被害者の猫が枯らしたんだって怒鳴り込んだおばちゃんとか、子どもに喘息《ぜんそく》が始まったのは被害者の猫のせいだと慰謝料を要求してきた男とかいたからな」

「そいつじゃないすか、犯人」

「事件当時は入院してた。妄想がひどくて、ホントは子どもなんかいないんだ」

「考えてみりゃ、背後からそっと近寄っていって刺したんでしょ。犯人はトラブル相手じゃないんじゃないっすかね」

「だとすると、犯人がいなくなっちまう」

「んじゃ、身内じゃないっすか」

話を切り上げたい一心で七瀬は口走ったのだが、まったくの逆効果だった。柳原はさらに熱心になり、

「身内っていや、娘さんがひとりいるだけなんだ。子どもの頃から猫が嫌いで、娘が結婚して家を出るまでは被害者も猫を飼わなかったほどでね。ほんとに嫌いなんだなあ。彼女、猫がいるってだけでいまだに実家にも近寄らないくらいでね」

「あやしいっすね」

「ちょっと待てよ」

柳原はあわてたように、

「実家には近寄らなかったものの、父親を定期的に家に招いたり、外でごちそうしたりしてそれなりに仲も良かった。おまけにめだったトラブルもないのに、妊娠七ヶ月の身で、わざわざ父親を殺しに行ったりしないだろ。それに猫嫌いだからといって、猫に冷たいわけでもない。自分は近寄れないけど、このまま猫たちが保健所送りになったんじゃかわいそうだし

父親にも申し訳ない、なんとか引き取り先を見つけてもらえないだろうか、そう言い出すような優しいひとなんだ」

やれやれ。七瀬はようやくすべての事情がわかって、うんざりした。柳原は裏表のないいい男なのだが、唯一の欠点は惚《ほ》れっぽいこと。それも人妻とか、被疑者とか、被疑者の妻子とか、そりゃマズいだろという相手にばかり熱をあげる傾向があるのだ。幸いにして、意識すれば意識するだけ態度が硬くなり、相手はもちろん周囲にも気づかれずにすんでいるのだが。

今回もきっとそのクチだ。いいとこ見せようとして、その被害者の娘に、ご心配なく、猫の引き取り手は自分が見つけます、とかなんとか大見得《おおみえ》を切ってしまったにちがいない。

七瀬の背後でドラ猫ＤＣが定位置から飛び降りた。そのままのしのしと歩いて、柳原の膝の上に飛び乗る。

「それにしても先輩、よく十九匹も引き取り手を見つけましたね」

七瀬は話題を変えた。柳原は無意識にＤＣを撫《な》でながら、

「まあ、なんとかな。電話を百本以上かけまくって、メールを送りまくってさ。若い猫なら欲しいというやつはいたんだが、老猫ばっかりあまっちまった。飼ったはいいけど、すぐ死なれたんじゃ飼い主だって耐えられないよな。おまえさあ、老い先短い猫たちにせめて幸せな老後を送らせてやりたい、って考えてくれるようなひと、知らないか」

「残念っすけど」

「だよなあ」

柳原はまたしてもため息をついた。飼い主探しが不純な動機から始まったとしても、いまや本気で老猫の行き先を案じているのだろう。いいひとなんだよなあ、と七瀬は思った。少しばかりハタ迷惑ではあるのだが。

「よかったら、猫島の愛猫家《あいびょうか》ネットワークを紹介しましょうか。すぐに引き取り手が見つかるとも思えないけど、とりあえず一匹か二匹はここで引き取れるかもしれないし。ネットに情報を載せてもらって、飼い主が殺されたっつー泣ける話とセットで売り込めばなんとかなるかもしんないっすよ」

砂州の向こう側にフェリーが到着したのが見えて、七瀬は早口に言った。

4

猫島の愛猫家ネットワークの主で、〈The Cats & The Books〉の店主でもある三田村成子《みたむらしげこ》のもとに柳原を送り込むと、七瀬はのんびりと石段を下りながら島全体を見渡した。

夏の台風で猫島神社の一の鳥居が倒れ、店舗がぺしゃんこになった〈鮮魚亭〉は建て直しをすませ、二ヶ月前に再営業を始めていた。新しい店舗にはフィッシュ・アンド・チップスの揚げたて売店が併設され、魚を揚げるサフラワーオイルの香りが石段の上までただよってきていた。この揚げたてに、葉崎北農場で昨年から生産が始まったワインビネガーをふりかけて食べるのが、最近の葉崎の若いロコたちのいわばトレンドで、学校が終わるころには高校生が大挙して押し寄せてくる。

そのため、時にはごたごたも起こる。一昨日、葉崎西高校の生徒が別のグループと二の鳥居の下でにらみあいになった。近くにある〈とどろき屋〉という土産物屋では〈猫島みやげ〉と刻印された木刀を売っていた。木刀はあっという間に売り切れたらしいが、猫島神社の社務所でお茶を呼ばれていた七瀬が通報で駆けつけたときには、一同は解散し、誰も残っていなかった。

〈とどろき屋〉店頭の木刀入れは、いま見るとまた満杯になっていた。七瀬と目が合うと、〈とどろき屋〉のオヤジはわざとらしく手を打ち、なにか思い出したような顔になって店の奥へと引っ込んだ。木刀を売るなとは言わないが、もう少し店の奥に置いてもらえないかという七瀬の頼みを無視するつもりのようだ。にしても、なぜ木刀というものは、いかにも喧《けん》嘩《か》が起こりそうな場所の店先で売られているのだろうか。

〈とどろき屋〉のオヤジともう一度話をするべきか考えていると、無線が鳴った。例の海上の変死体は、死後二十四時間以上経過しており、かなり長時間漂流していたらしい。女性は二十代半ば、白っぽいダッフルコートに紫のハイネックセーター、グレーの花柄のショートスカート、黒のロングブーツ。頭部に外傷。身元を示すような所持品なし。ことによると事件かもしんないから海岸付近の全警察官は情報を収集してね♡ってことなのだろうが、やる気は出なかった。どう考えたって、猫島から葉崎東海岸まで死体が流れてくなんてありえないからだ。潮の流れからすると、死体は鎌倉《かまくら》のほうからどんぶらこどんぶらことやってきたにちがいない。さもなきゃ、フェリーから投げ捨てられたか。あのこぢんまりしたフェリーからひとが落ちて、誰も気づかないわけないのだが。

「ありがとうございました」

にぎやかな声が響き、七瀬はわれに返った。背後の〈猫島ハウス〉から、若い女が出てくるところだった。女には見覚えがあった。さっきの駅前からのバスの便で到着したとおぼしき、砂州を歩いて渡ってきたおひとりさまだ。二十代半ば、白っぽいダッフルコートに紫のハイネックセーター、グレーの花柄のショートスカート、黒のロングブーツを身につけていた。

七瀬は思わず彼女に近寄った。

「あのう、すいません。ちっと妙なこと聞いてもいいっすか」

急に警察官が近寄ってきたので、女はあきらかに逃げ腰になった。が、石段の途中のクリスマスツリーの真下で、ケータイをかまえたファン相手にポーズを決めていたポリス猫ＤＣが石段を駆けのぼってきた。七瀬がＤＣを抱き上げると、女は一気に警戒心を解いた。

「なんでしょうか」

「いやね、あなたの服装なんすけど、最近、そういうカッコ流行《はや》ってるんすか？　いや、なんかそういうカッコした女の人、よく見るもんで」

「やっだあ、七瀬さん、知らないの？」

答えたのは女ではなく、〈猫島ハウス〉の看板娘・杉浦響子《すぎうらきようこ》で、

「ＳＯＨＢＩだよ、ＳＯＨＢＩ。ねえ？」

女と顔を見合わせてにっこりした。

「……装備？」

「一年くらい前に消えちゃったカリスマ歌手のＳＯＨＢＩだってば」

言われて七瀬も思い出した。真冬に、北海道で流氷上でのグラビア撮影、というご苦労さまな仕事をしているさなか姿を消し、大捜索が行われたが死体も見つからず、日本中が大騒ぎになった。

「そのＳＯＨＢＩがこないだひさびさに新曲だしたんだよ。そのジャケットの写真でこういうカッコしてたの。で、流行ってるんだよ」

「新曲？　彼女って死んだんじゃなかったんすか」

「昔の未公開映像をつなぎ合わせて、未発表曲を出したの。もう七瀬さんもオジサンだね。こんなことも知らないなんて」

「おい。そういやキミ学校はどうした？　平日の午前中、なにやってんだ」

「うっわー、おまわりっぽい言い方」

「おまわりだもん、オレ」

言いあっている間に、ＳＯＨＢＩ娘は会釈をして石段を神社に向かって登っていった。短いスカートが風にゆれた。よく見ると、スカートの柄はそうび、つまり薔薇《ばら》の柄だった。いずれにしても、人目をひく女性だ。ふとあたりを見ると、〈鮮魚亭〉の若いのや〈とどろき屋〉のオヤジ、あげくにほっぺの赤い鼻水小僧までもが口を開けて彼女を見送っていたが、七瀬の視線に気づいてそそくさと姿を消した。

七瀬は首を振った。腕の中の相棒が低く、ニャーと鳴いて飛び降りた。

「あのひとねえ、小久保恵子《こくぼけいこ》さんっていうんだよ」

杉浦響子がにやにやしながら、七瀬に言った。

「品切れ中のオリジナルＴシャツを注文してくれたから電話番号も住所も知ってるよ。猫を使えば、七瀬さんでもうまいことナンパできるんじゃない？」

「よけーなお世話だ。本官は勤務中にふしだらなマネはしないのだ」

水口徳子が背中を丸めて石段を登ってきたのに気づき、七瀬はそう言い捨てると急いで石段を駆け下りた。

「秀朗《ひでお》のこと？　マダムはおせっかいなんだから」

手早くお茶を入れ、せんべいを出してくれると、水口徳子はいつもの癖で視線をさまよわせながら笑った。

「甥御さん、秀朗さんっていうんすか」

七瀬は水口家の茶の間ですっかりくつろいだ気分になっていた。店舗部分はコンクリート打ちっ放しで寒々しく、茶の間の畳はすり切れ、柱は傷だらけ、振り子時計の時間はあってないし、座布団からは綿がはみ出し、古ぼけた寄せ木細工の茶簞笥《ちゃだんす》はひっかき傷だらけ。猫と老婆が暮らす家らしい独特のにおいがこもった、冬なのに窓の障子が半分閉まって暗い家だが、なぜか落ち着く。

「そう、死んだ姉の子でね。以前は車のセールスマンだったんだけど、いまはお菓子会社で営業やってるんだって。いっときはあたしにも車を買えってうるさくてね。この島で車なんか持ってて、どうするんだよねえ」

「でも、いい甥御さんじゃないっすか。ひとり暮らしが心配だって、安心して暮らせるホームに入れてくれるなんて」

徳子が沈み込んだ。縁側で猫とも思えないすさまじいいびきをかいていたツナキチが、がばっと起き直って眼光鋭く七瀬をにらみつけた。七瀬はあわてて、

「いやその、なにもホームに行けって言いにきたわけじゃないっすよ。心配してくれるひと

がいて、いいなーって話で。甥御さんもだけど、マダムも水口さんのこと、心配してるわけだから」

「マダムが心配してんのはあたしじゃなくて、ツナキチだよ。秀朗が来るたびに、ツナキチが興奮するもんだから。べつに、ツナキチが秀朗を嫌ってるわけじゃないんだ。秀朗がツナキチにもってくるおみやげ、楽しみにしてて、来るといつもすり寄っていくし。ただ、秀朗が帰ったあとなんか、興奮しすぎてけいれん起こすことはあるんだけど……」

「あー」

七瀬は頭を掻いた。

「あの、甥御さんお菓子会社に勤めてるんすよね。土産って、まさかチョコレートじゃないっすよね」

「さあ」

「って、知らないんすか」

徳子は狼狽《ろうばい》したようにお茶をこぼしかけ、手さぐりで台ふきんを探しながら、

「たぶんそうじゃないかしらねえ。あのコの勤めてるとこは〈フォーチューンチョコ〉ってチョコクッキー作ってる会社だから」

〈フォーチューンチョコ〉なら七瀬にもなじみ深い。子どもの頃、注射をしても泣かなければこれを買ってもらえた。ぱりぱりしたクッキーもおいしかった。とはいえ、

「水口さん、だとすっと、ツナキチが興奮する原因、それかもしれない。猫にチョコはマズいんすよ。チョコに含まれてるテオブロミンとかいう興奮物質のせいで、猫の血圧があがったり不整脈やけいれん発作を起こすって聞いてます。へたしたら死んじゃうかもしれない」

「そうなの？」

「甥御さんに悪気はなくても、ツナキチの身体には毒っすよ」

お茶のお礼を言って水口家を出ると、七瀬は考え込んだ。部屋が暗かったこと、定まらない視線、ツナキチがどんなお土産をもらっているのか知らず、訊《き》かれるとうろたえたこと。

ことによると、水口徳子は糖尿病のせいでかなり目が悪くなっているのかもしれない。白内障ならまだいいが、網膜症が進行しているのだとすれば――そしてそれに甥が気づいたのだとすれば、脅してでもひとり暮らしをやめさせようとしているのもムリはない。

だいたい、島民たちは島の外へ出るのを面倒がるところがある。徳子が糖尿の治療を受けにちゃんと病院へ通っているのかどうか、かなりあやしい。

一度、その甥ってひととちゃんと話をしたほうがいいかもしれない。甥や七瀬の言うことをきかないなら、猫島神社の宮司さんとかに説得してもらうとか、なにか手を打たないと。大けがをしたり火事を出したりして、とりかえしのつかない事態になる前に。

「おまわりさーん！」

石段を一歩、下りかけたところで、上から呼ばれた。振り返ると三の鳥居から少し下に森下美砂《みさ》が立って、手を振っていた。猫島神社の宮司の孫娘で、自他共に認める面倒くさがり、いつ見ても寝ているか寝ぼけているような彼女だが、珍しくも七瀬の注意を引こうとぴょんぴょん飛びながら手招きしている。

うわー、めんどくせー、と思いながらも気になって、石段を三段とばしに駆けのぼった。

「どうしたんすか」

ぜいぜい言いながら、なんとか声をしぼり出して尋ねると、美砂はいつものようにあいまいな身振りと言葉で、

「さっきね、来たコにね、なんかここでのいい死に方っての？　聞かれちゃって」

「……はい？」

「死に方。でね、崖から飛び降りるのがラクだって言ったら、どこがいいかって。で、教えちゃったの」

「えーと」

七瀬はぼんやりした美砂の顔をまじまじと見た。

「猫島で自殺しようってひとが来たんすか。そうなんすか」

「そうなんす。たぶん。ねえ、メルちゃん」

美砂は神社に居着いたペルシャ猫に話しかけ、メルちゃんはニャー、と同意ともあくびともとれる相づちを打った。

七瀬の頭が忙しく働いた。海に消えたカリスマ歌手ＳＯＨＢＩ、その歌手と同じファッションの女性がふたり、ひとりは変死体――

それって要するに、あこがれの歌手と同じ道をたどりたいってそういうことか？　歌手みたいに海で死にたいって。それじゃ変死体も自殺で、さっき杉浦響子から聞いた彼女、ええと、小久保恵子も同じように自殺を……。

「どっち行った、どっちっ」

美砂の肩をつかんで揺すると、美砂はびっくりしたように左手をあげて、展望台に通じる小道を指さした。

七瀬は走り出した。

5

ケイは展望台に立っていた。

風は冷たいけど、海はきれいだった。

この眺めは別世界に見えた。ケイがのぞんでいた別世界。

それでも、いつまでもここにいるわけにはいかない。猫島というからには、猫しかいないのかと思ったら、けっこうひとも多いし、警察官までいる。結局、ここも同じ世界にすぎないのだ。誰も助けてくれないし、逃げることもできない。

やっぱ、死んじゃうしかないか。

どうやって死んだらいいのか思いつかず、神社の社務所にいた巫女《みこ》さんに死に方を聞いてみたりしたのは、ちょっと失敗だったかもしれない。巫女さんも隣にいた白いペルシャ猫もあまりにぼんやりしているので、このひとならなにを聞かれてもたいして気にしないんじゃないかと思い、つい聞いてしまったのだ。

この島で死のうと思ったら、どうしたらいいですか、と。

巫女さんはちょっと首を傾《かし》げて考えたあと、おもむろに答えた。

「崖から飛ぶことかな。いちばん、ラクだと思う」

だったら、どこらへんがいいか、と尋ねると、展望台への行き方を教えてくれたのだった。

で、展望台への道を歩き出してしばらくしてから、背後で、

「あれーっ、ひょっとして死ぬ気？」

というすっとんきょうな声が聞こえてきたが、ケイは気にしなかった。

あののんびりした巫女さんが、たとえケイを助ける気になったとしても、きっとものすごく時間がかかると思えたからだ。巫女さんがやってくる頃には、ケイは飛んでいる。

そうだ、飛ぶんだ。まわりからひとがいなくなったら。白鳥みたいに。

たぶん、電車に乗るようなもんだ。気づいたら乗っていて、運転席の後ろで線路を見てい

るんだ。

ケイが展望台の手すりを握りしめたそのとき、なにかが足をこすった。ケイは驚いて足元を見た。でかい身体、丸い顔、目つきの悪いドラ猫が、しきりとケイの足に身体をこすりつけていた。島のメインストリートで何度か見かけたこの猫は、しまいにはケイの靴の上にどっかりと腰を下ろしてしまった。

おい。ちょっと。

これじゃ飛べないよ。

ケイは足を抜こうとしたが、猫はむやみと重くてびくともしない。やむをえず、しゃがみこんで猫を押しのけようとしたとき、地響きをたてて警察官が走ってくるのが見えた。

「はやまっちゃだめっす」

警察官は大声で叫ぶと、飛びかかってきた。――ケイの隣に立っていた、白っぽいダッフルコート、紫のセーターに花柄の短いスカート、黒のロングブーツの若い女の人に。

女の人は悲鳴をあげて、警察官の顔をひっぱたいた。

「あー、ねえ、ちがうよー」

袴《はかま》をばさばさいわせながらやってきた巫女さんが、のんびりと言った。

「死に方聞いてきたのって、そっちじゃなくて、こっち」

巫女さんに指さされ、警察官や女の人に見つめられて、ケイはたれてきた鼻水をセーターでごしっと拭いた。

「あのほっぺの赤い、昭和なぼーずが自殺未遂？」

柳原建彦が渋茶をふき出した。杉浦響子は雑巾《ぞうきん》を投げつけて、

「刑事さん、声でかい。だいたい刑事が見てくれでひとを判断してどーすんの」

「ごもっとも。申し訳ない」

一同は〈猫島ハウス〉のカフェスペースにいた。鼻水小僧、もとい、ケイは、小久保恵子と並んで七瀬のおごりのフィッシュ・アンド・チップスをもぐもぐ食べていた。ケイの傍らにはポリス猫ＤＣがどっしりと腰を落ち着け、しっかり食べろと言わんばかりに目を光らせている。

「で、なんで死のうとしたんだって？」

「それが言わないんすよ。名前だって、ケイ、としか名乗らないし」

そのあたりのことは、まもなくやってくる少年課の手慣れた担当者が聞き出してくれるだろうと思い、七瀬はあれこれ問いたださず、ケイを美味《うま》いもんでおなかいっぱいにし、あったかくしてやることだけを考えることにしたのだった。

子どもにもいろいろあるんだな。死にたくなるようなことが。

この自殺未遂がきっかけで、ケイの悩みが解消してくれればいいのだが。

そういえば、さっきの無線連絡によれば、例の海上の変死体は自殺ではなく、どうやら他殺の可能性が高い、とのことだった。ＳＯＨＢＩの後追い自殺、というのは、七瀬のまったくの思い違いだったというわけだ。

そう知ってからだと、小久保恵子は自殺どころか全身から自信たっぷりに生気をみなぎらせているように見えた。この寒いのに、生足にショートスカートで、フィッシュ・アンド・チップスを豪快に食べているから、そう思えるのかもしれないのだが。

「にしても、七瀬さんもそそっかしいよね。小久保恵子さんからＴシャツの注文受けたって、言ってたでしょ。自殺するひとがそんなことするわけないじゃん」

「そう言えば」

七瀬はわざと声を大きくして響子の言葉をさえぎった。

「柳原さん、猫はどうなりました、猫は」

「あ、うん。おっかないのな、あのおばちゃん」

柳原は顔をしかめて、

「なんだかものすごい病名をずらずら並べられて、健診はすんでるのかワクチンはどうなってるのかって聞かれちゃってさ。被害者はものすごくきれい好きだったし、だから猫もどれも清潔で毛並みなんかぴかぴかしてますよって言ったんだけど、それじゃダメだって説教くらったよ。とりあえず、全部獣医に診せて、健康状態をチェックして、そのうえで、だってさ」

「そんなの当然じゃん」

響子が目を丸くして、

「ひとさまに猫をもらってもらおうっていうのに、そんなこともしてなかったの？　ダメじゃん」

「だけど、いくらかかるんだよ」

柳原がふてくされたとき、彼のケータイが鳴った。柳原はぶつぶつ言いながらケータイを片手に店の外へ出て行った。

「猫って、そんなにひとにあげるのたいへんなんですか」

フィッシュ・アンド・チップスの油でぎとぎとになった唇を紙ナプキンでぬぐいながら、小久保恵子が話に加わってきた。響子は立ち上がって、恵子のコップに水を注ぐと、

「ふつうは小さい頃から飼って、かかりつけの獣医さんに診てもらいながら育てていくんだけど、あの刑事さんの場合、老い先短い猫をみとってもらおうっていうんだから、ある程度はこちらにも責任があるでしょ。たとえば猫エイズにかかってるかもしれない猫を引き取らせて、もともと飼ってた猫や近所の猫なんかに感染させちゃったら、ごめんじゃすまないもん」

「ふーん。わたしも猫を飼ってみたいとは思うんですけど、生き物の命に責任もつの、なん

となく怖くて」

「それくらいのほうがいいっすよ。イージーに飼って、飽きて、うちの島に捨てに来るバカがあとをたたないんだから」

「そうそう。いくら寄付金集めても、たりないくらいなんですよ」

響子はさりげなく外においてある募金箱を、小久保恵子に示した。

「健康診断に使うお金を募金集めしてるんですか」

「うん、避妊手術とか。あと、猫はトキソプラズマって寄生虫に感染することがあるんだけど、これがほとんどの場合、猫にはなんの兆候もみられないんですよ。でも、これが猫の糞《ふん》から人間に感染することがあって。免疫を持っていない人間に感染しちゃった場合、特に妊娠してる女性が初感染すると、流産とか早産したり、胎児に異常がでたりすることもあるんです」

「あ、それ聞いたことある。友だちが結婚することになって、ダンナが飼ってる猫に駆除剤飲ませるのどうので、大喧嘩になったたって」

「猫島は観光地だから、特にそのあたりは神経質すぎるくらい、神経質にやってます。てなわけで、お金もかかる。あ、そうだ、今度、猫の里親制度ってのを始めようと思ってるんですよ。家じゃ猫を飼えないひとに島の猫の里親になってもらって、お金の一部を負担してもらって、島で面倒をみるんです。でも、里親が島に来たときには、そのひとの猫としてずっと一緒にすごしてもらうんです」

よいカモを見つけたと言わんばかりに、響子が勢い込んで説明を始めたとき、ケイがぽつりと言った。

「いいな、猫は」

そして、カウンターにつっぷして、泣きじゃくり始めた。

ポリス猫ＤＣが太い前足を伸ばして、ケイの頭を優しくたたいた。七瀬は立ち上がって、ケイのそばに座った。外にいるときには気づかなかったが、ケイの首は垢《あか》だらけで、やせこけていて、少し臭った。昭和なぼーずだなんて喜んでいる場合ではなく、この子はちゃんと面倒をみてもらっていないのだ。

声をかけてやりたい、でも、なんて言ったらいいだろうか。

でもなにか言わなくちゃ。なにか。

七瀬が唇をなめたとき、ガラス戸が乱暴に押し開けられた。

「おまわりさん、たいへんだ！」

土産物屋の主のひとりが、血相を変えて駆け込んできた。

「捨てに来た、捨てに」

七瀬は内心がっくりしながら声の主に向き直った。

「またっすか。慣れてるでしょ、それくらい島内会で対処してもらえませんか」

「それが、猫じゃなくて犬なんだよ。でっかい土佐犬を捨てに来たんだ」

「な……なんすかそれ」

「もう、波止場は大騒ぎでさ。猫たちがみんな毛を逆立てて膨れかえってて、なあ頼むよ、おまわりさん。来てくれよ」

七瀬はしかたなく立ち上がった。ＤＣと目があった。ＤＣは軽くうなずいた。七瀬はケイの腕をぽんとたたき、言った。

「あとで話そうな。ちゃんと話そうな。おまえの話、聞いてやるから。オレに話せないなら、ＤＣに話せ。ちゃんと聞いてくれるから」

顔をあげ、涙をぬぐうケイにうなずくと、七瀬は〈猫島ハウス〉を飛び出した。店の前に柳原がいて、こっちも血相を変えてケータイを閉じたところだった。

「猫の件はまた頼むわ。すぐに戻らなきゃならなくなった」

「どーしたんすか」

「例の猫屋敷の被害者の娘さんな、早産したらしい。父親殺した犯人がいっこうに捕まらない心労のせいだって、亭主がうちの署に怒鳴り込んできたんだそうだ。オレ、面識あるから説得役をまかされた」

じゃまたな、と軽く片手をあげて、柳原はさっそうと石段を駆け下りていった。重装備の七瀬はどたどたとそのあとを追いながら、ふと、足を止めた。

早産。

妊娠した女性が感染すると、早産や流産を引き起こすトキソプラズマ症。

トキソプラズマ症の健診を受けていない被害者の猫たち。

猫嫌いで、実家には近寄っていないはずの、被害者の娘。

……まさか。

いや、と七瀬は首を振った。早産の原因なんて、トキソプラズマにかぎったわけじゃない。

考えすぎだ。

たぶん。

「おーい、おまわりさん、早く早く」

遠くから、犬の吠《ほ》え声と大勢の猫たちの叫び声、それに人々の言い争う声が聞こえてくる。

七瀬晃はとりあえず当面の問題に心を向けることにして、足を速めた。

ポリス猫DCと草もちの謎

1

「今日こそは渡してもらえると期待してたんだけどねえ。アンタ、いつまで待たせるつもりなんだよ」

静原亮二《しずはらりょうじ》は草もちをひとつ、とりあげて言った。マスクの陰で鼻をすすり上げようとした男はぎょっとして息を止めた。ものすごい悪臭が襲いかかってきたのだ。

静原亮二の数少ない美点のなかに、きれい好き、はない。部屋の中央に据えられたこたつの周囲は足の踏み場もないほどだ。おまけにこたつ布団からも、座布団からも、静原の着ているどてらからも、えもいわれぬ臭いが立ち上っていた。なので、ここへ来るときにはマスクが欠かせないのだが、口臭は防げない。

やんなっちゃうな、と男は思った。入れ歯、腐ってんじゃないのか。それとも、腐っているのは内臓で、もう半分くらい死にかけているのかも。

だったら、面倒がなくていいのに。

「こっちだってアンタ、血も涙もないわけじゃないんだよ」

静原亮二は草もちを食べながらふがふがと言った。

「リストラされたとか家族が病気だとか、ちゃんとした理由があるんなら待たないこともないさ。けどねえ、アンタの場合は違うだろ。そこそこの会社に勤めてる正社員で、毎月お給料もらってさ。家は不幸にしてすばやく亡くなった親御さんから譲り受けた一戸建てだし」

静原は「すばやく亡くなった」を強調した。

「受け継いだ財産だってあるだろうし、それどころか去年、新車に買い換えたそうじゃないか。このご時世とはいえ、贅沢な話だよねえ」

年寄りってのはどうしてこう、話が長いんだろ。男はマスクの中で歯がみをした。悪臭から身を守るため、口で息をするだけで精一杯という状況でなければ怒鳴りつけているところだ。なにが血も涙もないわけじゃない、だ。ゆすり屋の分際で、借金取りみたいなごたく並べやがって。

「どうだろうねえ、新車、売っちまったら」

静原亮二は切り出した。

「アンタだって汚らしい年寄りからしじゅう呼びつけられたくないだろ。こっちはじきにお迎えが来るんだし、永遠にアンタにしがみついてるわけでもない。自慢じゃないが金遣いはみみっちいほうだし、新車を売った金を丸々もらえるのなら、少なくとも三年は声をかけずにすむと思うんだよね」

前回もそう言ってたじゃないか。男は黒いコートのポケットをそっと確認しながら思った。一年前、ボーナスをまるごと持っていったそのときに。

「イヤならアンタ、恐喝されたって警察に駆け込んだっていいんだよ。いまじゃ、アンタがオヤジさんを殺した証拠なんか残ってないしね。ただ、逮捕されるわアンタからの仕送りもなくなるわじゃこっちも困るから。その場合、刑務所で余生を送らせてもらうつもりだから、言うよ。警察のひとに。これまでアンタからもらった金がいくらで、何回もらったか。そうすっと警察だって、ちっとは考えるんじゃないのかねえ。騒がれたら世間体が悪いってだけで、こんなに大金を払うもんだろうか、ってさ」

窓ガラスがガタガタ鳴った。開けっ放しのふすまから冷たい空気が流れ込んでくる。

「ったく」

静原亮二は舌打ちしながら四つんばいでこたつを抜け出した。

「暦の上じゃ春だって、いつになったら暖かくなるんだろうね」

男は立ち上がりざまこたつの上の鉄アレイをとりあげて、ふすまを閉め終わった瞬間の静原亮二の後頭部に思い切り叩きつけた。何度も、何度も、叩きつけた……。

ややあって、男はわれに返った。

血だまりの中に、静原亮二は倒れていた。生きていたときと同じ、みっともない姿だった。少しだけ、気の毒になった。ゆすりなどやっていたくせに根はお人好しだったのだ。でなければ、もっと警戒しただろうに。

すきをみせた、アンタが悪いんだ。

男はすばやく動き出した。

オレは違うぞ。ちゃんと考えて、計画を立てた。この場にあった鉄アレイを凶器にしたのも、この日この時間を犯行時間に選んだのも、なにもかもすべて計算ずくなんだからな。そして、その通りに行動する。そうすれば、オレは安全だ。

やり残したことがないか、男は最後に立ち上がり、部屋の中を確認した。

よし。完璧だ。問題ない。

そのとき、ふすまがバタバタと揺れた。

2

「ちょっと聞いてるの、おまわりさんっ」

金切り声とともに巨大な猫の顔が上下に揺れた。

ブチ猫、いや豹《ひょう》、あるいはチーター、やっぱり猫かも。なにしろ豊満な肉体のおかげでかなりふくれているため判別しかねるが、ともかくネコ科の動物の正面から見た顔を金糸銀糸で織り込んだセーターを着た女性は言いつのった。

「だから、どう考えたっておかしいでしょ、理不尽でしょ、アタシの言ってること、なんか間違ってます？　間違ってないわよね、でしょ、ね、おまわりさんっ」

金切り声とともに、七瀬晃の鼻先にクロモジが添えられたプラスティックの皿が突きつけられた。

「これ、二個しかないわよね、でしょ、おまわりさんっ」

「はあ、確かに」

七瀬は制帽をはずして、額の汗を拭いあげた。

七瀬晃巡査は、葉崎警察署猫島臨時派出所勤務の警察官である。

春まだ早い、弥生の半ば、猫島は暑かった。五月並みの気温、雲ひとつない青空、三時を過ぎてだいぶ少なくなってきたものの、ふだんの平日にくらべれば三倍以上の人の群れ。

今日は朝から目が回るほど忙しかった。この島の派出所勤務の警察官は自分ひとり。ふだんは、特にこの時期はのんびりとした小さな島だが、今日は様子が違っていた。迷子は出る、グループがばらばらになる、海に落ちる。暑さと人混みに不快指数があがり、あちこちでこぜりあいもあった。

やれイヤリングを片方落としただの指輪が見あたらなくなっただのと、遺失物の届け出が三件、喧嘩の仲裁が二件、生シラス丼はどこで食べたらいいだろうかと聞きに来る人あり、猫を一匹連れて帰りたいという物好きな申し出あり。七瀬は今日こそ、〈猫島ハウス〉で期間限定・筍《たけのこ》ごはんとにんじんスープの特別定食を食べようと思っていたのだが、それどころか昼飯そのものを食べそこね、息つくヒマもない。

おまけに、七瀬の相棒――猫島臨時派出所勤務員、その名もポリス猫ＤＣが朝から姿を見せないのだ。猫に代わりに無線に出てもらうわけにもいかず、書類を書いてもらうわけにもいかないが、ＤＣににらまれればたいていのトラブルは春の淡雪のごとく消え失せる。ＤＣの姿を見るなり人びとはなぜ言い争っていたのかを忘れ、ＤＣとのツーショット写真を撮ることに夢中になるからだ。結局、ＤＣがいなければ、七瀬の仕事が増えてしまうのだ。

これほどまでに忙しくなった最大の理由は、七瀬の目の前にあった。プラスティックの皿にのった、白玉ほどに小さな草色のもち。猫島神社春の大祭で配られる、香り高いよもぎもちである。

時は鎌倉時代、葉崎一帯を支配していた豪族が北条一族との戦いに敗れた後、藤丸《ふじまる》という猫がただひとり生き残った姫君を猫島に連れて逃れた――これが、神奈川県の盲腸こと葉崎半島にぽちっとくっついた形の島・猫島の由来であり、猫島神社はその藤丸さまをお祀《まつ》りしている。猫島神社の春の大祭では氏子や参詣客に草もちがふるまわれるのだ。

「どうして草もちを配るのかって聞かれればですなあ、そりゃあ、藤丸さまの好物だったからですわなあ、草もちが」

というのが猫島神社の綿貫《わたぬき》宮司の説明だが、誰も納得はしていない。猫がもちなんか、食うか？

とはいえこの草もち、葉崎山に自生するよもぎの若芽を摘んで、重曹を入れてゆであげ臼ですりつぶしたのち、蒸したもち米とともに搗《つ》きあげ、一口大に丸めてきなこをふりかける。さきほど氏子代表の杉浦松子《まつこ》が派出所に届けてくれたのを、スキを見つけて食らいついたのだが実にうまい。これなら伝説の猫がもちを食おうがすあまを食おうが、誰も気にすまい。

実際、神社の境内に設置されたふるまいコーナーの長蛇の列はいっこうに短くならない。もうひと皿もらえるんじゃないかと期待していたが、この分だとムリかもしれない。

「もう聞いてんの、ね、おまわりさんっ」

七瀬はかろうじて意識をネコ科センターおばさんに戻した。

「はい、聞いてますよ。で、なにが問題なんすか」

「なにが、じゃないでしょ、見りゃわかるでしょ、二個しかないでしょ、二個しか。他の人は三個でしょ、わたしは二個でしょ、おかしいじゃないの」

七瀬はふるまいコーナーを仕切っている杉浦松子をちらっと見やった。松子は困惑したように、

「だから、お取り替えしますって言ったんだよ、あたしは」

「そういう問題じゃないでしょ、違うでしょ、わたしが損して不愉快な目にあわされたんだから、それで終わりなんておかしいでしょ、誠意がみえないでしょ、ね、おまわりさんっ」

七瀬は心の底からうんざりした。

まだ自分はヒマになったわけじゃない。みんなコートやジャケットを脱いで手に提げてるし、だからスリにとっては仕事しやすい環境だし、ていうか素人だって魔がさしそうなほど無防備なひとが多いし、草もちから入れ歯をはがそうとしてるおばあちゃんなんか分厚い財布がハンドバッグからはみ出しそうだし、神社が雇った警備員が大勢いたって半分以上はやる気なさそうだし、現にふるまいコーナーの列の近くに立ってる年配の警備員なんか面白《おもしろ》そうにこっちを見てるだけだし――とにかく、草もちのカツアゲにつきあってる場合じゃないっての。

「三個のものと換えてもらってください。これ以上騒ぎ立ててもムダっすから。いいっすね」

「そんなのおかしいでしょ」

ふたたびまくし立て始めた女性をにらみ、七瀬はそこそこ周囲に聞こえるように低く言った。

「歯にきなこついてますよ」

女性ははっとしたように口に手を当て、それからぐいと七瀬をにらみつけた。

「ちょっと、それいったいどういう意味よ」

「意味も何も、教えてあげただけっすよ」

「おまわりさん、おまわりさん、たいへんだ！」

おりしも、島の魚屋〈鮮魚亭〉の若いのが石段を駆けのぼってきて叫んだ。七瀬は手を振り返し、女に言った。

「それじゃ、そういうことで」

「な、なによ逃げる気？」

わめきちらす女に、クロモジに口紅もついてますよ、と言い放つと七瀬は大股でその場を離れた。背後で女が、じゃ三個入りのちょうだいよ、とわめくのが聞こえた。

「どうしたんすか」

「〈キャットアイランド・リゾート〉の支配人がおまわりさんに言ってくれって」

七瀬は皆まで聞かずに急いで石段を下り始めた。〈キャットアイランド・リゾート〉は葉崎市市営の保養所で、支配人の田崎《たざき》はおそろしく手回しのいい男だ。彼が警察官を呼ぶとは、尋常ではない。

「なにがあったんすか、聞いてます？」

「そりゃ聞いたよ、てか、オレが聞いてうちの大将に言って、でもって大将が支配人に言って、支配人がやっぱり一応、おまわりさんの耳に入れとこうかって」

七瀬は思わず足を止めた。一応、耳に入れとく、だと？

「緊急事態じゃないんすか」

「緊急事態ったら緊急事態なんじゃないかな。出たんだから」

「なにが」

「なにがって、おまわりさん。出たっつったら、そりゃ幽霊に決まってんじゃん」

「ユーレイ……？」

聞き返したとき、二の鳥居のはるか先のあたりで悲鳴があがった。

見ると、草もちをくわえた白茶の猫が必死の形相でこちらに向かい駆けのぼってくるところで、その背後にはケータイをかまえた大勢の女のコたちが、これまた必死に猫を追って駆けのぼってくるところだった。

猫を見てケータイを見ながら坂道を駆けのぼるなどという器用なマネができるはずもなく、ひとりが転び、それにけつまずいて別のコも転び、あっという間に女のコたちは団子状態になって二の鳥居近くに転がった。そのすきに猫は脇道に走り込んでいった。

杉浦松子の孫娘で、土産物屋兼民宿〈猫島ハウス〉の看板娘・響子や周囲の観光客たちが女のコたちに手を貸した。七瀬が駆け寄るころには、彼女らはやれ膝を打ったの写真が撮れなかったのぶうぶう言いながら起きあがっていた。あっぱれなことに、全員、ケータイだけはしっかと握りしめたままだった。

ケガ人と呼べるほどのケガをした人間がいなかったことに内心ほっとしながら、七瀬は全員をにらみまわした。

「なにやってんだ、きみたち」

「おまわりにはカンケーねーよ」

真っ赤な髪に真っ赤なフリース、真っ赤なブーツを履いた、目がちかちかするほど派手な女のコがぐいと顔を突き出した。背後にいた友だちらしいコ――こちらはどこにでもいそうな平均的な高校生といった感じ――が、あわてて彼女の腕を引き、小声で「よしなよ」と言った。赤いコはふん、と鼻を鳴らして、

「んだよ、猫島で猫を追っかけちゃいけねーってきまりでもあんのかよ」

「猫をいじめていいわけないだろ」

「別にいじめたわけじゃねーよ。ちっと撮らしてもらおーとしてただけじゃねーか。クソ、もうちっとのとこだったってのに、テンコのアホが転ぶから」

そのとき、誰かが「いたよっ」と叫んだ。次の瞬間、彼女たちはケータイをかざしたままものすごい勢いで姿を消し、七瀬はその場に取り残された。

3

「ああ、これは七瀬さん。ご苦労様です」

島中の人間が七瀬を「おまわりさん」と呼ぶ。それで不服はなかったが、ちゃんと名前を

呼んでもらえればそのほうが嬉しいのは事実で、この一事をとっても〈キャットアイランド・リゾート〉の田崎支配人の有能さがわかる。このひとがなぜ葉崎市役所から保養所の支配人などという閑職に移ったのか、理由は誰も知らない。

田崎支配人はぱりっとした作業服に身を包んでいた。防災演習中の偉いさんがパフォーマンスに着てみせているようで、どことなく板に付いていない。が、田崎支配人はふだんからこの作業着を着て汚れ仕事に励んでいるわけで、それもふくめて不思議な人ではある。

「〈鮮魚亭〉の若いのから聞いたんすけど、幽霊が出たって、どういうことっすか」

ふと気づくと〈鮮魚亭〉の若いのの姿は石段から消えていたのだった。杉浦響子の話では、女のコたちにくっついていってしまったらしい。七瀬はとにかく〈キャットアイランド・リゾート〉にやってきた。幽霊の正体が知りたいというよりは、少しでも骨休めがしたかったのだ。

「アジくんですか。彼は幽霊と言ったんですか」

〈鮮魚亭〉の若いのは芦田《あしだ》というが、大将からはアジと呼ばれている。田崎支配人はいつもより深刻そうに考え込んだ。七瀬は思わず笑って、

「ま、いくらなんでも幽霊はないっすよね」

「それが、そうかもしれません」

「へ？」

どにかくこちらへどうぞ、と案内されたのはリゾートの玄関口を出て、道なりに敷地をぐるっとまわったあたりだった。敷地は道より少し高い場所にあり、周囲はコンクリートブロックでかためられた土手になっている。その土手に立てかけるようにして、常滑《とこなめ》焼の土管が直径五十センチくらいありそうな太いものから細いものまで、何本も並んでいた。海から見たらできの悪いパイプオルガンに見えるかもしれない。

「敷地内の雨水を道から海に流すためのものでして」

支配人が説明をした。

「去年の夏の台風で敷地内から水を落とすのに苦労したものだから、あの土管が物置からたくさん出てきたこともあって、スタッフ総出で排水溝をこしらえたんです」

七瀬は土管を見上げた。どうやら、敷地の縁《へり》にそって縦半分に切った土管を埋め、そこに水をはいて連結した立てかけ式の土管に集め、土手の下へ排出するという簡単な造りのようだ。

しかし、これがいったい幽霊となんの関係が、と聞き返そうとしたとき、七瀬の耳に不気味な物音が響いてきた。

うめくような、苦痛をこらえているような、拷問にかけられているような……哀れな犠牲者の断末魔の叫び……

七瀬は土管から飛び退《の》いて、あたりを見回した。

「お聞きになりましたか」

「まさか……いまのが？」

田崎支配人は困惑したようにうなずいた。

「ゆうべ、散歩に出かけたお客さまがこれを聞いて、真っ青になって戻ってこられました。潮の満ち引きで近くの洞窟が鳴っているのを聞き間違えられたのでしょう、となだめしたのです。私自身も聞きまして、これは違うなとわかったのですが、ではなにかといえばさっぱりわかりませんでね」

「つまり、ゆうべからなんすね、これが聞こえるようになったのは」

「はあ、たぶん。昨日の夕方頃でしたか、見慣れない男性が敷地をうろついていましてね。てっきり、裏の作業員だと思いこんで注意したらこれがうちの宿泊客だったというとんでもない手落ちがございまして」

〈キャットアイランド・リゾート〉の裏手では現在、温泉を掘っているところだった。猫島神社の宮司が金を出して始まった事業で、全島の期待を集めている。

田崎支配人はめったにない不始末にいささか弁解口調となった。

「最近、不法侵入者が多いんですよ。昔と違って訪れる人の数が増えたし、門に鍵をかけているわけでもないから、ふらちなカップルが入り込んでしたい放題してもなかなか気づけない。スタッフの話では一昨日《おととい》の晩にもそういうのがいたそうなんです」

「一昨日って、寒かったっすよね」

「そうなんです。夏場はそれなりに気をつけているつもりですが、この時期にはまさかと思ってあまり……。それはともかく、夕方、そのお客様に敷地を勝手に動き回らないで欲しいと注意したときには、べつになんの物音もしなかったんです」

再び、恐ろしい悲鳴がとどろいた。田崎支配人はびくっと身体をふるわせると早口になって、

「ところがゆうべから今日は一日これなんです。さっき、噂を聞きつけたアジくんがやってきて、これは幽霊にちがいないと〈鮮魚亭〉の大将に報告し、大将がぜひ七瀬さんに報告しておくべきだとおっしゃいまして、アジくんを差し向けたという次第なのです。で——いかがでしょう。やはり綿貫宮司にお祓《はら》いをしていただくべきでしょうか」

「えーっと」

七瀬は顔をこすりあげた。

「これ、たんなる猫っすよ、支配人さん」

田崎支配人はきょとんとなった。

「猫？」

「その土管かその近くにはまりこんで、動けなくなった猫が怒って鳴いてるんすよ。土管で音が反響して、恐ろしげに聞こえるだけっすね」

七瀬は石を拾い上げ、細めの土管を選んで軽く叩くと耳をあててみた。一発目であたりだったらしく、ぐにゃあぎぎゃあという猫の叫びがたちまち耳元で炸裂《さくれつ》した。

七瀬は問題の土管の真下に目印にと石を置き、戻って敷地から土管の上部を検分した。制帽をとり、はいつくばって内部を懐中電灯で照らしてみると、土管の途中、四、五十センチほど下のあたりにもぞもぞと動く猫の尻が見えた。

「どうですか」

下の道から支配人が叫んだ。

「いましたよ。こっちにケツを向けてます」

「引っ張り出せますか」

「腕が届くかどうかビミョーっすね。ともかくやってみます」

制帽と制服の上着を脱いで無線のレシーバーをはずし、シャツをまくり上げ、土管に腕をつっこんでみた。指先にふにゃんとしたものがあたった。どうやら土管猫がしっぽを振り回しているらしい。

「どうですか」

「しっぽにはなんとか届いたんすけど、さすがにしっぽを引っ張るのはマズイっすよね」

「いざとなったら、土管を割りましょう」

田崎支配人は冷静に言った。

「けど、割るったって、これだけ丈夫な土管、そう簡単には割れないんじゃないすか。それに、上から割ったら、今度は振動で猫がもっと下に落ちていくかもしれないし」

「そうですねえ」

ふと気づくと、〈キャットアイランド・リゾート〉の従業員たちや宿泊客とおぼしきひとたちが大勢、遠巻きにこちらを眺めていた。

「おまわりさん、なにやってんの」

客のひとりが大声で問いかけてきた。

「猫が土管に詰まってるんすよ」

七瀬が答えると、客たちは口々にしゃべり出した。

「へえ。猫でも狭い場所に詰まることがあるんだ」

「どうしてあんなとこに入っちゃったのかしら」

「ネズミでも追っかけてたんじゃない？」

「トムとジェリーかよ」

「課長みたいな体型の猫なんじゃないですか」

「失敬なことを言うな」

「でもかわいそう。レスキュー隊を呼んだらどうかしら。よくテレビでやってるじゃない、高い木の枝から下りられなくなった猫とか、下水管にはまった犬をレスキューが助けたってニュース」

「バカ言え」

課長と呼ばれた中年男が即座に言い返すのが聞こえた。

「レスキュー隊の出動に税金がいくら使われると思ってるんだ。あんな、外から丸見えの土管、おまわりひとりで十分だ」

「えー、でもなんか、あれじゃ頼りなくないです？」

野次馬全員の視線を感じ、七瀬はうなじのあたりが熱くなるのを覚えた。見てろよ、こうなったらゼッタイにひとりで助け出してやる。

覚悟を決め地面にぴったりと腹這《はらば》いになった。思いきって腕を伸ばすと後ろ足らしきものをつかむことができた。手探りでもう片方の足らしきものと二本をまとめ、ゆっくりと引いてみる。

ぶにゃ、ぐにゃおうん、ぎゃあっ。

土管のなかで、猫の怒りの叫びがこだました。かなりきっちりと詰まっているらしく、引いてもほとんど動いている感じがない。

「いま助けてやるから、我慢しろ」

んにゃがっ、にゃぎゃおーんっ。

「暴れるなって。我慢だ、我慢」

ぎゃ、ぎゃ、にゃっ、ふぎゃにぎゃうおーんっ。

猫にケガをさせないように、ほんの少しずつ力を入れた。その甲斐《かい》あってかる気配があるな、と思ったとたんに、ずぼっ、というような音がして手応えがあとは楽だった。猫の後ろ足が土管から出ると、猫は激しく暴れ、七瀬の手を地面に降り立った。七瀬は思わず我が目を疑った。

土管猫は頭から泥まみれ、ヘドロまみれでものすごい悪臭を放っていた。そのどろどろの姿のまま、猫は眼光鋭く七瀬を見据え、背後で喝采を送っている野次馬たちをじろりと眺めやった。

一瞬ののち、喝采は悲鳴へと変わった。猫がおぞましいその姿のまま野次馬のもとへ走り、わざとらしく甘えるような声を立てながらそれぞれの足にすり寄ったのだ。野次馬たちは足をばたつかせ、泥まみれの猫から逃げまどった。

「おーい、七瀬さーん」

土手の下から田崎支配人が心配そうに声をかけてきた。

「大丈夫ですか」

「無事、救出に成功しました」

「そうですか、なんだかそちらは騒がしいようですが」

「スタッフやお客さんたちが喜んでくれてるんすよ」

七瀬は思いっきりしらばくれた。田崎支配人はそうですか、と言って、付け加えた。

「なんて名前の猫ですか、ご存知ですか」

「……さ、さあ」

「病気持ちや年寄りの猫なら、獣医を呼んだほうがいいかもしれませんね。なにせ一昼夜土管に詰まってたわけだから」

振り返ると野次馬の姿はなく、彼らを追い払って満足したらしい猫はゆうゆうとした足取りで七瀬のところへ戻ってくるところだった。

言えない。

この大騒ぎを引き起こしたヘドロ猫が、我が相棒、猫島臨時派出所勤務員のポリス猫DCだなんて。

「とりあえず、洗ってやります」

それだけ言うと、七瀬はDCをひっかかえ、全速力で派出所に向かって走った。

4

派出所備え付けの小さなシンクでわめき暴れるDCの泥を流し、タオルで拭いてやるのはかなりの大仕事だった。おかげで七瀬自身もずぶ濡れになり、腕はひっかき傷だらけ。DC

は感謝どころか親の敵《かたき》でも見るような目つきで七瀬をにらみつけると、戸棚に隠してある猫缶をがらがらと引きずり出し、早くしろと騒ぎ立てた。

皿に入れてやるとがつがつと平らげ、もう一缶とさらに騒ぐ。長いことあんなところに閉じこめられてたんだ、特別だ、と開けてやると、ほんの少し口を付けただけでどうでもよくなったらしく、ほぼ丸々残った皿をぷいと無視し、定位置の書類棚の上の座布団に落ち着き、せっせと毛皮をなめはじめた。

まったく。なんだってあんなところにはまってたんだか。

どっと疲れが出て、椅子にへたりこむと同時におなかが鳴った。せめて熱いお茶でもとティーバッグを湯飲みに入れ湯を注ぎ、砂糖とミルクを多めにして口をつけた。

「おまわりさん、たいへんだっ」

七瀬はミルクティーをふき出した。

駆け込んできたのは猫島神社で働くゴン太《た》で、こちらを見るなり眉をあげた。

「さっきからみんなで探してたんですよ。どこ行ってたんです?」

「なにかあったんすか」

「参拝客がもちを喉に詰まらせたんです」

「すぐ行きます」

ゴン太はあわてて立ち上がった七瀬を制した。

「警備員の橘《たちばな》さんというひとが応急処置を心得てまして、すぐに立てた膝の上にうつぶせにのせて、背中と後頭部を叩いて次々にもちを吐き出させました。止まっていた呼吸も再開したし、死ぬようなことはないだろうし、念のために対岸に救急車も待機させてますから。いま、戸板に乗せてここまでおろしてくるところです。だから、こっちは大丈夫なんだけど」

「だけど、なんすか」

「おまわりさんが見つからないんで泡くった宮司が一一〇番しちゃったんですよ。無線、入りませんでしたか」

げっ。

ポリス猫ＤＣ救出のため、レシーバーをはずしたきり忘れていたのだ。つけてみると、本署の通信係が「猫島1、猫島1応答せよ」と絶叫している。

署の全員が聞いている無線でこっぴどく叱られ、とはいえ誰が聞いているかわからないから、助け出した猫はうちのポリス猫ですとは言えず、戻ったら話があると上司にすごまれてようやく無線から解放されたころ、患者が到着した。

案の定、戸板に横たわっていたのはあのうるさいネコ科セーターおばさんだった。次々にもちを吐き出させた、ということからして、最初に持っていた二個のもちも返さず、新たにせしめた三個のもちを加えてしめて五個。絶対に返すまいと飲み込んだのだろう。

〈鮮魚亭〉の大将が埠頭に横付けしたボートに飛び移り、その場にいた全員でおばさんごと戸板をボートに運び入れた。七瀬がもやいをといたとき、おばさんがふいにむくっと起きあがった。

「草もち、わたしの草もちどこ？」

〈鮮魚亭〉の大将がやってられないとばかりに笑って七瀬を見た。七瀬は肩をすくめて大将に、お願いします、と言った。ボートが対岸の猫島海岸埠頭に向かってまっすぐすすんでいく間も、おばさんの「草もち、草もち」という叫びが潮騒をつんざいてこだましていた。

「いっぺんに五個も食って死にかけたくせに」

ポリ袋を提げて見送っていた初老の警備員が、あきれ顔でつぶやいた。七瀬は彼に近寄っていった。

「あの、すんません、橘さんっすか」

「そうだけど」

背は低くてややがに股。変形した耳、さりげなくあたりをチェックしているような目。

「さきほどは救急救命にご協力いただいたそうで、ありがとうございました。えーと、ひょっとして……？」

橘はにやりとした。

「礼を言われるどころじゃないんだよな、実を言うと」

派出所のパイプ椅子に腰を下ろすと、橘はミルクティーをうまそうにすすって言った。

「あのおばさん、草もちを五個もむしりとっておきながら神社の裏手でこそこそしてた。気になって覗いてみたら、草もちを食べずにひねくりまわしてたんだ。こりゃまたなんか言いがかりつける気だろうとふんで、『食う気ないなら、もちなんかもらうな』って怒鳴ってやったのよ。そしたら飛び上がって、口に次々にもちをほうりこんだあげく、喉に詰まらせた。要するに、オレのせい、と言えなくもない」

ほらよ、とポリ袋をこちらにくれた。なかには草もちの残骸が入っていた。あとで捨てることにしよう、とデスクの脇の床の上に置くと、座布団の上でけだるそうに寝ていたＤＣがふいと顔を持ち上げ、ポリ袋めがけて飛び降りてきた。

「あんたのやり方は、それにくらべりゃ粋だったよな。『クロモジに口紅もついてますよ』だなんて、たいしたもんだ。オレも昔は交番勤務をやったが、怒鳴るばっかじゃダメだよなあ」

「橘さんは刑事だったんですか」

「まあね、強行犯一筋だった」

「すごいっすね」

橘はふん、と鼻で笑って、話題を変えた。

「ここの神社の草もちは、あれか。昔から有名なのか」

「とんでもないっす。〈猫島ハウス〉って土産物屋のおばあちゃんの草もちが名物で、それを猫島全体の観光に利用しようってことになって、十数年前に始めたんすよ」

「十数年前？　鎌倉時代の猫が好物だってのに？」

このひと、あれを信じたのか。あきれた七瀬に気づかず、橘は腕を組んで考え込んだ。

「てことは、二十年前に草もちはなかったってことか。まあ、ここのはもちだけ、あの草もちはアンコ入りだったから、関係ないとは思ってたが」

「なんすか、その二十年前の草もちって」

「二十年前のちょうどいま時分、葉崎北町で殺しがあったんだ」

橘はゆっくりとミルクティーをすすって、言葉を継いだ。

「殺されたのは静原亮二っていうひとり暮らしのじいさんだった。犯人は三上和之《みかみかずゆき》。じいさんを家で殴り殺して外へ出て、五十メートルもいかずに職質にかかった。なんでだと思う？」

「さあ」

「マスクに返り血がついてた」

「うわ、まぬけっすね！」

「ほとんど現行犯逮捕みたいなもんだったわけだ。あとでオレも三上と話をしたんだが、思いこみの激しい、目先のことしか考えないタイプの男でな。犯罪者には珍しくもないんだが、事件自体は珍妙の部類に入るだろう。じいさんの家は古い日本家屋で、じいさんは四方をふすまでしきるタイプのお茶の間で殺されてたんだが、その茶の間が密室になってた」

「密室？　四方がふすまなのに？」

「ガムテープを貼ったり釘を打ち付けたりして、外から現場を密閉しちまってたんだよ。もっともいい加減なやり方だし、すぐ開いたけどね」

「乱暴な話っすね。だけど、なんでまた」

「三上の供述によれば、とにかく少しでも事件の発覚を遅らせたかった、それとその茶の間が臭くてたまらなかったんで、密閉したかったたってことだった。確かに汚ねえ部屋ではあったがね。ちらかってるってだけじゃない。こたつのまわりにはお茶っ葉だのコーヒーカスだの猫の毛だの、煙草の吸い殻はもちろん、正露丸《せいろがん》とかとうがらしだのみかんの皮だの、はてはニンニクまで散らばってた。ほとんど生ゴミ入れみたいなもんだ」

ポリ袋の上から草もちをもみもみしていたポリス猫ＤＣがうえっというような声をたて、七瀬はその場の惨状を想像して顔をしかめた。

「あとでわかったんだが、じいさんは無嗅覚症だった」

「それにしたって気持ち悪くなかったんすかね」

「そう思うよなあ。で、ことによるとじいさん本人じゃなくて、三上がやったんじゃないかってことになったんだ。もっとも本人は否定した。わざわざ生ゴミをばらまく理由もないしな」

「そもそも、三上って男はなんでそのじいさんを殺したんすか」

「静原亮二は葬儀屋に勤めてたんだ。事件の二年ほど前に三上の父親が死んで、葬式はその葬儀屋のしきりだった。三上に言わせると、静原は父親に金を貸していたといい、借用書を見せられた。五百万の借用書には父親の拇印《ぼいん》が押してあった。で、金を返し始めたんだが、最近になって、借用書の拇印は父親の死体からとられたんじゃないかと思うようになり、もめていた。その日も金を返すのどうので口論になり、かっとなって手近にあった鉄アレイで殴り倒した」

橘は顎をさすった。

「なんだか、橘さんは納得してないみたいっすね」

「鋭いね。問題の借用書が出てこなかったし、三上以外にその借用書を見たという人間は誰もいない。おまけに三上は父親からかなりの額の遺産を残されてる。五百万をまとめて返せたのに、二年もかけてちびちび返すっておかしいだろ。おまけに……草もちのこともある」

「草もち？」

「現場のこたつの上に食いかけの草もちがあったんだ。三上が葉崎駅前の和菓子屋で買ってきて静原のじいさんにやった。じいさんの胃の中から草もちが出てきたから、これは間違いないだろう。不思議なのは、食いかけの草もちについていた指紋が、じいさんのものでも三上のものでもなかったってことだ」

「え、じゃあ、誰か別の人間がその場にいたってことっすか」

「そうなるわな」

「誰だったかはわからなかったんすか」

「猫島神社の綿貫宮司」

七瀬は口をあんぐり開け、いつのまにかデスクにあがっていたポリス猫ＤＣと顔を見合わせた。橘は笑って手を振り、

「いまの宮司の父親のほうだよ」

「あ、そっすよね、二十年前っすもんね」

「静原のじいさんは三上をのぞけば特に敵もないが友人もいない、人付き合いのない偏屈なオヤジだったんだが、先代の綿貫宮司とは以前からの知り合いで、年に一度、春の大祭のときには猫島神社に来てたというんだ。殺害されたのは大祭の日の夜だった。その夜、綿貫宮司は大祭を終えて、氏子たちとお疲れ様会と称する大宴会を催していた。当然、島からは一歩も出ていないのが確認されている」

「なのに、宮司の食いかけの草もちが現場にあった。てことは、こういうことっすかね。三上は静原のじいさんを殺そうとしてあとをつけ、猫島にやってきた。そこでじいさんと宮司

が親しげに話しているのを聞いて、二人が知り合いだと知った。そのとき宮司は、たぶんじいさんの持ってきた草もちを食べてた。大祭の日は忙しいから、食べかけの草もちを置いて席を立った。それを見た三上は、じいさんを自宅で殺して宮司の指紋や歯形のついた草もちをその場に残せば、宮司に罪をなすりつけられるかもって思いついたんすね。で、草もちを持ち去り、現場に残した」

「ま、そういうこったろうな」

橘は首をぐるぐるまわした。

「結局、三上はその件については白状しなかった。殺害については認めてるし、逮捕の状況が状況だったからそのまんま送検されて、確か懲役十年だったかな。草もちの件がはっきりすれば計画殺人ってことになって、もう少し重い罪になったかもしれないがね。ともかく、事件のカタはついたんだが、なんだかずっとひっかかっててな。あの現場はいったい、なんだったんだろうって」

確かに、部屋を外からふさいだり、生ゴミが散らばっていたり、たんに犯人がまぬけだったからだけでは片づかない、へんてこりんな事件だ。

「おまわりさん、たいへん」

元刑事と警官、ポリス猫がそろって物思いにふけっていると、巫女姿の森下美砂が飛び込んできた。綿貫宮司の孫娘で、猫の生まれ変わりと言われるほどの怠け者、いつ見ても寝ているとりとめのない女だが、今日はいくらかあわてていた。

「黄金の猫像がなくなっちゃった」

黄金の猫像とは、小指の先ほどの二十四金製の藤丸さま像のレプリカで十五万円もする。各種お守りや絵馬を取りそろえた猫島神社の社務所売店でもっとも高価な売り物で、小さいながらも売店脇のガラスケース内で燦然《さんぜん》と輝いていた。

「よく探したんすか？　隅のほうに落ちたとか、猫がひいてっちゃったとかかもしれないじゃないすか」

「猫？　猫って、化け猫？」

美砂はあいまいに首を傾げた。

「……なんで化け猫なんすか」

「だって、猫は戸を開けるけど、閉めたら化け猫って言うじゃない。ガラスケースの鍵の部分を割って、引き戸を開けて像を出して、また閉めてあったんだから、化け猫が出たんでしょ？」

「さもなきゃ、立派な盗難事件だな」

橘は笑いをこらえたような顔つきで立ち上がり、茶の礼を言って出て行った。七瀬は急いで無線で署に一報を入れた。泥をはらって脱いでいた上着を着込み、派出所を飛び出そうとしたとき、ポリス猫ＤＣがにゃっ、と叫び声をあげ、制服に爪をたてて引き留めた。

5

「なんだよ、おい」

DCは草もちの入ったポリ袋を急いでくわえてきて七瀬の足下に置き、七瀬をにらみつけつつ、ぶっとい前足でポリ袋をたたいた。

バカ猫め、なんだよ忙しいのに、と思いつつも、七瀬はポリ袋をとりあげ、中をのぞいてみた。草もちのなかになにやらきらりと光るものがある。草もちをデスクにぶちまけ、かき分けてみた。

「あ、それ。うちの黄金の猫像」

ねばねばのもちをはがして出てきた物体を一目見て、美砂がすっとんきょうな声をあげた。七瀬はなおも草もちをひっかきまわした。指輪がひとつ、片方のイヤリングがふたつ。紛失届の出たものばかりだ。

あのババア。道理で草もち草もち騒ぐはずだ。光り物を盗んで、草もちにくるんで他人の目をごまかし、いざとなったら飲み込んででも持ち去るつもりだったのだ。だから、あの白玉ほどの小さな草もちが三個では足りなかったのだ。

飲み込んだあとどうするつもりだったのか考えると、ある意味、根性据わってると言えなくもないが、感心している場合ではない。草もちのカツアゲを手伝わされかけたどころか、あやうく窃盗の手助けをさせられるところだった、ということではないか。

急いで署に連絡を入れた。まだ病院にいるだろうから、つかまえることはできるだろう。十五万円の猫像の被害届をもらってこい、と指示されて、七瀬は美砂とともに書類一式を持って派出所を出た。

すでに日が落ちかけて、ひとの姿もまばらになっていた。埠頭では警備員の一群が渡し船を待っていた。今日の仕事は終わったのだろう、日給の入っているらしき茶封筒を持っている。橘が七瀬に気づいて大きく手を振った。七瀬は振り返し、猫島神社に向かう道を登り始めた。

〈猫島ハウス〉の前にさしかかったとき、脇道から猫が飛び出してきた。猫は決死の形相で七瀬の前をよぎり、東側の入り江に向かう道を走っていった。その後ろから、ケータイをかざした若い女のコの群れがどどっと走ってきて、ぼーっと立っていた美砂をつきとばし、猫を追って去っていった。

「あれはいったい、なんなんすか」

〈猫島ハウス〉から飛び出してきて美砂を助け起こした杉浦響子に、七瀬は尋ねた。響子はため息をついて、

「幸せのハート猫だよ」

「は？」

「ヴァニラのこと、なんだけどね」

ヴァニラとは、去年島に移住してきたイラストレーターの原《はら》アカネになついてしまった猫で、クリーム色の地にモカ色のブチがある。猫のくせに、あっちこっちでいろんなものをくわえて運び去る、というやっかいな習癖があって、以前、死体の指をくわえてきたことがあった。

「あの泥棒猫が、いつの間に幸福の猫になったんすか」

「ヴァニラのおなかのとこにあるブチが、ハート形なんだよね。てか、ハート形に見えなくもない、ハート形っての？　ちょっとムリすればハートに見える、で、そのヴァニラのハートを好きな相手に写メすっと、思いが叶うって話で」

いつになく、奥歯に物の挟まったようなしゃべり方の響子を見て、七瀬は眉を上げた。

「てな伝説を響子ちゃんがでっちあげて触れ回ったら、信じたバカが大勢出てきた、ってことっすか」

「身も蓋もない言い方だけど、煎じ詰めればそういうこと、かな？」

「おいおい」

「でも、あたしが作ったのはそこまでだから。最近、伝説に尾ひれがついちゃって。宝くじがあたるとか、受験に合格するとか、出世するとか、美容にきくとか」

「なんで」

「知らないよ。招き猫だって、もともとは客寄せだったのが金寄せになって、厄除《やくよ》けになったり方位除けになったりしたじゃん。それと同じでしょ」

響子はふくれかえり、美砂が茫洋と言った。

「それじゃあ、ヴァニラはウチの商売敵だねぇ」

「そんなことより、あの調子でおっかけまわされてたら、じきにヴァニラはストレスがたまって、ハートもへったくれもないハゲ猫になるんじゃないっすか」

「あの泥棒猫にはいいクスリだと思ってたんだけどね」

響子は罪の意識などまるでない、けろっとした顔で、

「こないだなんか、かっぱえびせん食べながらＤＶＤ観てたら、口に入れたえびせんがふにゃん、ってするんだよ。なにかと思ったらヴァニラが来てて、えびせんを口の中でもごもごして、食べずに吐いてたの」

「それ、口に入れちゃったんだぁ」

美砂がうえっと言った。

「そーなんだよ、ひどいでしょ。食べ物を粗末にして、ワル猫めが」

「確かにヴァニラが泥棒猫だってのは有名っすよ。今日だって草もちくわえてたし、食べる気ないのに遊びで食べ物粗末にするのも事実だけど、だからって、響子ちゃん、言い出しっ

ぺなんだから責任とって、なんとかしたほうがいいっすよ」

「わかってるって。いいクスリどころじゃなくなってきたもん。そうだ、ヴァニラの写真、猫島神社で売るってどお？」

「あー、いいかもぉ」

話し込み始めたふたりを残し、七瀬はため息をついて石段を登り始めたが、ふと足を止めた。

泥棒猫。ものを持ち運ぶ猫。

橘の言う、三上の密室の生ゴミには猫の毛もまざっていた。てことは、現場には猫もいたということだ。おそらく、静原亮二が飼っていたにちがいない。やたらに現場が荒れていたのは、猫のせいだったのかも。

いや、それは違うな。

ばらまかれていたのはコーヒーカス、お茶っ葉、みかんの皮にニンニク、煙草の吸い殻に正露丸……あとなにがあったっけ、そうだ、とうがらし。

猫が嫌うものばっかりじゃないか。話を聞いて、ポリス猫ＤＣはさっきの美砂と同じように、うえっと言ったのだった。そんなものを猫がわざわざ持ってくるわけがない。むしろ、近寄らないようにするだろう。

……ん？

猫が嫌うものばかり。

しかもたぶん、静原亮二の家の台所にもあっただろうものばかり。

ということは。

七瀬は制帽を持ち上げて、頭をばりばり掻いた。

三上は猫を現場に寄せつけないようにするために、わざと猫が嫌うものをばらまいたのではないだろうか。猫除けのために。しかし、それでもたぶんまるで効果がなかったために、やけになった三上はふすまを釘で打ち付け、ガムテープで留めた。

なぜそこまでやったのか。

返り血のついたマスクのまま、殺人現場をあとにしたわけだから、三上が計画殺人などひっくり返っても成功させられないおっちょこちょいだということは間違いない。ただ、目先のことしか考えられない男だったから、あとで現場がどう見えるか考えもせず、ひたすら最初の予定通りにことを運ぶことしか念頭になくなっていたのだろう。

最初の予定通り、つまり、先代の綿貫宮司の指紋や、ことによると歯形のついた草もちが現場で見つかるように、だ。要するに、綿貫宮司に罪をかぶせたかったのだ。

泥棒猫。食べる気もないのにかっぱえびせんを口に入れ、草もちをくわえて逃げる猫。

静原亮二の飼っていた猫もまた、ヴァニラと同じくいろんなものをくわえていく癖があったのではないだろうか。静原を殺し、現場に草もちを残し、さも綿貫宮司という客が来たように偽装工作をほどこして出ようとしたら、ふすまが開いて猫が現れ、証拠の草もちをくわえていこうとした。

これがなくなっては偽装にならない。慌てた三上は猫を追い払ったがしぶとい猫で、やめろと言われるとよけいに草もちに執着した。三上は猫除けのため、みかんの皮だのとうがらしだの、最初のうちは部屋に落ちていてもそれほどおかしくはないものを台所から持ってきておいてみたが効果がなく、だんだん、茶葉をまきコーヒーカスをまき、と、猫との戦いがエスカレートしていって、しまいには部屋を密閉するというわけのわからない乱暴な行為に発展してしまった……。

遠くで汽笛が鳴った。われに返って振り向くと、警備員を満載した渡し船が猫島を離れたところだった。橘を追いかけようか。そして今の話を聞かせてみようか。橘はなんと言うだろう。

きびすを返しかけたとき、無線機が鳴った。葉崎東海岸付近の海上で若い女性の変死体が発見されたといった。猫島とは離れているから七瀬と直接の関係はないが、三ヶ月前にも同じように、若い女性の他殺体が発見されたのだ。隣の観音警察署に捜査本部が置かれたが、犯人は捕まっていない。万一、うちの管内だと、大騒ぎになるかもしれない。

とりあえず、被害届を片づけることにして、七瀬晃巡査は猫島神社に向かって、石段を駆けのぼっていった。

ポリス猫ＤＣはくつろいでいた。ゆうべはまったくひどい目にあった。まさかあんなところで、あんなぶざまなことになろうとは。

ようやく臭いもとれて、疲れがどっと出てきた。こうして派出所の座布団でぬくぬくと丸まっているのは実にいい気持ちだ。相棒の七瀬がもっと気のきいたやつで、とっとと探しに来ればよかったのに。そうすればもっと早く、こうしていられたのに。

あれ？

ＤＣはふと顔をあげた。

そういや、ふだんいかない〈キャットアイランド・リゾート〉に行き土管に入りこんだりしたのは、なんでだっけ。

えーと。なんか、妙なことがあって、証拠が……はれ？　なんの証拠だっけな。

あいにくとＤＣは猫だった。猫は不愉快な記憶をとっとと忘れる。

ポリス猫ＤＣはおおあくびをして、また丸くなった。

……ま、いいか。

ポリス猫DCと爆弾騒動

1

思いがけず、息が切れた。日向徳《ひなたのぼる》は目をつぶり、必死になって呼吸と動悸を抑えようとした。ゆっくり、ゆっくり息をするんだ。慌てることはない、時間はある。こんな人里離れた場所に、騒ぎを聞きつけた人間がいるとも思えない。疑心暗鬼になってはいけない、冷静に、落ち着いて後始末をするんだ。

五分ほどもうずくまっていただろうか。ようやく彼は目を開けた。

想像していたよりも、室内の様子はひどかった。これほど激しく抵抗するとは思ってもみなかった。倒れた家具、割れた食器やグラス、ねじまがった絵に壁の傷、派手に飛び散った血液、床に倒れ、じゅうたんをかきむしったあと動かなくなった伯父さんの身体。

本当は、一瞬にしてカタがつく予定だった。背後から近寄り、靴下に砂を詰めたブラックジャックで殴り倒す。一度で死ななくても二、三度殴りつければ絶命するはずだ。日向徳がこれまでに読みあさってきたミステリ小説では、そういうことになっていた。

なにがいけなかったのだろう。彼はあらためて首をひねった。ブラックジャックで殴りつけたとき、伯父さんはきょとんとした顔で振り向いた。そしてやにわに徳に飛びかかってきた。顔面に目の前が真っ暗になるほどの痛みが走った。

日向徳はおそるおそる傷に手をやった。べったりと血がついてきた。急いで洗面所に行って鏡をのぞきこむ。眉毛も髪の毛もない血まみれの顔が見返してきて、気絶しそうになった。

落ち着け、落ち着け。冷静に対処するんだ。実行に移すまでに、『CSI：科学捜査班』を何回も見直してきたじゃないか。あれで得た知識をもとにすれば、絶対に大丈夫。少々血が飛び散ったからって、気にすることはない。なんとかなる。

顔をきれいに洗い、救急箱を探し出してきて絆創膏《ばんそうこう》を貼った。再度手を洗って、使い捨てのゴム手袋をはめ、応接間に戻った。伯父さんを別荘に連れ出すことにして本当によかった。本宅のマンションでやっていたら、今頃パトカーが来ていたかもしれない。

必要なものを車からとってくると、伯父さんから体毛をひっこぬいて丁寧にビニール袋におさめ、本体はビニールシートにくるみ、ガムテープでぐるぐる巻きにした。伯父さんの身体は予想外に重く、玄関まで運んだだけで腰が痛くなった。死体の始末はあとまわしにして、家具を元に戻し、血液を雑巾で拭き取った。二度拭いてもまだあちこちに血痕が飛び散っていた。腰や背中が悲鳴をあげていた。

日向徳はソファにひっくり返った。

はーあ、疲れた。まだ小細工をしなくちゃなんないのかな。めんどくせーよな。ま、多少の血液が見つかってもDNA鑑定ができないようにしとけば問題ないだろう。

漂白剤を多めに買ってきたのは正解だった。落花狼藉《らっかろうぜき》のあとに漂白剤をたっぷりと撒《ま》いて歩いた。部屋中に臭いが充満し、気持ち悪くなってきた。こんな場所には二度と来るもんか。

ブラックジャックを拾い上げ、中の砂を窓の外にばらまくと、洗面器に漂白剤を満たした中に靴下を放り込んだ。これで凶器がなんだかわかっちまうかもしれないが、オレのものだってことは証明できない。物証はないし、動機だってそれほど強固なもんじゃないんだから、しらを切りとおせば有罪にはならない。こんなことくらいじゃ、逮捕だってできるもんか。

日向徳は玄関に戻った。昨日の夜、裏庭に穴を掘っておいた。ずいぶん深く掘ったから、あそこに死体を放り込んで埋め直せば、誰にも気づかれない。

伯父さんの身体を裏庭まで運んでいった。あの穴掘りがこたえたんだよな、と彼はひとりごちた。顔の傷はずきずきするし、背中が痛くて腰も痛くて、なんだか全身ぼろぼろって感じがする。

ゆうべのうちに、湿布でも貼っときゃよかったかな。クソ、重い。うんざりする。犯罪がこんなに身体にこたえるなんて思ってもみなかった。テレビで観てる分には、けっこうみんな楽々やってのけてるっていうのにさ。観るのとやるのじゃ大違い。今度、どっかに書き込んでやろっかなー。犯罪ドラマにはリアリティがなさすぎるって。

あー、それにしても疲れた。もっと玄関に近い場所に穴、掘っとけばよかった。

やっとのことで穴にたどりつくと、日向徳は伯父さんの身体入りの包みを穴に落とした。いや、落とそうとした。

包みは穴からぞんぶんにはみ出していた。

えーっ。日向徳はのけぞった。あんなに掘ったのに、なんでだよ。

包みを九十度まわしてみた。足を持ち上げてみた。傾けてみた。

いっこうに穴にはおさまりそうもなかった。

冗談じゃないぞ、おい。日向徳はうんざりしてため息をついた。もっと掘れって言うのかよ。これ以上、肉体労働しろってか。冗談じゃねーよ。

腹立ちまぎれに伯父の身体を蹴飛ばした。

「ぎおーっ」

突然、ビニールシートの内側からくぐもった絶叫が響き渡り、仰天した日向徳はぎくっと身体をこわばらせた。同時に、腰のあたりからもぎくっ、というような音が聞こえ、激痛が走った。

なんだこれ。なんだよこれ。痛い。う、動けない。

見開いた目からぽろぽろ涙をこぼしながら中腰のままでいる日向徳の耳には、玄関のほうから呼びかけている声も入らなかった。

2

神奈川県葉崎市猫島。梅雨にはわずかに早い、六月の中旬すぎ。潮風は夏の気配をふくみ始めていた。

猫島臨時派出所の七瀬晃巡査は、猫島神社の宮司が重要書類を床下に格納するのに立ち会う、という業務を終え、すれちがう制服姿の男たちに会釈しつつ、猫島神社の石段を下りていった。

下りるにつれ、カレーのにおいがだんだんに濃くなってくる。並んで歩いていたポリス猫DCが不機嫌そうに足を速め、七瀬は鼻をぴくつかせた。

そういえば、このところカレーを食べていない。七瀬の母は親戚中にその名をとどろかせた料理オンチだったが、なぜかカレーだけは得意で、毎週金曜日になると巨大な鍋を持ち出し、たっぷりとカレーを作った。

反抗期を人並みに迎えた七瀬が結局、グレきれなかったのも、考えてみればあのカレーのおかげかもしれなかった。友人から誘われても、いや、気になる女の子からの誘いであっても、金曜日の夜は母のカレーを食べねば落ち着かないから理由をつけずに断った。オレの血管にはカレーが流れている、と言っても言い過ぎではない。

「ねえ、そこのお手柄警察官。ちょっと寄って、カレー食べてかない？　冷蔵庫の総ざらい、あらゆる野菜と肉のうまみが凝縮されてめちゃおいしくってタダ。辛さは三段階だよ、どう？」

二の鳥居に降り立ったとき、土産物屋兼食事処兼洋風民宿〈猫島ハウス〉の看板娘・杉浦響子がポニーテイルをぶらぶら揺らしながら、七瀬に向かって手をふってきた。DCがとっとと行きすぎるのを見送ると、七瀬は〈猫島ハウス〉をのぞき込んだ。カウンターから青い制服姿の男が立ち上がり、軽く会釈して出て行った。見送った響子が首をかしげた。

「ね、お手柄警察官、いまのどこの制服だった？」

「響子ちゃん、そのお手柄警察官ってのはやめてもらえないっすかね」

遠慮のない女子高生は空になったカレーの皿をカウンターの内側に引っ込めると、

「なんでよ。お手柄警察官はお手柄警察官じゃん。七瀬さんが行かなかったら、殺されてたんでしょ。すごいよね」

「それってあの葉崎山の事件のこと？」

島民のイラストレーター、原アカネがくもった眼鏡《めがね》をはずしながら聞いた。

〈猫島ハウス〉の土産物売り場の片隅に、五人座れるカウンターが設置されている。いましも古い木のカウンターでは、アカネをふくめた四人が背中をまるめてカレーをむさぼり食べているところだった。響子は手を伸ばしてカウンターを拭くと、

「葉崎山の別荘の裏庭に、殺して埋めて知らん顔する予定だったのに、七瀬さんが居合わせて命救って、犯人逮捕したんだよね」

「へえ、そんな大事件があったんですか。全然知らなかった」

そう言ったのは、葉崎市役所総務部総合防災安全課の里中登志生《さとなかとしお》だった。彼の食べているカレーはアカネのものよりやや赤い。半袖の作業服の脇の下に汗じみができ、額からこめかみに汗がしたたり落ちている。

「里中さん、ここ、猫島っすよ」

「知ってるけど」

「主語が省略されている場合、猫ってことばをあてはめてみるべきなんすよ」

「え、てことは殺されかけて埋められる予定だったのは、猫ですか」

里中は素《す》っ頓狂《とんきょう》な声をあげ、隣にいた男が水にむせかえった。その男が誰か気づくのに若干、時間がかかった。里中のものよりさらに赤いカレーを食べているせいか、陸《おか》にあがりたてのカッパみたいになっていたからだ。

カッパはタオルで顔から頭髪にかけてさすりあげ、葉崎警察署警務課の鬼山善三《おにやまぜんぞう》警部補が顔をのぞかせた。まだ四十前だし、地域課にいた最初の数年をのぞけばスタッフ部門一筋であるにもかかわらず、見た目と名前で古株の刑事と間違えられることしばし、だそうである。

「ただの猫じゃないんですよね、七瀬くん」

鬼山が丁寧な口調で言った。原アカネがカレーまみれになった口を満足そうに紙ナプキンで拭い、目で問いかけてきた。七瀬は覚悟を決めた。

「はあ、大金持ちの猫なんすよ。名前は〈伯父さん〉」

「伯父さん？」

七瀬は小脇にしていた書類ばさみから、チラシを取り出して原アカネに差し出した。メンチ切っている茶色に黒ブチのでぶっとした猫の写真の上には、『この猫を探し出した方に謝礼として十万円さしあげます』などと印刷されていた。

「鎌倉に住んでいた大金持ちの老人が死んだんっすよ。老人には妻や子もなく、親戚といえば甥がひとりと姪《めい》がふたりだけ。でもって、誰のことも好きじゃなかったんすね。〈伯父さん〉って猫だけをかわいがってた。老人が死んで、甥姪が大喜びで駆けつけると、そこには一通の遺書が残されてて、全財産を〈伯父さん〉の信託にしてあったたってわけっす」

遺書にはさらにこうあった。いちばん年上の姪に〈伯父さん〉の飼育を任せ、その報酬として月々三十万円を支払い、他のふたりの甥姪に月々三万円ずつ払う。毎年、老人の命日である六月十八日に猫が生きているかどうか確かめると同時に、本物の〈伯父さん〉かどうかのＤＮＡ鑑定を行う。〈伯父さん〉が一年以内に死ぬか行方不明になった場合には、飼育していた姪に五百万、他のふたりには百万ずつ。以後、一年ごとに飼育者にプラス百五十万、他のふたりに二十五万ずつが加算される。いずれの場合も、残りの財産は鎌倉の文化事業団に寄付されることになっていた。

「へーえ、海外のミステリみたい」

原アカネはおおげさに喜んでから、あれ、と首を傾げた。

「猫を殺そうとしたのは、その甥なんでしょう?」

「そうっすよ」

「おじいさんが死んで、何年?」

「一年弱」

「え、じゃあ百万しかもらえないじゃない」

「そうなんすよね」

七瀬は唇をかんだ。思い出すたびに、顔がゆるみそうになる。

日向徳は伯父さん殺しが自分の犯行だと悟られないようにするため、テレビの科学捜査番組を観まくって計画をたてた。取り調べにあたって本人はその知識をとくとくと述べ立てたらしいが、猫殺しにCSIが出張《でば》ってくるわけがないということに気づかなかったうえ、まだ三十前だというのに働きもせず引きこもっていたため、猫を殺して埋めるほどの体力もなかったというわけだ。

猫殺害(未遂)時の大騒ぎが、偶然にも葉崎山を散歩していたハードボイルド作家・角田《つのだ》港大《こうだい》先生の耳に入った。先生はさっそく一一〇番、司令センターは猫島から本署に帰投中の七瀬に様子を見てくるよう指示を出した。行ってみると、別荘の玄関脇のガラスが割られ、屋内からは薬品臭が漂い、裏庭から異様な声が聞こえてきた。

「で、裏庭にまわってみると、ビニールシートの包みがはねまわり、日向徳がぎっくり腰で動けなくなってたんっすわ」

原アカネと響子がけらけら笑い出した。

「だけど、そいつ、猫が長生きするほど金もらえたんだろ？　なのになんで殺そうとしたんだよ」

カレーを食べ終え、爪楊枝《つまようじ》を使っていた男がはじめて口をはさんできた。神奈川県庁から来た美作良平《みまさかりょうへい》である。

「目先の百万がすぐにでも必要だったのと、猫を誘拐したことにして身代金をとるつもりだったって言ってるんすけどね。結局んとこ、自分がもらうべき遺産を横取りした猫が許せなかったってことみたいっす」

「うわ、あつかましい。何様のつもりよ」

「とにかく、ちょうどいいタイミングで七瀬さんが現れて、猫は無事、と。さ、お手柄警察官にカレーをあげよう。辛さはどうする？」

「並がいいかな。……いやだから、お手柄じゃないんだって」

ビニールシートをほどいて助け出したとたん、〈伯父さん〉は怒りの声をあげながら走り回り、あっという間に姿を消した。おかげで血相を変えた姪ふたりが葉崎警察署に乗り込んできて、大金のかかった猫をとんまな警察官が逃がした、とわめきちらし、即刻〈伯父さん〉を保護するように署長に詰め寄った。

長いものには巻かれろ主義の署長もさすがにこれには頭に来たらしく、姪たちをたたき出したが、七瀬もお目玉をちょうだいすることとなった。かわいそうな目にあった〈伯父さん〉の身が心配でないこともなかったが、正直、この話題にはうんざりだった。

「いまは猫探しどころじゃないけど、もし見かけたら連絡もらえないっすかね」

カウンターに腰を下ろし、響子からカレーの皿を受け取ると、七瀬は里中と美作にもチラシを渡した。美作は腕に貼られた絆創膏をちらと見おろし、

「そりゃ十万はおいしいけど、猫の区別なんかオレにはつかないからね。ていうか、とうぶん猫には近寄りたくないわ」

じゃ、ごちそうさん、と片手をあげて出て行く美作の背中に、響子が舌を出した。

「猫島に来て猫の悪口なんて、やなオヤジ」

「そう言いなさんな。なんたって今回の作戦でいちばんの難点が猫だってのは事実なんですから」

里中はカレーの最後の一口を食べ終えると肩をすくめ、原アカネが尋ねた。

「で、どうなの、ボランティアは。集まりそう?」

「とりあえず、三十五人確保できました。全員手弁当、交通費も自腹で集まってくれるんですよ。なかにはキャリーケースを持ってきてくれるひともいるみたいです。せめて軍手とかマスクとか、万一の場合の傷薬くらいは市で負担すべきだろうって本部にかけあってるところで」

「ちょっと、この期《ご》に及んでまだそんなレベル？　決行はあさってだよ」

「言われなくたってわかってますよ。でも市長ときたら、思ったよりも警備費がかさむとか防爆壁設置費用がどうだとか、ヒステリー起こしてるんです」

「そんなの、県か国に出させればいいじゃん」

遠慮のない女子高生がツッコミ、里中は腕の絆創膏の周囲をかきながら苦笑した。

「言うのは簡単だけど、ほいほい出してくれるわけないじゃないですか。こういうとき、主婦感覚が売りの市長は困るんですよ。なにか起こったときのために、日頃から県庁や中央とこまめにつきあっとけって、いくら言ったたって聞きやしなかったんだから」

「軍手代を節約することは思いついてもな」

鬼山善三警部補がぼそっと同意し、原アカネが眉をつりあげた。

「ちょっとちょっと。男の市長にだってロクでもないのは大勢いるだろうに、そんなこと言うなんて」

「女の政治家が悪いとは言いませんよ、主婦感覚がマズイって言ってるんです。だいたいこの不景気でみんな共働きせざるをえなくなってるわ、原さんみたいなシングルだって珍しくもないわって時代に、まだ主婦感覚が売りってどうかと思いませんか」

「まあ、ねえ」

原アカネをはじめ、皆なんとなく苦笑した。このところ市長の評判はリーマン・ショック後の株価なみに急降下している。市役所勤めの里中がこうも堂々と現職市長批判をするあたりにも、それは現れていた。

「次の市長選挙って、いつだっけ」

「秋の猫島猫まつりの頃じゃないっすか」

「今回の件とだぶらなくてよかったよね。だぶってたら、猫さわぎが倍になるところだった。猫まつりにはイギリスから有名な猫も賓客で呼ぼうって話もあるくらいだし」

「いまの市長、また出るの？」

「さあね。ああ見えて、今度の件はけっこうこたえてるみたいですよ。といって、後継者になりそうなのもいないし、いたっていまの市長の応援演説はお断りでしょうねえ」

「三東寺《みとうじ》の住職が出馬するって聞いたよ」

響子が無邪気に言い、鬼山善三が目をむいた。

「ほんとか、その話」

「同級生のおじいさんが三東寺の檀家《だんか》筆頭なの」

「まずいなあ」

鬼山警部補は顔をしかめた。一気呵成《いっきかせい》にカレーを食べ終えた七瀬は、汗を拭いて鬼山を見た。

「どうしてっすか」

「ＹＳＳの社長が出たいって言ってるんだよ」

ＹＳＳとは〈横葉セキュリティーシステム〉という小さな警備会社で、葉崎一帯にかぎっては業界シェア第一位。いまも猫島には、ＹＳＳの制服を着た警備員が大勢出入りしている。その社長は葉崎警察署署長とは昵懇《じっこん》の間柄で、それなりに名の通った地元の名士だが、三東寺の住職ほどの影響力はない。

「一騎打ちとなったら、勝てっこないっすね」

「だよなあ」

鬼山が腕を組んでうなり声をたて、響子はあきれたように、

「そんな先のこと心配してる場合じゃないと思うんだけど」

「ですよねえ。問題はあさってが無事にすむかってことなんだよね」

はあ、と里中が肩を落とし、つられて他の四人も深いため息をついた。

3

ことは二ヶ月半ほど前にさかのぼる。

猫島では、三月の中頃から猫島神社の綿貫宮司の発案で、温泉を掘る事業を始めた。うまくいけば観光資源が増えることになるから、観光客相手に商売をしている猫島全島民の期待を集めていた。

場所は、葉崎市市営の保養所〈キャットアイランド・リゾート〉の裏手の竹藪《たけやぶ》の中。温泉が出た暁には〈キャットアイランド・スパ・リゾート〉と名を改めようともくろんで、気の早い支配人がさっそく市役所に陳情におもむいたときく。

ところが、作業員が最初に発見したのは温泉ではなく、不発弾だった。

発見された不発弾は長さ約百八十センチ、直径約六十センチ。米国製の古い一トン爆弾で、びっくり仰天した葉崎市では、葉崎図書館館長以下司書を総出で古い資料にあたらせたが、それらしい記述は見つからずじまいだったという。

戦時中、猫島は軍に接収されていた。といってその頃は真水が出ないから軍人が在駐していたわけでもない。民間人の出入りお断り、いるのは猫だけ。当時の猫島神社の宮司は軍を拝み倒して猫の食料を週に二日ほど、小舟で運んだそうだが、

「そんな、爆弾が落ちてきたなんて話、じいさまの当時の日記にも出てきませんわなあ」と、猫島神社の現宮司は当惑げに語り、そのコメントはそのまま新聞の神奈川版に掲載された。

なにしろ古い話である。それでなくとも温暖な気候に恵まれて、葉崎市民といえば他の神奈川県民から「ねじが一本ゆるんでる」と思われているほどだ。軍需産業があったわけでも基地があったわけでもなかったから、ろくに空襲も経験していないし、戦後の食糧難もゆる〜く乗り切っている。葉崎市民たちは、戦争体験を語り継ごう、なんて思いつきもしないますごし、気づいたら六十五年たっていた。

「そういえばあの頃、Ｂ29が飛んできて、葉崎を飛び越えて藤沢あたりを爆撃してたの覚えてるけど、あいつら来るのは夜が多かったからねえ。行きがけの駄賃でひとつっくらい爆弾落としてってもおかしくないし、不発だったんなら気づいて腰を抜かしたのは猫だけだった、ってこともないとはいえないやね」

とは、当時を記憶する葉崎市民のひとり、古書店〈アゼリア〉店主・前田紅子《まえだべにこ》の証言だが、古老の皆様方に聞いても出てくるのはこれと似たような話ばかり。結局、爆弾の詳細は不明のままである。

なぜあるのかわからなくたって、現に不発弾はそこにある。葉崎市は上を下への大騒ぎになった。

誰も経験がないことだから、妙な具合にテンションがあがる。市役所内ではまず、対策本部をどの会議室に置くかでもめ、次に対策本部の名称でもめた。

猫島の正式名称は〈砂渡島〉といい、どうやら猫が嫌いだった役人によって、戦後そう命名されたらしいのだが、いまとなっては猫島と呼ばないとどこのことやら誰にもわからない。したがって対策本部の名称は「猫島不発弾処理対策本部」でいいのではないか、と助役が言うと、総務部の部長がいやいや役所が正式名称を無視してどうする、したがって名称は「砂渡島不発弾処理対策本部」でなくてはならない、と言い返した。これは両者つかみあいのケンカに発展し、名称は「猫島（砂渡島）不発弾処理対策本部」にしましょう、と市長が決定するまで三日もかかった。

上がそんなありさまだから、下が右往左往させられるのは言うまでもない。つい昨年、東京都下の某市が不発弾処理をしたばかりなのだが、

「現場レベルの話を聞きたいってうちら総合防災安全課が行って、いろいろ親切に教えてもらって、内容を対策本部に報告したんですけどね」

二ヶ月前、初めての現地説明会の数日後、猫島を訪れた里中登志生は〈猫島ハウス〉でコーヒーを飲みながら、響子や原アカネ、七瀬を相手に愚痴ったものだった。

「自分たちも直接不発弾処理にあたったひとたちの話を聞いておくべきだって、別の部署が行って。うちの部長が行って、対抗して助役が行って。議会の与党連中が行って、野党が行

って、市民連合が行って、さらに市長が行って。いったい葉崎から何組の視察団が行ったかわかりゃしませんよ。あちらの市の担当者がさすがにうんざりしたらしくて、苦情ともイヤミともとれるような電話をよこしました。おわび兼社交辞令で夏休みには子ども連れで海水浴にいらっしゃいって誘ったら、本気で来るつもりらしいんですよ。うちに泊めることになりそうで、かみさんになんと言えばいいのやら」

　おまけに、その某市の経験談は、不発弾処理に直接関わるようなところではおおいに参考になったものの、そっくり猫島にあてはめるのは不可能でもあった。

　なにせ、あちらは都会の住宅密集地。そばに鉄道と国道があり、病院があり、独居老人がいて妊婦がいて、半径五百メートルに避難者は一万六千人以上という大プロジェクトである。関係方面は処理にあたる自衛隊、警察、消防に消防団、国土交通省、東京都庁、赤十字に郵便局、鉄道会社にバス会社、電力、ガス、水道、電話会社と多岐にわたっている。

　かたや猫島はといえば、避難者は三十数人の島民だけ。念のため、対岸の猫島海岸町の猫島に面した世帯を避難させたとしても全部で百人足らず。病院もなく、必要なのは海岸道路の一部封鎖と、猫島海域の全面封鎖。電気と水道は止めなきゃならないが、島はプロパンガスだから業者を呼んで前日までにとりはずしてもらい、不発弾の撤去次第元に戻せばいいだけだし、

「上はかえって気楽になっちゃったんですよ。都下の前例にくらべりゃラクだって。マスコ

ミだってそうですよ。猫島なんて僻地《へきち》に落ちててよかったねって、新聞記者に言われちゃいましたからね。そりゃそうなんだけどさ」

二ヶ月前の第一回現地説明会は、〈キャットアイランド・リゾート〉の大広間で行われた。すっかり緊張の糸がゆるんでいた対策本部長こと市長は、眠そうな顔で総務部長の説明を聞いていたが、質疑応答に移ったとたん、口をあんぐり開けることとなった。

戦闘の火ぶたを切って落としたのは、猫島で〈The Cats & The Books〉という雑貨店を営む三田村成子だった。成子は差し出されたマイクをひったくると、眼光鋭く市長をにらみつけた。

「あんたたち、ここをどこだと思ってんのさ。人間の避難なんて説明されなくたってどうにでもなるんだよ。問題は猫だろ、猫。百匹の猫を、どうやって全員確保して、どうやって誰がどこに避難させるか、かんじんのその計画がすっぽりぬけてんじゃないのさ。みんなその説明を聞きに来たんだよ。質疑応答の前に、そこんとこきっちり説明してもらおうじゃないの」

島民たちから、そうだそうだ、とヤジが飛んだ。

「去年の台風のときだって、外がものすごい嵐になったから猫たちもおとなしくなって、なんとか八割方の猫を神社に避難させられたんだけどさ。なにも起きてなけりゃ、猫だって避難なんかしてくれやしない。なのに、どうやって猫を対岸まで運ぶんだよ。どの施設にまとめとくんだよ。エサや糞はどう処理してくれるんだよ。そこがいちばんだいじなんじゃないか。なのに対策本部に猫の専門家がいないってどういうことなんだよ、え？　マジメにやる気、あるのかい」

三田村成子の追及に、たじたじとなった司会者である総務部長がマイクをとり、

「えー、そこのところはですね、今回は最初の説明会ということでですね、次回の課題ということで」

などと官僚的にごまかしかけたとたん、市長がにわかに爆発した。

「猫の避難？　バカも休み休み言いなさい。血税使って畜生を助けるなんてことできるわけないでしょう。非常識にもほどがあるわ」

市長の唯一の趣味はガーデニングである。つい三日ほど前、自慢のバラの根本に野良猫がたっぷりとマーキングしていったのに気づいたばかりでもあった。

「どうせ不発弾は不発弾よ。爆発しっこないんだから猫はそのへんにおいときなさい。万一、爆発して巻き添えになったからって、どうってことないでしょ。猫の代わりなんかいくらでもいる。たりなくなったら、神奈川中の保健所まわってかき集めて補充してやるわよ」

一瞬の沈黙。次の瞬間、説明会に参加していた全島民が立ち上がり、広間は怒号の嵐となった。住民説明用のレジュメが宙を舞い、靴が乱れ飛んだ。パイプ椅子を持ち上げるもの、市長に詰め寄るもの。同じテーブルについていた対策本部の面々は、おそれをなして横歩き

で市長から離れた。

一方、市長も負けてはいなかった。マイク片手に怒鳴る、がなる。と、そこへ、なにやら茶色いかたまりが疾風のごとく広間の片隅から駆け現れ、市長の目前のテーブルにひらり、と飛び乗った。葉崎警察署猫島臨時派出所勤務員、ひと呼んでポリス猫ＤＣ。

ＤＣはぶるるっと身震いすると島民に向き直り、たしなめるように、にゃあ、と鳴いた。その場に居合わせ、なんとか騒ぎを鎮めようと、

「落ち着いてください、落ち着いて。ちょっと、そこ、椅子を投げたら逮捕するぞ」

と叫んでいた七瀬晃巡査は、その姿を見て安堵した。同時に、七瀬はもちろん県警本部長でもおさめられないだろう島民の興奮が、ＤＣの登場ですうっと引いた。

よし、とさらに声を高めて着席を求めようとしたときだった。

「どきなさい、ずうずうしい」

叫ぶなり、市長がＤＣの頭を思いっきりはたいたのだ。ふいをくらったＤＣはぎゃっと叫んでテーブルから飛び降りた。

大広間は、今度こそ、地獄の釜の蓋が開いたようになった……。

猫嫌いの市長は知らなかったらしいが、ポリス猫ＤＣといえば、西のアイドルたま駅長ほどではなくても全国区の人気猫になっていた。説明会は、島内会会長である〈鮮魚亭〉の大将の指示で、芦田という若いのによって動画撮影されており、市長がＤＣをはたいたあたり

もばっちり録画されていた。

七瀬と里中が協力して大混乱の広間から市長を引っ張り出し、他の対策本部の人間もろとも小舟に放り込んで本土に送り出すやいなや、三田村成子は問題の映像を編集してYouTubeに投稿、市長がヒステリックに、

「猫の代わりなんかいくらでもいる」

とわめいたあと、ＤＣの頭をはたく場面を世界にむけて発信した。

市役所に戻った市長は周囲の人間が止めるのも聞かず記者会見をひらき、猫島の島民たちから暴行を受けた、告訴も考えている、と息巻いた。しかし、それがメディアに流れるより、ネット炎上が先だった。

その日、葉崎市役所には百件以上の抗議があった。翌日にはさらに数倍来た。職員は対応に追われ、「虐待市長」「悪魔のおばさん」よばわりされた市長はぶんむくれて執務室に引きこもり、市役所の機能は完全にマヒしてしまった。夕方の各局ニュースは「葉崎市に異常事態」としてこのてんまつをとりあげ、

「不発弾処理の前に、市長自ら、爆発しちゃったみたいですね」

などとコメントした。

見かねた神奈川県庁が送り込んできたのが、美作良平である。世の中のすべてがつまらん、とでも言いたげな顔をしてだるそうに身体を運ぶこの男は、聞かされる不満や問題をぬらり

とかわし、あっちでひそひそ、こっちでこそこそと密談を繰り返し、あらゆるところに出没した。それが功を奏したのかどうか、誰にもわからなかったが、結局のところ、現地視察がすみ現場の調整会議がすみ、海上保安庁との打ち合わせもすみ、防爆壁ができて土のうが積まれ、ケーブルテレビと葉崎FMラジオでの広報も始まり、県庁への不発弾処理交付金の申請、陸上自衛隊基地に於《お》ける不発弾撤去協定書の調印と、すべて滞りなく行われた。

かんじんの猫島の猫たちについても、猫の避難はボランティアを集めて行う、避難場所は猫島海岸町の公民館、避難猫の世話は猫島島内会とボランティアが担当、避難に応じない猫については運を天にまかせる、必要経費の半分を市が負担する、ただし経費をどこまで認めるかは市の判断とする、という基本合意が猫島神社や島内会といつのまにかできあがっていて、二回目以降の現地説明会は思ったほど紛糾せず、身構えていた七瀬は腰砕けになった。

「つたく、役人ってのはだから嫌いだよ」

島内会武闘派の三田村成子はいまいましげに舌打ちをし、七瀬に言ったものだ。

「あの、お忘れかもしれないけど、オレも役人っすよ」

「腹黒いったらありゃしない。要するに、ほとんどがあたしたちの持ち出しってことになるんじゃないか。あの虐待市長が猫経費を認めるわけないのはわかってんのにさ」

「あ、そこらへんのとこは、哲也さんがうまくやったみたいっすよ」

綿貫宮司の孫娘・美砂の夫、哲也はその若さに似合わずなかなかのやり手で、

「ＹＳＳって警備会社の社長とかけあって、猫島からの要望で不発弾の民間警備をＹＳＳにやらせるようにしたかわり、市に請求する警備費に猫経費をこっそり上乗せさせてもらうことにしたそうっす」

「いいのかい、そんなことして」

「あ。……いや、ホントだったらマズイっすよね。不正請求になっちゃうし。まあ、でも噂だから」

「面白い噂だねえ。ま、一種の正当防衛ってことだね」

三田村成子は少し機嫌を直し、避難猫の一覧表作りに戻っていった。

命を危険にさらして不発弾処理をしてくださる陸自の不発弾処理部隊には申し訳のない話だが、今回の作戦でやっぱいちばんたいへんなのは、三田村さんを隊長とする猫避難部隊っすよね、と七瀬は内心思っていた。

島内の愛猫家ネットワークを仕切っている三田村成子は、猫島の猫たちを知り尽くしていると豪語しており、勝手に名前をつけてはパソコンにかなりの数の猫の写真を貯め込んでいるという評判だったが、実際に猫の登録簿を作り始めてみると、その写真たるやたいへん芸術的であって、手伝いに駆り出された響子と原アカネはあぜんとなった。

「ねえ成子さん、この写真のどこに猫がいるの？」

「いるだろ、ほらここに」

「……って前足の先だけじゃん」

「これはいったい、なんの写真なんでしょうか」

「なにって走ってる猫だろ」

「……残像ですね」

それどころか、

「あのう、これって同じ猫なんじゃない？」

「どれだい？」

「ほら、このぴっちって名前のとプドレンカって名前のやつ。そっくりなんだけど」

「……あれ？」

「こっちには、タケって名前の猫が二匹いる」

原アカネは写真を二枚振って、

「一匹はトラ猫で、もう一匹は白猫ですけど、どうします？」

「……おや」

この段階でつまずき、猫の避難計画はおおいに危ぶまれたのだった。

音の割れた雅楽のテープが大音量で流れるなか、御幣《ごへい》を捧げ持った常装束《つねしょうぞく》姿の綿貫宮司がしずしずと歩いてくるのが見えた。本殿に正座した一同が頭を下げ、祝詞《のりと》が始まった。

4

六月十九日午前九時。晴天、無風。猫島不発弾処理作戦決行の当日である。

住民の避難があるから、不発弾処理は日曜日におこなわれることが多いと聞くが、観光で食っている猫島で日曜日はかき入れどき。それでなくても不況と不発弾騒ぎで客足が落ちてるんだから週末はやめて、と猫島島内会は対策本部に陳情した。

一時は、猫島の陳情など、どんな内容でも聞く耳持つかい、という態度だった市長だが、県庁の美作と何度かひそひそやりあううちに、決行は木曜日になっていた。してみると、あの男、やはり見かけによらず切れ者なのかもしれない。

この日の朝、猫島の住人たちはいつもより少し早く、五時半に起床した。いつもどおり掃除をし、前日にプロパンがとりはずされたため冷たい水で顔を洗い、六時半には猫島神社の境内に集合。綿貫宮司のお祓いを受けた。それからそろって埠頭まで下り、にぎりめしと麦茶の朝食をとった。

昨年の暮れ、板前の修業をしていた〈鮮魚亭〉の大将の息子が葉崎東商店街の米屋の娘と結婚し、猫島海岸町に定食屋を開いた。人出の少ない住宅街に定食屋ってどうよ、という周囲のささやきをよそに、店頭の羽釜でめしを炊き、〈鮮魚亭〉自慢の干物のにおいを盛大にふりまいて、店は大繁盛。かつては、

「船にも乗れねえダメ息子」

と、嘆いていた大将は、息子が差し入れたにぎりめしを配り歩き、

「え、うめえだろ。うちの息子がにぎったんだよ。うめえだろ」

ホメ言葉を強要して歩いている。

「あ、なあ、おまわりさん。どうだ、うめえだろ」

「うまいっす。コンビニのおにぎりとはくらべもんになんないっすね」

住人でもないのに六時には派出所にやってきて、掃除に参加しお祓いも受けてしまい、中身のシャケをポリス猫ＤＣと分け合いつつ四個目のにぎりめしを食べていた七瀬は慌てて答えた。大将は鼻で笑って、

「おまわりさんの食生活は貧しいとみたね。そろそろ嫁をもらっちゃどうだ？　うちの息子の嫁には妹がふたりいるんだがね。あんた、ぴかぴかのめしが食い放題になるよ」

「そ、そういう話は爆弾が片づいてからってことでどうっすか」

「そうそう。これからが大仕事だもんな」

大将はまぶしげに背後の道を見渡した。猫のエサの時間はとっくにすぎている。食べ物でつって、集まってきたところを一匹ずつ捕獲してキャリーケースに入れ込む作戦なのだが、埠頭脇に大量のキャリーケースが積んであるせいか、いつもならいそいそ集まってくるはずの猫たちが、電柱や植木鉢の陰から顔だけのぞかせて遠巻きにしている。そのほとんどの猫たちが「猫島ねこ」とプリントされた派手なピンクの首輪をさせられていた。

三田村成子の資料が口ほどにもなく役に立たないことがわかり、島内会は鳩首《きゅうしゅ》した。結論としては、今後のこともあるから登録簿を作っておくべきだということになって、おそろいの首輪を注文し、一匹ずつ捕まえては写真を撮り、名前入りの首輪をつけてリスト化することになった。

なったといったって、そんな作業、そう簡単にすむはずがない。島民たちが半ばペットとして親愛を深めている相手――森下美砂にべったりくっついているペルシャ猫のメルちゃんとか、原アカネ宅の居候ヴァニラとか、猫グッズショップ〈G線上のキャット〉のアイーダとか、〈モカ猫コーヒー店〉のアムシャ・スパンダとか――はともかく、それ以外の、自由奔放に暮らし、人間なんぞ屁とも思っていないタイプの猫たちに首輪をつけるのは至難の業だった。

そこで、猫避難部隊がとった作戦はといえば、誰彼かまわず協力を強制するというもので、里中や美作はもちろん、不発弾の警備に来た警備員、現地視察に来た消防士、海上保安庁のお偉方といった、島に上陸してきた面々にずかずか近寄っていってケータイの番号を交換し、首輪をしていない猫を見つけたらその場で捕獲して連絡をするように、と申し渡した。結果、猫島海岸町の薬屋〈フネ・ドラッグ〉は絆創膏と消毒薬の売り上げを急激に伸ばしたのだった。

そのかいあって、登録簿はほぼ完璧に整った。あとは、猫をキャリーケースに入れて対岸に運び、撤去がすむまで我慢させ、連れ戻す、だけだ。

「ところで、大仕事が始まる前に、このにぎりめし、警備員にも持っていってやってよ。交替が来てたとは思うんだけど、昨日の夜の十時からだろ？　仕事とはいえ、たいへんだよなあ。頼むよ」

いいっすよ、と気楽に引き受けると、七瀬はほのあたたかいにぎりめしを三つ、皿に盛り、麦茶入りの魔法瓶と一緒に歩き出した。窓が残らずシートで覆われ、様変わりした〈キャットアイランド・リゾート〉の敷地内を通り抜けると、クレーン車と防爆壁、土のうが積まれた殺風景な一画が見えてくる。手前のパイプ椅子にはＹＳＳの制服を着た男が腰を下ろし、腕をぼりぼりかきながら大あくびをしていた。

「あれ、橘さんじゃないっすか」

「おう。しばらくだな」

初老の警備員は七瀬に気づいてにやりとした。三ヶ月前、猫島神社春の大祭のとき警備のアルバイトをしていた、元強行犯刑事である。

ありがたそうに麦茶をがぶ飲みし、むくんだ顔でにぎりめしをほおばると、

「ゆうべはまた蒸し暑いし、ヤブ蚊が多くてまいったわ。おまけになんにも出ない張り込みときてる」

「出たら死んでますよ。相手は爆弾なんすから」

「ちがいない。あー、うまい」

橘はまたたくまににぎりめしを食べ終え、ふいに真顔になった。

「妙なこと聞くけど、このあたり、なんか出るか」

「は？」

「いやそのつまり、こういうやつ」

橘は手をだらりとたらして見せた。七瀬は目をぱちくりさせた。

「えっ、幽霊ですか。いや、聞いたことないっすけど」

正確に言えばないこともない。三ヶ月前、つい目の前の〈キャットアイランド・リゾート〉の支配人がそんなことを言い出した。が、調べてみたら正体は、

「猫なんじゃないっすかね。なにせこの島にはたくさんいるし、あいつら夜のほうが元気だし」

「いや、ゆうべ、竹藪の中でごそごそっと音がしてね。まさか不発弾を盗みに来るやつもい

ないだろうが、これでも仕事だから誰何《すいか》してみたんだよ」

「スイカ……？」

「返事がないんで懐中電灯で照らしたら、なんか青いもんがぬうっと立っててさ」

「青い幽霊っすか」

「いやまあ、こっちも慌てちまってね。懐中電灯を落として、拾い上げてみたら、そこにはなにもいなかった」

七瀬は竹藪をすかし見た。猫島神社への石段に続く、猫島メインストリートの途中を左に折れると、島の西側を通って猫島神社へと迂回する道がある。ずいぶん以前から途中、崖崩れで通行止めになっているのだが、〈猫の安眠〉と呼ばれる小さな入り江までは行き着けるし、道の脇には廃墟同然を含めて何軒か民家がある。この竹藪をそのまま抜けると、その民家に出るわけだ。

「民家のあたりは養生のため、ブルーシートで覆われてますよね。そのシートがはずれて飛んできたんすかね」

「ああ、そうかもしれないな」

橘は恥ずかしそうに顔をつるんと撫でた。

「年はとりたくないね。夜中にひとりでこんなとこにいて、眠たくなっちまうし、半分夢でもみていたのかもしれない。忘れてくれ」

橘と別れると、竹藪をつっきって、民家のブルーシートをチェックにいった。問題なさそうに見えた。考えてみれば、ゆうべは風も強くなかった。シートが一瞬だけ現れて消える、というのもおかしな話だ。

突然、にゃー、という声がして顔を上げると、竹藪の中にポリス猫ＤＣが前足をきちんとそろえてお座りしていた。ＤＣはまん丸い顔をくいっと動かし、足下に目をやった。近寄ってしゃがみこむと、作業靴らしい足跡があった。

ＤＣはふんっと鼻息をたて、七瀬は首をかしげた。

「え、でも、このあたりはここんとこ、こういう靴はいた人間ばかりが踏み荒らしてたからなあ」

ＤＣはまじまじと七瀬を見て、首を振るような仕草をした……。

実際に作業にあたる自衛隊や警察、消防、市役所や県庁といったひとたち相手の二度目のお祓いは、粛々と進行している。

七瀬は本殿に入りきれず、賽銭《さいせん》箱のまわりで立って中を見ていた制服だらけのひとごみから、こっそり抜け出した。猫島でもっとも高い位置にある石段から見おろすと、待機中の消防艇や自衛隊の運搬船、キャリーケースを満載して対岸に向かうフェリー、猫島海岸の埠頭から両手にキャリーケースを持って公民館に向かっているボランティアたちの行列、対岸の

道中に設置された対策本部のテントなどが見てとれた。そして、

「うんぎゃーおっ」

「あっ、ダメ、逃げられたっ」

「そっち行った、そっち」

「ふんぎゃっ、にゃーおおう」

「押さえろっ」

「傷つけるなっ」

猫捕獲大作戦——もとい、猫避難大作戦の模様が、けたたましい悲鳴の効果音付きで石段からメインストリートのあちこちで繰り広げられていた。案の定、こちらは粛々どころの騒ぎではない。七瀬は呼び止められないよう全速力で石段からメインストリートまで一気に駆け下りた。

埠頭では、三田村成子がバインダーの猫一覧表に赤鉛筆で印をつけているところだった。弁慶《べんけい》という名の黒猫が、にゃあにゃあ鳴きながら成子のふくらはぎに巨体をすりつけていた。

「どうっすか、避難状況は」

「予想通り、七割はまあスムーズに進んで問題児ばっかり残ってる」

巨大なサンバイザーにサングラス、長袖のUVパーカに手袋という、日焼け対策万全のあまり、怪しいことこの上ない姿になった成子は、一覧表をめくりながらぼやいた。

「弁慶は？　みんなと一緒に避難させてやらないんっすか」

「このコを入れられるキャリーケースなんてないんだよ」

黒豹だと思いこまれて悲鳴をあげられるほどでかい弁慶は、ボクも、と言いたげに今度は七瀬の足に体当たりしてきて、七瀬は思わずよろめいた。いつのまにか埠頭のポールの上に陣取っていたＤＣが、弁慶に向かってなだめるように低く鳴いた。

「誰かが抱いていく――わけにはいかないっすよね」

「海の上で暴れられたら、全員溺れ死ぬよ」

んなこと最初からわかってるはずっしょ、とツッコミかけて、七瀬は気づいた。

「あ、そうだ。前に、猿の運搬に使った檻が神社にある」

「だったら、ぐずぐずしてないで早く持ってきとくれ」

言い返してやりたいことは百もあったが時間はない。七瀬は全速力で石段を駆け上がった。ちょうど、祝詞が終わって一同が三々五々下りてくるのとすれ違う。

「あ、ねえ、おまわりさん」

市役所の里中がそのひとごみの中から大声を出した。見ると、腕に白いペルシャ猫を抱え込んでいる。

「一匹確保しましたよ、よろしく」

言うなり七瀬の胸にぐいと押しつけてきた。下まで持っていってくれ、と頼む間もなかった。

しかたなく、神社のペルシャ猫メルちゃんを抱えてまた石段を駆け下りる。一の鳥居近くで、キャリーケースの見張りをしながらビデオをまわしていた〈鮮魚亭〉の若いのに押しつけ、また駆けのぼった。

「七瀬くん」

二の鳥居付近まで戻ったとき、鬼山善三警部補が声をかけてきた。水戸黄門よろしく周囲にお付き——といっても、七瀬からみればかなりのお偉いさん——を従えた、署長のお供のひとりらしい。七瀬は慌てて背筋を伸ばした。

「全島民の避難状況はどうなっていますか」

「猫避難部隊に所属していないお年寄り八人は、飼い猫をつれて公民館に避難済みっす。残りは猫次第、ですね」

「まだかかりそうですか」

「十時十分前には、何匹猫が残っていようが全員退避させます。そういう約束っすから」

「DCはどうしているね」

はじめて署長が口を開いた。もともと、ただ派出所にいついていただけのDCに星章付きの首輪を与えてポリス猫にしたのは、この署長だった。だからって、こんなときにそんなこと言い出さなくても。

「……埠頭で避難部隊を監督中っす。ご案内します」

のんびり石段を下りる署長一行にいらいらしながら埠頭まで下りる。ＤＣはキャリーケースをのぞきこんでは中にいる猫たちをなだめているところだったが、耳をぴくっと動かすと丸顔をきりっと引き締め、署長の足下に一足飛びにやってきて、にゃお！　と鳴いた。

「おお、よく働いているな。感心感心」

署長が言い、周囲が追従《ついしょう》笑いをもらす。と、三田村成子がこっちを見て怒鳴った。

「ちょっとおまわりさん。弁慶の檻はどうなってんのさ、檻は」

「あ、すんません、いま……」

「ダメじゃないか。ＤＣにならってきみも働きたまえ」

ＤＣを撫でていた署長がこちらを見もせずに言った。えーっ、と思いながらも七瀬は一礼して走り出した。

すでに全員が所定の位置につきつつあるらしく、一の鳥居近くはがらんとしていた。

「神社を放置してここを離れるわけにはいきませんわなあ」

と、船恐怖症をごまかして避難を拒否した綿貫宮司と下働きのゴン太が賽銭箱をブルーシートでくるみ、雨戸を入れているところだった。切れた息を整えていると、宮司の孫の森下美砂が半泣きでやってきた。

「おまわりさん、たいへん。メルちゃんがいないの」

「メルちゃんならもう埠頭に連れて行きましたよ」

「アタシに断りもなく？」

「あー、ええと、行きがかり上……」

「ひどい」

美砂はぽつんと言って、とぼとぼと石段を下りていった。

おいおいおい。冗談じゃないっすよ。七瀬がへたり込みかけたとき、島内放送が九時四十五分を告げた。ぐずぐず言っている場合ではない。ゴン太に近づいて、檻を貸して欲しい旨、頼み込む。

「にゃーお」

待っていると、よく似た三毛猫が二匹寄ってきて、七瀬の靴のにおいを嗅ぎ始めた。〈猫島ねこ〉首輪はしていない。猫避難の時間切れまであと五分、なんでこんなとこにいるんだよ。

ゴン太が檻を持ってきた。檻と二匹の猫をひっかかえ、石段を駆け下りる。最後のフェリーが埠頭で待っていて、乗っていた全員が七瀬を冷たく見た。

「遅い！」

三田村成子が船に乗せてと騒ぐ弁慶を押さえつつ、言った。言い返す余裕はなかった。二匹を成子に押しつけ、弁慶の前で檻の戸を開いた。弁慶は後ずさりをした。

「おまえなあ、ここに入らないと、船には乗せてもらえないんだよ」

押し込もうとすると、弁慶は暴れた。羽交《はが》い締《じ》めにしようとすると、でかい黒猫は七瀬を背中に乗せたままずるずると歩き出した。近くにいた報道陣の大笑いが聞こえてきた。

「ちょっと、おまわりさん、時間すぎちゃうじゃないか。早くしとくれ」

むかっとしたおかげで力が入った。弁慶は怯《おび》えたように、なーお、と小さく鳴き、自分から檻に入っていった。檻を船に積み込むと、成子が弁慶に向かって、

「おお、よしよし。こわいおまわりさんだねえ。もう大丈夫だよ」

と猫なで声でささやいているのが聞こえてきた。

完全にキレかけたとき、島内放送が十時を告げ、フェリーは猫島海岸へとスピードをあげていった。七瀬とＤＣはそれを見送って顔を見合わせ、ため息をついた。

5

「住民避難完了確認」

「不発弾の信管除去作業開始」

「弾底信管離脱完了。弾頭信管処理に移る」

着々と作業が進行している様子が、無線を通じて伝わってきた。作業中、処理隊以外は

〈キャットアイランド・リゾート〉敷地までさがることになっていて、いろんな制服姿が敷地には入り乱れていた。綿貫宮司や田崎支配人の姿も見受けられる。

「それにしても、不発弾一発で大勢のひとが働かなきゃなんないもんだなあ」

猫島消防団団長として防火服に身を包んだ〈鮮魚亭〉の大将が、のんきに言った。

「大金も動くしねえ」

答えたのは県庁の美作で、てっきり島を出て、対岸の対策本部のテントに座ってお茶でも飲んでいるのかと思っていたのに、案外責任感があるらしい。

「消防に自衛隊、警察くらいはみりゃわかるけど、水道局とか電力とか、県庁のなんとか部署とか引っ越し屋とかなんだとか、わけわかんない制服もあってさ。全体で何部署何業種が働かされてるんだか。これだから、戦争はよくないってこったよな」

「経済効果を考えたら、最終的にはマイナスだしね」

かみ合っているようでかみ合っていない会話をぼうっと聞いていた七瀬は、首を傾げて大将に聞いた。

「なんすか、その引っ越し屋って」

「猫島神社の重要書類を対岸に運ぶんだってよ。さっき二の鳥居あたりで段ボールを組み立ててた。〈ゾウアザラシ引っ越しセンター〉って名前入りのやつ。あんま聞かない引っ越し屋だなって言ったら、船を持ってるんで、島の引っ越しが得意分野なんだとさ」

「え、いやだって、神社の重要書類なら二日前に床下収納庫に全部おさめたっすよ。オレ、立ち会ったもん」

「そうかい？　でもあいつら、確かに」

「さっきっていつ頃だい」

美作が何を考えているのかわからない細い目を大将に向けた。

「さっきはさっきだよ。ついさっき」

「全島避難の前っすか」

「いや、避難のあと」

七瀬は〈キャットアイランド・リゾート〉の敷地を大急ぎで走り抜けた。すでにがくがくになっている足を励まして、メインストリートに向かう。派出所を通り過ぎ、〈鮮魚亭〉の前にたどり着くと、引き潮で現れた砂州へと下りる歩行者用の階段の前に、〈ゾウアザラシ引っ越しセンター〉というイラスト付きシールの貼られた段ボール箱が積みあげられていた。

「うっわーっ」

ふいに叫び声が聞こえて振り仰ぐと、メインストリートを三人の男たちが駆け下りてくるところだった。あちこちに段ボール箱が飛び散って、中身が見えた。レジスターに小抽斗《こひきだし》、十五万円もする猫島神社の黄金の猫像。水口徳子の家の前には、見覚えのある寄せ木細工の茶簞笥まで出されていた。

青い制服を着た男たちは、顔中ひっかき傷だらけになっていた。ひとりの男の足下を茶色いかたまりがさっとかすめ、男はもんどり打って坂道を転げ落ちてきた。もうひとりは勢いあまって砂州に落ち、最後のひとりがあやういところで踏みとどまった。

七瀬はにっこり笑ってそいつに近寄った。遠くで、おーっという歓声があがり、足下でDCがふぎゃーっ、と鳴いた。

最後のひとりは七瀬を見てDCを見て自分から砂州に飛び降り、走って逃げようとして、ぬかるんだ砂に頭からつっこんでいった。

「……空き巣？」

原アカネがキャリーケースの戸を開けながら、頓狂な声をあげた。閉じこめられていた猫は一瞬きょとんとしていたが、次にすさまじいスピードで島の中へと駆け込んでいった。

不発弾の信管は午前十時五十六分、無事に抜かれ、ただちに対策本部長による安全宣言が出された。本体がクレーンで運び出され、運搬船に乗せられる一方、土のうと防爆壁の撤去も始まった。爆弾本体は海上保安庁の護衛で葉崎東海岸の埠頭まで運ばれて警察に引き渡され、神奈川県警が陸路で搬送することになっていたが、ま、それは七瀬には関係ない。十一時三十分には現地対策本部の解散が宣言されて、猫連れ戻しの大作業が始まった。猫島不発弾騒ぎはいちおう、これにて終了、ということになった。

七瀬は濡れた頭をタオルで拭いていた。砂州に埋まり込んだ〈ゾウアザラシ引っ越しセンター〉一行は、結局自力では脱出できず、逮捕するには自分も下に下りてひとりずつひきずりあげるしかなかったのだ。署長以下全員が不発弾の運送が無事すむか、と固唾《かたず》をのんでいるまっただなか、無線で至急報告を入れた七瀬は理不尽にも、

「よりによって、なんでいま猫島で空き巣なんか捕まえるんだ」

と怒鳴られた。

「やつら、無人になる猫島に目をつけて、数日前から下見してたらしいんっすよ。以前勤めていた引っ越し屋に化ければあやしまれないですむと思ってね。で、昨日の晩は廃墟に泊まり込んでた」

「いろんな制服が出入りしてたからなー。全然気づかなかった」

響子が自分のところのマグウィッチという白黒ブチ猫を抱き上げつつ、のんきに言った。

「そのひとりが、おたくでタダのカレー食べたんっすよ。ほら、響子ちゃん、あの制服なんだっけ、って言ってたじゃないっすか」

廃屋での一夜はヤブ蚊と暑さで、仮眠をとるどころではなかったらしい。寝付かれず真夜中の散歩に出たところを、警備員の橋に目撃され、靴跡を残したらしい。

「あっ、あの趣味の悪い真っ青な制服」

「島民がいなくなってから引っ越しって形にしようと思ったら、猫の避難でみんななかなか

いなくならないし、さあ避難がすんだと思っても、最大の目標である猫島神社には宮司さんとゴン太が居座ってるし。時間がないなか、大わらわでいろんなもん運びだそうとしてるのを、うちのDCが気づいたというわけっす」

「ふうん、えらいね、DC」

おや、と七瀬は首をひねった。響子も成子も原アカネも、いつもならもっと怒りそうなものなのに、どことなくうわの空だ。特に響子は、泥棒にカレーを食べさせたなんて、泥棒に追銭《おいせん》じゃん、とかなんとか怒鳴りだすとばかり思っていたのだが。

「ね、見てコイツ」

原アカネがキャリーケースを開けて、なかから猫を一匹引きずり出した。ものすごく目つきの悪い、茶色に黒ブチのでぶっとした猫。

どこかで見たような。それも最近。

「あ、こいつ、もしかして……！」

「ね、〈伯父さん〉だよね。謝礼金十万円の猫だよね」

アカネが伯父さんを抱いて踊るように揺らした。三田村成子が脇で、にかにか笑いながら、

「公民館にいたら、猫の大合唱につられたらしくて寄ってきたんだよ。予備のキャリーケース、持っていっといてホントに良かった。これで、増えた猫の分の医者代が出た」

「増えた、猫……？」

「誰かが数にまぎれてキャリーケースごと猫を捨ててったんだよ。それも三匹も。置いて帰ろうかとも思ったんだけど、猫に罪はないしね。猫の神様が収支のバランスをとってくれたって、ことだよね。やれやれ」

「十万ですからね。よかったよかった」

喜び合う三人から、七瀬はじりじりと後ずさりをして離れ、派出所に駆け込んでチラシを取り出した。

チラシのいちばんめだつ場所に、

「この猫を探し出した方に謝礼として十万円さしあげます」

とあり、その下に、ものすごく小さな字で、

「本年六月十八日までに」

と書かれていた。

今日は六月十九日。伯父さんの飼い主の命日は前日の六月十八日。〈伯父さん〉の安否確認は毎年、飼い主の命日に行われ、それがはっきりした時点で遺産の配分が決まる。逆に言えば、十八日を過ぎてから見つかってもこの猫は法律的には死んじゃってる、ということになる。早い話が、本日十九日現在、〈伯父さん〉は大金持ちの猫でも何でもない、ということで……。

七瀬は目をあげた。派出所の座布団で丸くなっていたＤＣがちらと眠そうな目を向けてき

た。

七瀬はデスクの椅子を引き出して、力なく座り込んだ。

ポリス猫DCと女王陛下の秘密

1

イギリス、マン島。七月のうららかな朝のこと——。

ヴィクトリア・エヴァラードは優雅に伸びをすると、デスクに駆け上がった。

これは日に何度も繰り返される一種の儀式のようなもので、だからジェラルド・エヴァラードは一顧だにしなかった。彼はパイプの端を嚙みながら、反射的にヴィクトリアのやわらかな背中をおざなりに撫でた。

ヴィクトリアはおおいに気にくわなかった。世界は、特にジェラルドは、常に自分のことを考えていなくてはならない。

「いてっ」

ジェラルドは嚙まれた小指を引き、ヴィクトリアの目をのぞきこんだ。

「悪いね、ヴィクトリア。妙な手紙が来たんだよ。きみにも関係のあることでね」

デスクの上にちらかった手紙を、ヴィクトリアは前足で軽くひっかくようにした。ジェラルドは苦笑を漏らした。言葉は話せなくても、ヴィクトリアの意図ははっきりわかる。

「わかった。きみにも読んであげよう。長いから、手短にね。ええと——ニッポンのカナガワケンという場所に、キャッツアイランド（Neco-Jima）と呼ばれる島があります。こぢんまりした島で、三十人ほどの島民と、百匹の猫たちが暮らしています」

ヴィクトリアはぶるっと身震いをした。ジェラルドはなだめるように彼女の背中を叩くと、

「本年九月の最後の週末の三日間、キャッツアイランドではキャッツフェスタを開催する予定です。キャッツフェスタとは、キャッツアイランドを愛し、訪れてくださる人びとと、キャッツアイランドの猫たちとのいわば交流会です。ゲストの猫やキャッツアイランドの猫たちによるキャッツ・ショー、夜は花火やニッポンの伝統的なまつりダンス（Bon-Odori）、ニッポンの伝統的なホラーイベント（Kimo-dameshi）、数々の屋台など、いくつものイベントを企画しております。屋台の売り上げの一部と募金は、恵まれない猫たちのために使われます」

ジェラルドは軽く眉をあげて言った。

「いまやどこの国でも金集めにはイベントなんだな。クリスマスに恵まれない猫たちにおもちゃでも配ろうってのかね」

ヴィクトリアはうさんくさげに腹這いになった。以前の飼い主に捨てられ、おいしい食事やあたたかい寝床から追い払われてしまったときのショックは、ジェラルドに拾われて幸せ

に暮らしている現在も、ヴィクトリアの脳裏から消えてはいなかった。

人間ってば。いくら猫でも、おもちゃなんかもらって喜ぶのは、恵まれた猫だけよ。たぶん。

「さあ、問題はここからだ。――つきましては、このイベントのスペシャルゲストとして、ヴィクトリア&ジェラルド・エヴァラードさまにご来駕《らいが》願えませんでしょうか。聞くところによりますと、ヴィクトリアさまはマン島の女王と呼ばれていらっしゃるとか。ヴィクトリアさまをお迎えできれば、キャッツフェスタの格も上がり、集客も期待できると我々は考えております。うんぬん」

手紙の末尾には条件が書き連ねてあった。イギリスからの交通費いっさい負担、宿泊は島でいちばんのプチホテル（The Neco-jima House）をご用意、報酬といたしましては、まことに些少《さしょう》ではございますが――。

ジェラルドは口笛を吹いた。

「ニッポンは景気がいいんだなあ。おまえを連れていったら、半年は遊んで暮らせるぞ。なあ、どうするよ」

ヴィクトリアはつぶらな瞳でジェラルドをじっと見た。

答えは出ているじゃないか、と言わんばかりに。

2

「……信一郎《しんいちろう》くんのお父さんは、お母さんの死体を海へ沈めてしまうことにしました」

三田村成子は声を低めた。どこかで誰かが生唾を飲み込む音がした。

「お父さんはお母さんの死体を担いで、崖に行きました。重りとしてお母さんに石を抱かせ、毛布で巻き、その上から荒縄で縛りました。そしてえいやっと崖から海に放り込んでしまったのです。お母さんの死体はぶくぶくと海に沈んでいきました。お父さんはハンカチで汗を拭き、信一郎くんの待っている家に帰ろうとしました。そのときです。お父さんの足をなにかが、なにかがかすめて通ったんです」

タイミングよく、ポリス猫ＤＣが三田村成子を取り囲んでいる子どもたちの足下を縫うように歩いた。あちこちで悲鳴があがった。なかには泣き出す子どももいた。

「おまわりさん、この話ってR12指定なんじゃないの？」

洋風民宿〈猫島ハウス〉の看板娘・杉浦響子は、隣に立っていた七瀬晃巡査にささやいた。

「さあ。子どもにはちっと厳しいかもしんないっすけど」

「ちっと？　お父さんが愛人作ったお母さんをネクタイで絞め殺して、死体を処理する話だよ。幼稚園児や小学生に聞かせる話じゃないと思うんだけど。今晩あたり、おねしょ続出だよ」

悲鳴がおさまり、あたりが再び静かになった。三田村成子は話を続けた。

「お父さんは驚いて飛び上がりそうになりながら足下を見ました。そこには、どうやってついてきたのか、お母さんがかわいがっていた白い子猫がいたのです。シロと名づけられた子猫はにゃあにゃあ鳴きながら崖から下をのぞきこんでいます。お父さんはかっとなりました。この子猫はお母さんが愛人からプレゼントされたものだったのです。お父さんは足を振り上げ、子猫を崖下に蹴り落としてしまいました」

誰かがひいっと息を飲んだ。七瀬が見ると、ウンコ座りをした子どもたちのなかには、必死で耳をおさえているものや目をつぶっているもの、なかには口の中でぶつぶつ言いながら身体を前後に揺らしているものまでいる。ひきつけを起こすんじゃないだろうな、と七瀬はなかば本気で心配した。

そんなことになったら、まつりも終わりだ。少子化のせいか、こと子どもの病気や怪我《けが》は、あっというまに大ニュースになってしまうんだから。居合わせた警察官だって、当然、ただではすまない。

市長選のさなかでもあり、猫島まつりのさなかでもあり、すべきことはいくらでもある。〈子ども怪談大会〉の舞台になっている猫島神社の境内から逃げ出したいのはやまやまだったが、七瀬の制服のズボンには、指しゃぶりを始めた浴衣《ゆかた》姿の子どもが左右に三人、ぶら下がっていた。

七瀬はそっとため息をついた。

神奈川県葉崎市猫島。太平洋にひょろひょろと伸びた葉崎半島の西海岸から、さらにちょこっとだけ離れてある小さな島だ。鎌倉時代から続く猫を祀《まつ》った猫島神社があり、昔から大勢の猫が棲《す》んでいて、現在では、戦後になってから移住してきた島民たちとともに暮らしていた。

例年であれば、夏場は猫島のかき入れどきだ。数年前に鎌倉から葉崎半島を一周するフェリーが就航して交通の便がよくなったために、猫島海岸への海水浴客が増えたのだ。葉崎観光協会が『よそにくらべりゃすいてます　猫島海岸』『よそとくらべりゃ泳げます　猫島海岸』『よそより海がよく見えます　猫島海岸』という、恥も外聞もない三種類のコピーを印刷したポスターを、首都圏各駅はもとより大磯《おおいそ》や湘南《しょうなん》の駅にまで貼りだした結果、ともいえよう。

以前は閑散としていた猫島海岸には、高級すぎるのから掘っ立て小屋まで、数々の海の家が建ち並ぶようになった。

潮が引いて干潟が現れると海水浴客は猫島に渡り、水着のまま猫島メインストリートに繰り出して日陰で寝そべっている猫たちとたわむれ、オープン・カフェ〈ラ・バール・イ・ヴア〉で葉崎牧場特製ソフトクリームを食べ、〈モカ猫コーヒー店〉でフローズン・ラテを飲み、〈猫島ハウス〉で特製の猫島丼や生シラス丼を食べ、〈The Cats & The Books〉や〈G線上のキャット〉といった店で猫グッズ、〈鮮魚亭〉で干物といったお土産を買い、財布を軽くして帰っていく。不況とはいえ、フェリー就航前とくらべれば、猫島の経済状況は——少なくとも夏場は——かなりよくなった。

しかし、どんな努力もお天道さまの気まぐれにあっては、ひとえに風の前のチリに同じ。らしくない梅雨、あがったと思ったら下がる気温、日照不足、高い波、おまけに台風。海水浴場にとって悪夢の夏であった。

去年は主に迷子を捜し、炎天下の海水浴場を右往左往していた猫島臨時派出所勤務の七瀬晃巡査も、今年は雨合羽を着て、荒れ海で泳ごうとするバカを羽交い締めにして安全地帯まで引きずり出したり、海岸道路の封鎖を手伝ったり、早くも撤退してしまい地元の不良のたまり場になった海の家をチェックしてまわったりと、まるで秋のような勤務に追われていた。

当然、猫島にも閑古鳥が鳴いた。いくら猫好きでも、真夏に遠方まで出かけていって、もこもこの毛皮のお友だちに取り囲まれたいとはあまり思わないらしい。そういう観光客はやはり、春秋の気候のいい時期を選びたがる。海水浴客がいなくては、夏の経済活動はおぼつかない。

温暖な気候のおかげで、ネジが一本ゆるんでると言われている葉崎市民のなかでも、さらにお気楽な猫島の島民たちだが、この天気にはさすがに青ざめた。だいたい、夏の稼ぎだけで一年の三分の二程度を占めるのだ。夏休みが始まり、これはいよいよお天道さまのご機嫌に問題が生じている、とわかった時点で、島民たちはまず猫島神社に集まって、綿貫宮司に盛大な「晴れ乞い」の神事を執り行ってもらった。もっとも、

「わが猫島神社のご神体は猫ですからなあ。得意ジャンルは雨乞いと大漁で、晴れ乞いは専門外じゃあないでしょうかねえ。それに、このあいだの不発弾処理の際、無事を祈りすぎて、今年分のご利益は使い果たしているかもしれませんなあ」

綿貫宮司の不吉な言葉はみごとに的中した。

神事の直後から、低気圧が日本付近に腰を据えてここでも動かなくなり、海上には稲妻が走り、葉崎付近では一時間に四十八ミリという豪雨を観測し、葉崎山で土砂崩れが起きて、葉崎在住の作家・角田港大先生宅が半壊し、高価なスコッチウイスキー数本と、こつこつ集めたハードボイルドのペーパーバック・コレクションが土砂とともに押し流された。

島内会では、急遽《きゆうきよ》〈冷夏減客対策会議〉を開催した。さまざまな対策案が出されたが、結局のところ、

「夏休みの後半には、天気ももちなおすかもしれないけど、こうなったからには九月の猫島猫まつりで前半の赤字を穴埋めするしかないんじゃございません？」

という〈Ｇ線上のキャット〉のマダムの意見が大勢をしめ、会議はすぐさま〈猫島猫まつ

り対策会議〉に昇格することとなった。

〈猫島猫まつり〉は、毎年九月最後の金・土・日の週末三日間、猫島神社の秋の大祭と同時開催される。昼は「どっこいどっこい、どっこいそりゃ」のかけ声とともに猫島と猫島海岸の海中を三往復するお神輿《みこし》。夜は花火が上がり、〈猫島音頭〉にあわせてみんなで輪になって踊る盆踊りに肝試し。

そして目玉は最終日に行われるキャッツ・ショーだ。普通の品評会と違って品種は問わず、血統よりどれだけ家族の一員として愛されているかが審査にあたっては重視されるため、猫よりむしろ飼い主のアピール度合いによって賞が決まる傾向にある。その結果、出場する猫たちは駄猫の山、という観を呈しており――出場希望猫が五匹しかおらず、半数以上を猫島の猫たちで埋め合わせたからこれは当然だったのだが――ユニークなショーだとそこそこ話題になった。

要するに、ゆるいまつりなのである。

島内のあちこちに出没する〈シマネコちゃん〉という着ぐるみの青い猫、猫のプリントのついた風船釣り、子どもの顔を猫にペイントするコーナー、射的に綿菓子、リンゴ飴、要所要所にもうけられた中継所に酒樽、酔っぱらって鳥居に嘔吐するばちあたりな酔っぱらいと、徐々に猫からはなれていって、結局はちょっとだけ猫っぽいコーナーがあるフツーの地域の秋まつりなのだ。やってくるのは葉崎のロコがほとんどで、日常の延長線上の感覚だから、財布のひももさしてゆるまない。

「今年は、それじゃダメなんですのよ」

〈Ｇ線上のキャット〉のマダムは力説した。

「猫好きなら一度は行きたいベルギーの猫まつりのようなものをめざさないと、遠方のお客さんは来てくださいませんもの。こんな小さな地方の島でも、その気になれば国際レベルに引き上げることはできますのよ」

「どうやって」

マダムとは犬猿の仲の三田村成子が意地悪そうに口をはさんだ。マダムはつんとして、

「わたくしのお知り合いのイベント会社の由良《ゆら》社長さんにコネがございまして、マン島の女王さまと呼ばれる猫ちゃんを、キャッツ・ショーに貴賓としてご招待できるそうなんですの」

会議場にざわめきが起こった。三田村成子は慌てたように、

「まさか、イギリスの猫を本気で呼ぶつもりじゃないんだろうね。あんな遠くからやってきて、検疫所で二週間も過ごさせるんだろ？　ほとんど虐待じゃないか」

「由良社長によれば、ヴィクトリアちゃんは喜んでご招待に応じてくださるそうですわ」

マダムはことさら上品ぶって答えた。

「ヴィクトリアちゃん？　マン島の女王はそんな名前なのかい」

「ヴィクトリア・エヴァラード。すてきな名前でしょう？」

「あんたねえ、よく考えなよ。万一のことでもあったら、国際問題になりかねないよ。だいたい、飼い主ごと招待するとして、いったいいくらかかると思ってんのさ」

「費用のことなら心配ございませんわ。マン島の女王をお呼びしたって話をわたくしのお友だちの〈マシュー〉の社長にしましたらね、猫まつりのスポンサーになってくださるそうですのよ」

〈マシュー〉とはペットフードやグッズを主に扱う企業で、ペットブームに乗って業績を伸ばしているらしいが、猫好きの間で〈マシュー〉の猫缶は猫またぎの代名詞になっていた。うっかり量販店で安売り〈マシュー〉を箱買いしようものなら、飼い猫に悪魔でも見るような目つきでにらまれ、今世紀の終わりまで箱のまま部屋の隅に置かれることとなる。

「あんたさあ、猫まつりをどういう方向にもってこうとしてんだい」

三田村成子があきれて、

「国際レベルのハイクラスなまつりなのか、安売りレベルなんだかさ。そこんとこだけでもはっきりしてもらおうじゃないの」

「あら、〈マシュー〉のどこがいけませんの？　ペットフードの企業の協賛でないキャッツ・ショーなんて、いまどきありませんわよ。だいたい、猫島の経済状態を向上させようと思ったら、思い切った手を打つ必要がありましてよ。いかがですか、森下さん」

やおら話をふられた元銀行員にして現在、猫島神社の経理を預かる宮司の孫娘婿・森下哲也は、

「ええ、まあ。そういう手もなくはない、ですね。あ、でも、〈マシュー〉との協賛にあたっては、ロゴの大きさから口出しの限度まで、きっちりした契約を取り交わす必要がありますが」

三田村成子の目つきに急いで言い足し、冷夏にうちひしがれ、強いリーダーシップを求めていた島民たちはふらふらと賛成、会議はマダムの勝利に終わった。

それからというもの、マダムと、マダムがいつのまにか雇い入れたイベント会社社長・由良祥造《しょうぞう》の精力的な活動によって〈猫島猫まつり〉は〈猫島キャッツフェスタ〉と名称を変え、「ドレスを着た猫ちゃんの写真コンテスト」だの、「猫ちゃんの写真にフキダシせりふをつけようコンテスト」だの、「猫ちゃん川柳大会」だのといった、マダムの趣味へ趣味へとなだれ落ちるようなイベントが付け加えられていった。

昨年、猫島に移住してきたイラストレーター・原アカネの手による、女王さまの格好をした猫のイラストに、「マン島の女王来たる！」という真っ赤な文字のキャッチコピーのついたポスターも制作された。これを見た綿貫宮司は、こういうあおり文句を見るのは、いまはなき葉崎青年座にストリッパーの巡業一座が来たとき以来ですわなあ、と思ったが、もちろん口には出さなかった。

コピーのおかげかイラストのおかげか、ポスターは大好評で、結果、〈キャッツフェスタ〉初日には、例年を数倍上回る人出があった。本日土曜日、フェスタ二日目には猫島メインストリートが人で埋め尽くされ、慌てて本署に応援要請をするほどだったし、明日最終日のキャッツ・ショーにいたっては出場申し込みが二十三件。

マダムの声はいよいよ甲高くあたりに響き渡り、反発した三田村成子はキャッツフェスタを無視して秋の大祭に力を入れ始めた。このかき入れどきに店を閉じて肝試しの前に参加する子どもたちを集め、出発前に怪談を聞かせ、盛り上げようとしているあたり、尋常ではない。

要するに、マダムの手に乗って大正解、猫島猫まつりは人集めに成功した。

だから、三田村さんの面白くないって気持ちもわかるんっすけどね。七瀬は子どもたちをびびらせている彼女を見やった。

とはいえなあ。

「……どうして信一郎くんはお母さんのこともシロのこともお父さんに聞こうとせず、しょっちゅうお父さんを見ては不思議そうに首を傾げているのでしょう。お父さんは気になって、聞いてみました。

『信一郎、お父さんの顔になにかついてるのか』

『そういうわけじゃないけど』

信一郎くんは口ごもりました。お父さんは信一郎くんの肩をつかんでゆすりました。

『言いたいことがあるなら、はっきり言いなさい。なんなんだ』

『うん、じゃあ聞くけど……どうしてシロはずっと、お父さんの肩に乗ってるの？』

なにを言ってるんだ、と言いかけて、お父さんははっとしました。信一郎くんの後ろに鏡があって、そこにはお父さんが映っていました。

鏡の中のお父さんの肩には、あの白い子猫が乗っています。お父さんは驚いて自分の肩を見ました。そこにはなにもいません。

でも鏡に目を戻すと、お父さんの肩には、シロがしがみつくように乗っていて、鏡の中で目を開いてお父さんを見ました。シロの目は、まるで絞め殺されたときのお母さんの死体みたいに真っ赤でした。

お父さんは思わず悲鳴をあげて自分の肩をばんばん叩きました。叩いて叩いてふと見ると、鏡の中のシロは消えていました。お父さんはぜいぜい言いながら椅子に座り込みました。気づくと、信一郎くんが怯えたように部屋の隅にいて、お父さんを怖そうに眺めているのでした。

『なんでもないんだ、信一郎』

お父さんは言いました。

『もう消えたから。大丈夫だから』

そう言い終わらないうちに、お父さんは、にゃあ、という悲しげな猫の鳴き声を聞いたのです。

声は鏡の中から聞こえてきたのでした」

3

ひともうらやむ　あおいうみ〜
ねこじまねこじま　いいしまよ〜
ちっちゃいけれど　おいしいさかながとれるしま〜（どっこい）
ねことひとが　ともにたのしくくらす〜しぃま〜（よいしょ）
あ　にゃにゃんと　にゃにゃんと　ねこがなく〜
あそれ　にゃにゃんと　にゃにゃんと　ねこがなく〜

猫島海岸の特設ステージから、〈猫島音頭〉が潮風に乗って流れてきた。

高度経済成長期の時代、猫島神社の先代の宮司が詞を書き、知り合いの作曲家に頼んで作ってもらったという、ありえないほどゆるい音頭だが、

「去年はクリスマスが来るまで〈猫島音頭〉が頭のなかで鳴ってたわよ」

原アカネは派出所隣に設けられた救護所のテントの腰掛けに座り、プラスティックのコップに入った日本酒をなめなめ愚痴った。

「気がついたら、にゃにゃんと　にゃにゃんとって口ずさんでてびっくりしたこともある。せっかく忘れてたのに」

「あ、それ、オレだけじゃなかったんすね」

腕時計に目を落としつつ、七瀬は答えた。

時刻は夜八時半、少し前。おまつりの間の超過勤務はいたしかたない、と島の保養所〈キャットアイランド・リゾート〉に泊まり込んで二日目。このかき入れどきに無料で泊めてくれる〈キャットアイランド・リゾート〉の田崎支配人には心から感謝しているが、共同浴場が九時半に閉まるのが難点で、昨晩は九時過ぎに酔っぱらい同士のケンカの仲裁に駆り出され、結局、風呂には入れずじまいだった。

六時半に始まった子どもたちの肝試し大会は、予想通り惨憺《さんたん》たる結果に終わった。神社の裏側を一周する短い経路、しかもまだ明るいし、と気楽に始まった肝試しだったが、白猫――神社の飼い猫、ペルシャのメルちゃん――を見ただけで坂道を転げ落ちる子ども、おしっこを漏らしてしまう子ども、三角巾をつけたわら人形を泣きながらばらばらに破壊して手を切った子どもと、トラブル続出。

発泡スチロールでできた墓場の後ろでおばけ役を演じていた島内会の肝試し担当者たちは、

怪我やなにやで動けなくなった子どもを抱えて仮装のまま出発地点の拝殿に現れ、順番待ちの子どもたちを死ぬほど怯えさせた。一報を受けた七瀬は、ケータイの電源を切っている親を捜して猫島メインストリートを走り回り、ビールなど飲んでくつろいでいる親をせかして救護所に連れて行くなど大騒ぎだった。

そのうえ、まつりにやってきた作務衣《さむえ》姿の若い衆が二手に分かれて二の鳥居付近でにらみあい、近くの土産物屋〈とどろき屋〉のオヤジは木刀入れを満杯にしてめだつところに引きずり出し、迷子が出て、迷い猫が出て、おばあさんがなくしものをし、酔っぱらいが浴衣姿の女の子に抱きつき、ポリス猫ＤＣが酔っぱらいをひっかき、酔っぱらいは「この体制側の猫が」と叫んでＤＣを追いかけ、石段から転げ落ちて脚を折り——もう、パンツのなかまで汗でぐしょぐしょだ。今日こそは、ぜがひでもひとつ風呂浴びてさっぱりしたい。

「大丈夫だよ、おまわりさん」

杉浦響子が七瀬のしぐさを見て、言った。

「あと二、三回、猫島音頭をやったら、それで盆踊りは終わりだから。地元民はたいてい帰っていくし、暴れたりない連中もこっちに渡ってくることはないし」

「だといいんすけど」

七瀬はあきらめ顔で言った。大丈夫だと思うと、直後になにかが起きるのがこの商売のさだめだ。

たいていの島民たちや猫島の宿泊客は対岸に渡って盆踊りに参加している。それ以外の連中は酔っぱらって自宅で寝ており、救護所にいるのは響子とアカネ、七瀬だけ。かたわらではＤＣをはじめ数匹の猫たちが、食べ残しのスルメをくちゃくちゃ嚙んでいるだけの静けさだった。

「それにしても遅いね、マダム」

アカネがあくびを漏らしながら言った。

「こんなに遅くなるなら、響子ちゃんも踊りに行けばよかったのに」

「今年は浴衣を新調できなかったからいいの。それより、その、マン島の女王」

「ヴィクトリアちゃん？」

「いつ来るんだか」

マン島の女王をゲストにお呼びした、とは〈Ｇ線上のキャット〉のマダムの口癖になっていたが、フェスタ目前になるとその話はめったに出なくなった。おかしいな、と思っていたら、案の定、まつりが始まっても女王さまは現れない。

「噂じゃ、せっかく女王が来たんだったらぜひ〈マシュー〉のＣＭに出演してくれって社長に頼まれて、そっちに連れてっちゃったって話だけど」

響子が言った。

「初日には来る、今日には来るって、ついに八時まわっちゃうだなんて、ソバ屋の出前じゃないんだから。明日のキャッツ・ショーに間に合うのかな。『マン島の女王来たる!』なんて大宣伝しちゃって、ホントは来日してないんじゃないの」

「だったら埠頭まで出迎えに来いとは言わないでしょ、いくらマダムでも」

「かもしれないけど、うさんくさいじゃん、あの由良社長って。おまわりさんもそう思わない?」

「はあ」

七瀬はあいまいに笑ってみせた。

由良社長はおそらく五十代後半。でっぷりと太り、異様に黒々とした髪をオールバックにして眼鏡とタイピンと腕時計のふちをベッコウ調でそろえ、たいていの人間がテレビ画面以外で見るのは初めてという黄色やスカイブルーやピンクのダブルのスーツを着て、エナメルの靴を履いている。うさんくさすぎて、「ホントはいいひとなのかも」と他人に思わせてしまうのを狙った、高度なファッションにも見える。

実を言えば、念のため本署で身元照会してみたのだが、少なくとも前科はない。〈由良イベント企画〉のある横浜の所轄の知り合いにも聞いたが、オフィスはごくまっとうなマンションの一室にあるそうで、どう判断したものか、七瀬にはさっぱりわからなかった。

「マダムはああ見えてわかりやすいからね」

響子は猫たちのあまりのスルメを食いちぎり、

「いまどき船来をありがたがるなんて、マダムくらいなもんでしょ。そういうイミじゃ、びっくりするほど騙《だま》しやすい。〈マシュー〉の協賛金がいくらなんだか知らないけど、対策会議の財布の紐《ひも》を握ってんのはマダムだし、マン島の女王さまなんて肩書きにころっといかれて大金みついでんじゃないかな。少なくとも航空運賃とうちの泊まり賃と謝礼で、数十万はかかってるわけでしょ。それにあの社長が取り分を上乗せしたって考えたら、たいへんな金額だよ」

「マダムも一応は商売人なんすから」

七瀬はなだめるように言った。

「由良社長が常識はずれのマージン要求してきたら、なんか言うっしょ」

「そうかなあ。マン島の女王のおかげで権力握ったんだよ、あのマダムは。もし来なかったら、信用がた落ちじゃん。それを見越してちょっとずつ上乗せされたら、抵抗できないんじゃない？　でしょ、おまわりさん」

「さあ、オレにはそこまでのことはさっぱり。ところで」

響子の勢いにへきえきしながら、ハクライってなんすか、と聞こうとすると、先手を打ってアカネがやんわりと話題を変えた。

「それにしても、女王と呼ばれるなんて、いったいどんな猫なんだろうね。ポスターのイラストに使うから写真見せてくれって頼んでも見せてもらえなくて、想像でテキトーに描いちやったんだけど。やっぱりペルシャとか、ソマリとか、シャムとかそういうお高そうな猫なのかしら」

「マダムの言うには、マン島から来るんだから、当然マンクスだろうって」

「なんすか、それ」

「マンクスって、マン島原産のしっぽのない猫。なんでも、ノアの箱船に最後に飛び乗ったときに扉にしっぽをはさまれてしっぽがなくなっちゃったとか、二千年くらい前にフェニキアの貿易船に連れて行かれた日本猫が先祖だとか、そういう伝説がいっぱいあるみたい」

「ふうん。だけど、それってつまり」

原アカネがなにか言いかけたとき、響子が立ち上がった。

「ボートの音が聞こえるよ。着いたんじゃない？」

ふたりは埠頭に駆けていき、ややあってキャリーケースとボストンバッグを抱え、マダムとともに戻ってきた。マダムはいつもの厚化粧も崩れ、不機嫌そうに見えた。

「あれ、猫だけっすか。飼い主は……？」

「急用で国にお帰りになったんだそうよ」

いつもなら化粧を崩さないよう、ハンカチで念入りに顔をおさえるマダムは、タオルで豪快に汗を拭うと吐き捨てるように言った。

「え、てことは、猫おいてけぼり？」

「かわいそうなヴィクトリアちゃん。ジェラルド・エヴァラードなんて名前だけは立派だけど、なってないわ。……心配ちなくていいんでちゅよ、ヴィクトリアちゃん。薄情な飼い主の分まで、ちゃーんとみんなで面倒見てあげまちゅからね」

甘ったるく呼びかけられたケージ内の猫が、ものすごい声の返事をした。猫島臨時派出所に配属されるまで、たいして猫に興味のなかった七瀬でも、それとわかる怒号。

救護所内でごろごろしていた猫たちが、耳をこちらにぴくっと向けた。

「暑い中、狭い場所に閉じこめられて怒ってるんでちゅか。いま出してあげまちゅからね」

マダムはケージを開けた。一瞬のち、中からものすごい勢いで猫が飛び出してきた。猫は救護所せましとはね回り、泣きわめき、マダムの頭を足蹴にしてからどたんと床に着地し、ぶにゃあお、と鳴いた。

そこにいるのは、でかい丸顔、ぶっとい脚、でぶっとした身体、悪巧みをしているような目つき。しっぽがないことと腹が白いことをのぞけば、ポリス猫ＤＣそっくりのメス猫だった。

猫はぐるん、とあたりを見回し、部屋の隅でひとかたまりになっている猫たちのほうへ、ぴょんぴょんはねていく。他の猫たちはもちろん、ＤＣまでもが思わず、といった様子で道をあけた。

猫はさっと腰掛けに飛び上がり、ぐいと顔をもたげてあたりを睥睨《へいげい》した。

「……あ、あのう。もしかして、あのコがヴィクトリア、ちゃん？」

ややあって、アカネが口を開いた。マダムが答えるまでちょっとだけ間があった。

「ええ、あのコがマン島の女王さまですのよ。たいした威厳でしょう？」

「たしかに、威厳だけはありますね」

足下にすり寄ってきたDCを抱き上げつつ、七瀬は言った。DCとヴィクトリアちゃんの相似にイヤでも気づいたマダムは早口になって、

「ヴィクトリアちゃんはマンクスのブラウンクラシックタピー&ホワイトというタイプですわね。そうそう、ボストンバッグにイギリスのキャットフードが入ってますからね。ヴィクトリアちゃんには、日本のごはんじゃお口に合わないだろうって買ってまいりましたのよ。ヴィクトリアちゃんには、スモークサーモンやキャビアなんかは召し上がるんじゃないかしらね。ホテル仕様のバスタオルと、銀の器と、新品のトイレも用意しておきました。それじゃ、今後はしっかり女王さまの面倒をみるようにね、響子さん」

「へ？　あたし？」

「前もって〈猫島ハウス〉に予約をいれといたでしょ。お部屋代だって支払い済みなんですよ、ご存知でしょうが。ヴィクトリアちゃんになにかあったら、国際問題だし、莫大な違約金を払わされるし」

「……え？」

「ヴィクトリアちゃん、明日の朝お迎えにまいりまちゅからねえ。ヴィクトリアちゃんにぴったりのすてきなローブと王冠を用意してありまちゅからね。キャッツ・ショーでは貴賓なんでちゅからね。楽しみでちゅね。……じゃ、あとはよろしく」

猫には甘ったるく、人間には冷たく言い放つと、マダムはさっさと帰っていった。後に残された三人は開けっ放しになっていた口をようやく閉じ、顔を見合わせた。

「今後はしっかり面倒をみろって、まさか、このままマン島には戻らないってコトじゃない、よね」

「何泊分の部屋代もらったの？」

「三泊分だけど、イギリスのキャットフードなんて、毎日買えるわけないじゃん。それに、スモークサーモンもキャビアも〈鮮魚亭〉に売ってないっつーの」

「けど、なんてーか、ここにいてもなんの違和感もないっすね」

三人と七瀬の腕の中のＤＣは、あらためてヴィクトリアちゃんを見た。ヴィクトリアちゃんは、まん丸い目でじろりと見返してきた。

その口の端から、スルメが垂れていた。

4

部屋のシンクに水をため、頭をじゃぶじゃぶ洗ってから、タオルを絞って全身を拭いた。

昨夜は引き揚げようとしたとたん、呼び出しを食った。猫島海岸の盆踊り終了直後、おまつり会場で鉢合わせをした市長選候補者ふたりがとっくみあいを始めたのだ。

任期満了にともなう葉崎市長選挙には、当初の噂とは異なり、三東寺の住職も警備会社YSSの社長も出馬せず、現市長の推薦を受けた元助役と、革新系無所属の元教育委員会会長の一騎打ちとなった。

あいかわらず貧乏かわかしている、という財政事情をのぞけば、これといった論点もない選挙のこと。投票率にも注目度にも誰も期待していなかったはずなのだが、案に相違して初日からヒートアップした。

原因は、ふたりの候補者の驚くべき失言癖にあった。

元助役が葉崎に大型ショッピングセンター誘致を訴えて、地元商店街の逆鱗《げきりん》に触れれば、元教育委員会会長は他人の土地である市街化調整区域にリゾートマンション群を建てるとぶちあげて、土地の所有者と農家を怒らせた。元助役はお詫びと訂正演説のさなか、

「シャッターがめだってきた地元商店街に未来はない。公共交通機関をさらに減らして、車

社会にふさわしい町作りを」

　と口をすべらせ、元会長は、

「葉崎の高校三校は統合し、葉崎山高跡地に保育園と老人ホームを作る」

　とのたまって、さらに敵を増やした。葉崎山高は葉崎山をクロスカントリーした先にあり、幼児を抱えた親、あるいはお年寄りが簡単にたどり着けるような場所ではないのだ。

　甲乙つけがたいというよりも劣劣つけがたい候補者ふたり。有権者は難しい選択を迫られることとなり、立ち会い演説会には大勢が参加した。なにか前向きな勘違いをしたおのおのの候補者は非難合戦を展開。政策はもちろん人格まで攻撃しあって、選挙戦はどんどん品が下がっていき——昨夜にいたったというわけだ。

〈本人〉というたすきをかけたおっさん同士のケンカは、せっかく帰りかけた人たちの足を止め、なぜか周囲に波及して大乱闘になった。ボートで対岸の埠頭に渡った七瀬は、砂に埋もれた子どもを引きずり出し、つっかかってきた若者を投げ飛ばし、現行犯逮捕された数人を本署に連行するのにつきあい、本署のデスクで書類を作成した。〈キャットアイランド・リゾート〉にたどり着いたときには二時をまわっていた。六時半に目覚めたのは奇跡だ。

　朝食をすませ、猫島埠頭に碇泊《ていはく》している船舶をチェックし、臨時派出所に着くと本署に定時連絡を入れた。

　昨夜、〈本人〉たちはふたりとも相手に対する被害届を出すといってきかず、葉崎警察署ではしかたなく、双方をお互いに対する傷害罪で逮捕。市長選の投票日に、候補者がふたりとも留置所に入っているという前代未聞の状況になってしまい、問い合わせやら取材やらで、本署はてんてこまいだと上司は言った。早い話が、猫島でなにがおころうと応援なんぞ送ってる余裕はない、というわけだ。

派出所を出て、相棒を探しに行った。チリひとつなく掃き清められ、水を打たれたメインストリートを登っていくと、〈猫島ハウス〉の前で香箱《こうばこ》を作っているDCを見つけた。DCは店内を注視していて、七瀬もその視線を追った。

〈猫島ハウス〉は入ってすぐ、右側に土産物のスペースがある。左側にはカウンターがあり、カウンターのそばの通路を抜けると奥のカフェスペースに行き着く。まだ開店前のこと、店内に人影はなく、中庭に響子や響子の祖母の杉浦松子、料理人のツル子《こ》、それに数人の宿泊客が輪になっているのが見えた。

近づいてみると、輪の中心にいるのはかのマン島の女王だった。ヴィクトリアちゃんはキャットフードの皿から顔をそむけた。

「おはようございます。──食べないんすか」

「おはよう、おまわりさん。食べないんだよ」

松子が答えた。

「マダムがよこしたイギリスのキャットフードなんだけどね。洟《はな》もひっかけない」

「贅沢なんすかね」

「そうじゃないよ」

響子が顎で別の食器を示した。見るとヴィクトリアちゃんの周囲には懐石料理さながら、ちんまりと盛りつけられた食器がずらりと並んでいた。

「ツル子さんのお手製のローストビーフの残りも食べないし、ササミの冷製も食べない。とっときのスモークサーモン出してみたけど、それもダメ。いっそのこと逆はどうかって〈マシュー〉のマグロ缶出したけどごらんのとおり。困ったな。やっぱキャビアかな。そんなもん、うちにはない。てゆーか、たぶん葉崎には一粒もないよ。横浜まで出なきゃ」

「トンブリならあるけど」

「ああ、なるほど、トンブリね……って、ツル子さんたら、ダメに決まってんでしょ」

響子はため息をつき、ヴィクトリアちゃんは非難がましくその場の全員をじろりじろりと眺め回した。宿泊客のひとりが言った。

「このコ、ランピーライザーですね」

「ランピーライザー？」

「マンクスには四種類いるんですよ。完全にしっぽのないランピーに、よじれた短いしっぽのあるスタンピー、動かせるけど短いしっぽのロンギー、それにこぶみたいなしっぽのランピーライザー」

「マンクスに詳しいんすね」

「知識だけはね。見るのは初めてなの。なにしろ見た目が日本猫にそっくりだから、欧米じゃ人気だけど日本にはあんまりいないでしょ。ちなみに、マンクスがウサギと交配して生まれたとか、日本猫の子孫だって話はデタラメよ」

「そうなんすか」

「遺伝子研究で否定されたんですって。でもあれね、このコに知らずに会ったらマンクスとは気づかなかったかもね。マンクスって、愛嬌があってやさしい性格だっていうじゃない?」

そのセリフは本人を前にして失礼ではないか、と七瀬は思った。同時にヴィクトリアちゃんが客にぴょんととびかかり、しゃーっ、と威嚇した。客は後ずさりした。

「あらやだ、このコ、日本語がわかるのかしら」

ポリス猫DCがゆっくり入ってきて、なだめるようににゃあ、と鳴いた。気づいたツル子が厨房《ちゅうぼう》から小鉢を持って出てきた。

「ほら、DCの大好きな猫まんまよ。食べてきなさいな」

目を輝かせたDCがいざ顔をつっこもうとしたとたん、どーんとばかりにヴィクトリアちゃんが体当たりをかまし、そのままものすごい勢いで猫まんまをむさぼり始めた。一同はあっけにとられた。

「……ツル子さん、この猫まんまってなにでできてるの？」

「なにって、朝の残りごはんにお豆腐の味噌汁かけて、カツブシ散らしたんだけど」

「古典的っすね」

「ていうか、純和風だね」

ＤＣが悲しげにあおーんと鳴いた。

キャッツ・ショーの会場は〈猫島ギャラリー〉だった。

元々は民宿だった建物を原アカネが買い取り、自宅用にこつこつ手作業で改築していたものだが、あまりの広さに二階をギャラリーとして一般公開することにしたのだ。こんな場末のギャラリーに展示の申し込みなんかないだろう、と誰もがタカをくっていたのだが、ちょっとハンドメイドに手を染めた人間がすぐアーチスト気分になってしまう当節、元民宿という建物が珍しがられたのと賃貸料が安いのとで、展示予約は来年の二月までみっちり詰まっている。

キャッツ・ショーの会場そのものは、庭と隣の空き地にまたがって設置され、テーブルが並べられ、窓のついたケージがそのうえにずらりと置かれた。

「雨でも降ってきたら、すぐ民宿に逃げ込めていいんじゃございませんこと？」

とマダムは言い、

「どんなに天気が悪くても自宅用の一階は出入り禁止ですから」

しぶしぶ庭の開放に応じた原アカネはきっぱりと言い返し、

「あら、アカネさんたら、まさか猫ちゃんたちをずぶ濡れにして平気ってことはございませんわよねえ」

とすごまれた。このやりとりを間近で見ていた七瀬は、七月にも増して強く晴れを願ったのだが、さっきまで晴れていた空に黒い雲が湧き出《い》で、ショーの開始を告げる花火は真昼であるにもかかわらずくっきりとよく見えた。

それでも、雨が降る前にキャッツ・ショーは終わった。中央の花道を、直接抱いたりケージに入れたりした猫を抱えて飼い主が歩き、ステージにあがって自分たちの猫のかわいさをアピールし、得意芸を披露させようとしてたいてい失敗するところが、貴賓であるヴィクトリアちゃんの背後の巨大スクリーンにも映し出された。

マダムが用意したローブは、西のアイドルたま駅長がナイトの称号をもらって「たま卿」になったときに身につけたローブのぱくりに見えたが、ステージ傍らの特別席のヴィクトリアちゃんは堂々として見え、まさに女王の風格を漂わせていた。

途中、猫が飼い主の手を振り切って逃げ出すとか、ケージをとび出た猫同士がケンカを始める、というアクシデントもあったが、周囲の人間に多数のひっかき傷ができ、シャイな猫たちがストレスでぐったりしてしまったことをのぞけば、成功裡《り》に終わったと言っていいだろう。ショーが終わると、出場猫たちは〈マシュー〉の猫缶と〈鮮魚亭〉の干物、ポリス猫ＤＣの絵はがきの入った引き出物をもらい、飼い主は飲み物やソフトクリーム、さっとあぶったたたみいわしやフィッシュ・アンド・チップスの接待を受けた。

七瀬は逃げ出した猫が、猫島神社の境内でメルちゃんやメルちゃんの飼い主の森下美砂と一緒に寝転がっているところを発見し、ひっつかんで会場に戻った。戻ってみると飼い主はのうのうとビールをお代わりし、チップスをほおばっているところで、礼も言わずに猫を受けとった。

やれやれ。

少なくとも、〈猫島猫まつり〉はこれで終わったも同然だ、と七瀬はみずからをなぐさめた。雲行きがあやしくなってきたこともあってか、メインストリートの人出も普通の休日なみ。どこの店にもそれなりに客が入ってにぎやかだが、今日は特別な日だけあって、マダムが用意したＹＳＳの警備員がことのほか多い。警察が出張るようなことにはならないにちがいない。

「おまわりさーん、たいへんだ！」

ブルーの猫の着ぐるみがものすごい勢いで走ってきて、七瀬の目の前ですっころんだ。猫まつりのさいちゅう、島のあちこちに出没しては子どもたちに風船、おとなには〈葉崎市選挙管理委員会〉名入りのティッシュなど配っていた〈シマネコちゃん〉で、入っているのは

〈鮮魚亭〉の芦田という若いのだった。シマネコちゃんはもがきながら立ち上がり、ステージのほうを前足でしめした。

「ひと、ひとが死んでる」

「死んでるって、誰が」

聞き返すなり、七瀬は早足でステージに向かった。ブルーの猫はとぼけた顔つきのまま七瀬のあとを精一杯追ってきた。

「一服させてもらおうと思ってバックステージに行ったら、男がオレのこと突き飛ばして出てって。尻餅ついてふと見たら、ひとが倒れてて」

聞いている間にたどり着くと、例によって派手ななりをした由良社長が地べたに座り込み、若草色のスーツから猫の毛を払っていた。なんだ生きてるよ、と一瞬がっかりし、われに返った。

「どうしたんすか」

「どうもこうも」

社長はハンカチで額をおさえると、

「殴られたんだよ。誰かに。いきなり。背後から」

「犯人に心当たりは？　なにか盗られたとか」

「そんなもの、なにも……ああっ！」

「なんすか」

「ヴィクトリアちゃん。ヴィクトリアちゃんは？」

七瀬は周囲を見回した。社長の後ろにヴィクトリアちゃんが身につけていた王冠とローブが落ちていて、ご本尊さまの姿はない。

「ヴィクトリアちゃんがどうしたんすか」

「袋持ってるやつがいたんだよ。ヴィクトリアちゃんに近づいてなんか話しかけてたから気になって、様子を見てて――それで――袋にヴィクトリアちゃんを押し込んで……」

「誘拐されたってことなんですの？」

顔を上げると、芦田が呼び集めてきたらしい、マダムや響子、島内会の会員たちが立っていた。マダムは由良社長にむしゃぶりつくと、

「ちょっと、どういうことなんですの。いちばん近くにいらしたのに、なぜヴィクトリアちゃんを守れなかったんです。信じられない、社長、あなたの責任ですよ」

「冗談じゃないですよ。ヴィクトリアちゃんの保護はあんたの仕事でしょうが。契約書にだってそう書いてあるんだ。なにかあったらね、違約金はあんたが払うんだからな」

「なんでよっ」

もめまくるふたりの背後にいた響子が島内会の連中に、イヤクキンってなんの話か聞いてる？　と小声で尋ね、全員が首を振るのが見えた。七瀬はぱん、と両手をたたきあわせた。

「もめるのはあとにして、猫をさらっていったのが誰なのか、早くつきとめたほうがいいっすよ」

「ちょっとおまわりさん」

マダムは由良社長をまたいで七瀬の胸元をつかんだ。

「とっととヴィクトリアちゃんを取り戻してきなさいよ。早く。こんなとこでぼけっとしてんじゃないわよ」

七瀬はマダムをふりほどき、由良社長に尋ねた。

「相手を見たんすよね。どんなやつでした？」

「いや、その、背後から襲われたんだし……男だったとは思うけど」

そりゃ男だろうよ、背後から殴られたのにおでこをケガしてるってことは、相手の背がうんと高くて腕ものすごく長かったってことだろ、袋もって近づいてくのを見たんだから、それくらいははっきりしろよ、と言いかけたとき、シマネコちゃんが口をはさんできた。

「小柄で猿みたいな顔したやつでしたよ。よれよれのピンクのアロハを着て、麻袋みたいなのを抱いてたな」

「それじゃ、そのなかにヴィクトリアちゃんが！」

マダムは大仰に手を振り絞った。

「なんてことかしら、マン島の女王ともあろう猫ちゃんが、麻袋だなんて、かわいそうに、ヴィクトリアちゃん！」

「なーお」

七瀬は振り向いた。まぎれもないヴィクトリアちゃんが仏頂面で足下にいて、落としたたたみいわしをひょいっとくわえてもぐもぐと食べ始めた。

「……あ。いや、でも確かにヴィクトリアちゃんを袋に……」

しどろもどろになる由良社長を、一同が注視した。マダムが言った。

「まさかとは思うけど、あなた、違約金めあてで狂言誘拐をでっちあげたのじゃございませんよね。それって詐欺ですわよ。犯罪ですわ、ねえ、おまわりさんっ、逮捕して、逮捕！」

「うるせえな。確かに猫さらいはいただろ、このブルーの猫が見たって言ったじゃないかっ」

「そんなのどうせアンタが雇った実行犯でしょ」

「だったらどうなんだ。そもそもこんなことになったのはあんたがドケチだったせいだろうが」

「なんですって」

再びもめ始めたマダムと社長を仲裁し、事情を聞き出そうと四苦八苦していると、響子がふと、七瀬に言った。

「ねえ、おまわりさん。ＤＣはどこ？」

七瀬晃巡査は飛ぶようにメインストリートを駆け下りた。

お昼を過ぎて潮が引き、猫島と対岸の猫島海岸の間に砂州がほぼ完成しつつあった。砂州を渡って島にやってくる人影が大勢見える。

砂州に向かって左側には、漁船とフェリーの係留用の第一猫島埠頭、小型ボート用の第二埠頭が延びている。ボート免許が必要でなく、小型で軽量、車にも積めて持ち運びに便利と島民にも人気の出力一・五ｋＷ未満のインフレータブル艇が数台係留されているのを朝、チェックしたばかりだが、そのうち見覚えのない一台にピンクのアロハの男が乗り込んでいくのが見えた。

男は麻袋をボートに投げ落とし、自分も飛び乗ってから、係留ロープをほどくことを思いつき、ボートから埠頭へのたのたとはい上がった。

間に合うかも。

死にものぐるいで走ったが、男は走ってくる七瀬にちらと目をやると、大急ぎでロープを解いてエンジンをかけた。埠頭に飛び乗ったときには、ボートは離岸してしまった。

ああああ、どうしよう。海上保安庁へ連絡、そのまえに本部に応援要請、応援なんぞ出さないって言っただろ、と言われてもＤＣがさらわれたって聞けば何とかしてくれるかも、とりあえず猫島海岸の交番に……。

「おーい、おまわりさん」

パニックに陥った七瀬の頭上から声が振ってきた。第一埠頭に碇泊していた第二十八猫島丸の操船室で〈鮮魚亭〉の大将が大きく手を振っていた。

「乗れよ、早く」

第一埠頭に駆け込んで、船に飛び乗った。船はすぐさま離岸して、最初はゆっくり、徐々にスピードをあげてインフレータブル艇を追い始めた。

「アジからケータイで連絡があったんだよ」

大将は得意げに言った。

「ＤＣがさらわれたから、おまわりさんに手貸してやってくれって。で、早手回しに漁船の用意をしてたわけだ」

「ありがとうございます。助かります」

脚を踏ん張りながら七瀬は答えた。漁船の用意をする前に、埠頭であのアロハをとっつかまえてくれてたほうが手間がはぶけたんじゃないすか、という本音は飲み込んで。

「にしても、あいつ、素人を通り越して、バカなんじゃないか」

大将はボートの後を追って猫島をのんびり周回しつつ、つぶやいた。

「あのレベルのボートでジャケもつけずに外洋に出るし、逃げてるくせにあの速度だし。相模湖《さがみこ》のスワンボートだっても少し速いわ」

「そりゃいくら似てるとはいえ、メス猫と間違えてDCさらったやつっすから」

「ブイを見ろよ、ブイを。バカ」

どすのきいたしわがれ声で大将が怒鳴った。ボートは黒赤の孤立障害標識の方へひょろひょろと行きかけ、危ういところで遠ざかった。その間に第二十八猫島丸はぐっと近づき、ボートと併走し始めた。七瀬はデッキへ下りて、ボートに向かって停まれと叫んだ。

シマネコちゃん、いや芦田の言ったとおり、アロハの男は小柄で、猿によく似ていた。猿は一心不乱に操船しており、七瀬には目もくれなかった。

ボートと第二十八猫島丸は仲良く並んでとぽとぽと走った。どこに行こうとしているのか、日が暮れてしまいそうなのんびりした航海だった。途中、七瀬は無線で本署に状況を説明し、ケータイで響子と話し、大将と一緒に船に積んであったにぎりめしを食べ、麦茶を飲み、あいまにいいかげんに停まれよ、と叫んでみた。

猿は見向きもせず、ひたすらボートを操縦している。

ボートが葉崎東海岸のマリーナに近づいたとき、連絡を受けたパトカーがマリーナに大挙して押し寄せていた。一瞬、また逃げ出すんじゃないかと七瀬はひやりとしたが、よけいな心配だった。猿は何度も失敗しながらも律儀に栈橋に着岸し、ロープをもやい、麻袋を抱き上げて歩き出し、ようやくそこで、大勢の警察官に取り囲まれていることに気づいたのだった。

「花園譲五《はなぞのじょうご》。まぬけな犯罪者を数多く輩出してる、花園一族の末っ子だ」

会議室の長いテーブルの端っこから、葉崎警察署刑事課の駒持《こまち》警部補（猫アレルギー持ち）が言った。

「やることなすこと失敗ばっかり。つかまりやすくて前科も厖大《ぼうだい》。刑事にとっちゃありがたいお得意さんだ。まあ、マン島の女王とやらを誘拐しようとして、星章さげてる警察猫さらっちまうなんざ、並みの犯罪者にゃできないね」

テーブルのこちら側で、ポリス猫ＤＣが面目なさげに、ぶにゃ、と言った。七瀬ははるかかなたの駒持に叫んだ。

「で、結局どういうことなんすか」

「七瀬はどう思うんだ」

「ヴィクトリアちゃん来日にあたって、あの猫になにかあったら莫大な違約金をマダム、ていうか、猫島が払わされることになってて、その違約金めあてに由良社長が花園譲五を雇って、ヴィクトリアちゃんをさらわせた、ってとこっすかね」

「うん。イイ線いってる」

駒持は〈中華料理店福福〉出前のマーボー丼をレンゲでかっこむと、

「だが、惜しい。もうちょっとだな」

「もしかすっと」

七瀬はためらいながら言った。

「ヴィクトリアちゃんって、ホントはマン島の女王じゃない、んじゃないすかね」

駒持は動きを止め、七瀬を見て、水を飲んだ。

「続けろ」

「三田村成子さんが言ってたんすけど、海外の猫を日本に持ち込むのってけっこう面倒っすよね。そもそも猫って環境が変わるのをすごくイヤがるし、まともな飼い主なら、二つ返事でイギリスから日本に連れてくるって、そんなマネしないと思ったんすよ。思った通りなかなか現れないから、土壇場《どたんば》になって病気になったとかいって、キャンセルするだろうと思ってたのに、一応は現れた。けどあの猫、日本語に反応するし、スルメとかカツブシとかたたみいわしとか好きだし。ひょっとしたら、日本で調達した日本育ちのマンクスなんじゃないかと」

駒持が面白そうにうなずくのを確認し、七瀬は続けた。

「〈G線上のキャット〉のマダムはマン島の女王猫を連れてくるって言って、猫島猫まつりをおさえた。女王が来なかったら、信用がた落ちっすよね。だから、由良社長と組んでニセ女王を調達した。飼い主は日本に少ないマンクスを焦って借りようとしてる社長たちを見て、そうとうふっかけたり、いろいろ条件付けたりしたんじゃないすか。それが原因で由良社長とマダムの間に亀裂が生じて、猫さらいの一幕が起こった。たぶん、社長は猫を飼い主に返したうえで、マダムに違約金を払わせ、山分けしないかと飼い主に持ちかけたか、持ちかけるつもりだった、ってこと、かと」

「あのなあ、マン島の女王は猫じゃないんだと」

七瀬の説にはふれず、駒持は言った。

「ジェラルド・エヴァラードって人は確かにマン島に住んでて、ヴィクトリアちゃんって生き物を飼ってて、その共同生活を『マン島の女王』ってタイトルの本に書いて、本国でペット本のベストセラーになって、エヴァラードさんの知り合いの日本人が由良社長の友人だってとこまでは事実だがね」

「え、猫じゃなきゃなんなんすか」

駒持は紙を取り出してテーブルに滑らせてよこした。見ると、英文の雑誌のコピーで、そこにはパイプをくわえた渋い初老の男と、その男に抱かれたフェレットが写っていた。

「……これじゃあ、猫だらけの島になんか来るわけないっすね」

「マン島がマンクス猫発祥の地で有名だから、勝手に誤解したんだろ。どっちのヴィクトリアちゃんにとっても迷惑な話だがな」

駒持はマーボー丼の最後の一口をかっこんで水で流し込み、大きなげっぷをしてから付け加えた。

「〈G線上のキャット〉な、赤字がかさんでひどく経営が苦しいらしいぞ」


DCを抱いて本署を出た。すでに五時をすぎて夕暮れの気配が漂い始めていた。このまま寮に戻って三日ぶりに風呂に入り、寝ほうけたいのはやまやまだったが、DCを島に返さないわけにもいかない。

そういえば、市長選はどうなったんだか聞くの忘れたな、と思いつつ疲れた足を運んでいると、署の玄関のソテツの脇で、男に袖をつかまれた。

「お、おまわりさん、ですか。わ、わたし、自首、自首しに来ました」

かんべんしてくれ、今度はなんだよ、ここは猫島じゃないっすよ、と返事もせずにかたまっていると、げっそりと頬のこけた男は言った。

「殺したんです。浮気した女房を。殺して毛布にくるんで石を抱かせて荒縄で縛って、葉崎東海岸の崖から死体を捨てました。女房のかわいがってた子猫も一緒に……白い子猫を、蹴って……ああ、あんなことするんじゃなかった、息子が言うんです、お父さんの肩に子猫がいるって……」

ポリス猫DCと南洋の仮面

1

十二月の寒い一日のことでした。湘南探偵団団員の小沼《おぬま》君は、仲よしの団員、長島《ながしま》君を誘って、葉崎西海岸に行きました。

このところ、葉崎の町はある噂でもちきりでした。葉崎西海岸のちかくの海の中に、なにか大きくてヘンな生き物がいるのを、たくさんのひとたちが目撃していたのです。

あるひとは、突然、海が割れて、なにか大きな黒い影が波の下から一瞬だけその姿をのぞかせた、と言い、また、あるひとは、はねるアジを大きな前足がはたきおとした、と言いました。波の間からにゅうっと長い首を出す生き物を見たというひともいましたし、沖合にむかって猛スピードで動いている未確認物体が海上保安庁のレーダーにとらえられた、というまことしやかな情報さえあったのです。

小沼君も、長島君も、この噂にはとても興味がありました。

でも、ふたりの意見は同じではありませんでした。

小沼君は、首長竜のような太古の恐竜が、葉崎の海岸に、姿を現したのだ、と思っていました。とっくの昔に絶滅して、化石でしかその姿を見ることができないと思われていたシーラカンスが、ほんとはまだ、生きていたんですもの。海底に生息していて、人目にふれずにいた恐竜が出てきたって、不思議ではありません。

でも、長島君は、ぜったいに違う、と言いました。

「恐竜だって、深海にずっと潜ってるなんてムリだ。ときどきは海面に顔を出すはずだし、だったらとっくに誰かに見つかってるはずだよ。それに、深海だけで生きてるんだったら、こんな海面に近いところまであがってきたら、水圧の違いで内臓が飛び出ると思うんだ」

黒縁のメガネを持ち上げて、長島君がそんなことを言うと、いかにもホントらしく聞こえるのでした。

「じゃあ、恐竜じゃないなら、なんだよ」

小沼君が聞くと、長島君は、

「原潜だね」

きっぱりと言うのでした。

「ソビエトの原子力潜水艦が、日本の海岸線を偵察してるにちがいないよ」

「なんのために」

「なんのためって、決まってるじゃないか。ソビエトは冬が寒くてたいへんなんだ。葉崎みたいなあったかいとこがほしいんだよ」

「ソビエトが葉崎に攻めてくるってこと？　そんなの自衛隊も、アメリカ軍も、許さないよ」

「もちろん、そうさ」

長島君は、黒縁のメガネをくいっと持ち上げました。

「だからさ。いよいよ、第三次世界大戦が始まるんだ。終末が来るんだよ」

小沼君はびっくりして、長島君に知られないように、そっと、身震いをしました。小沼君は、戦争映画とか、戦車や戦艦が大好きで、よくお父さんにお願いして、プラモデルなどを買っていただいておりますし、本物の戦車や原子力潜水艦を見てもみたいのですが、だからって、葉崎が戦場になるのは困ったことだと思うのでした。

「だけど、ノストラダムスが恐怖の大王が下りてくるって予言したのは、一九九九年の七の月だろ？　ずーっと先の話じゃないか」

「きみ、戦争はすぐには始められないんだよ」

長島君は言いました。

「ソビエトだって、葉崎がどんなところか知らずに戦略をたてられやしないのさ。だから偵察に来てるんだ」

そんな話をしているうちに、ふたりはいつのまにか、葉崎西海岸に着いていました。

葉崎海岸は、湘南の他の海岸と違って、ふだんからあまり人出がありません。ことに真冬ともなると、近所のおじさんがヒマつぶしに釣りをしているか、冬の小遣い稼ぎに岩海苔をつんでいるおばあさんがいるくらいです。

ところが、その日は、噂を聞きつけたのでしょう、おおぜいのひとが海岸に出ていて、わいわい言いながら沖を指さしたり、カメラや八ミリをかまえているのでした。小沼君や長島君くらいの子どもははじき飛ばされそうな勢いで、ふたりは野次馬の群れから離れて顔を見合わせました。

「きみ、猫島に行かないか」

ややあって、長島君が言い出しました。

「これじゃ、なにが出たってぼくらには見えやしないよ」

「うん、そうだね。猫島の裏の海岸からのほうが、なにか見えるかもしれないね」

小沼君も賛成して、靴を脱ぎました。

葉崎西海岸から飛び出している猫島は、満潮になると潮が満ちて離れ島になるのですが、潮が引くと砂州で本土とつながります。このときは、まだ完全に潮が引いていなかったものですから、あちこちがずぶずぶしています。小沼君は、ときどきぬかるみにハマって抜けられなくなっている長島君を引っ張り上げるのに手を貸したりしながら、なんとか猫島にたどり着きました。

小沼君は、何度か家族と一緒に猫島に来たことがあったのですが、子どもだけで来るのは初めてでした。いつもなら、お父さんやお母さんのお好きな猫島のメインストリートにまっすぐ向かい、新しい料理人が来ておいしくなったと評判の〈猫島ハウス〉のレストランに入って、ソフトクリームを買っていただくのですが、このときは長島君のあとをついて、裏の洞窟へむかう小道を行きました。小道には間隔をあけて猫たちが思い思いの格好で寝転がり、ふたりを見送っているのでした。

ようやく裏の海岸に出たときのことです。長島君が急に「しっ」と言って、小沼君を岩場のかげに引っ張り込みました。

「どうしたの」

長島君はしんけんな表情で指さしました。

「あれを見ろよ」

小沼君は長島君の指さすほうを見つめました。すると、岩の上にふしぎな影が立っていました。逆光になっていてシルエットしかわかりませんが、二本の太い足とふりまわしている腕がわかります。でも、人間にしてはなにかがみょうなのです。手と足にくらべて、胴体が長い、というよりも頭が長すぎるのでしょうか。まるで、サーフボードに腕と足が生えてきたように見えるのでした。

サーフボードの化け物は、きんきんと甲高く声を発しています。そして、それにあわせて腕を高く上げたり、足をばたつかせたり、しているのでした。

「あいつ、踊ってるのか」

小沼君は思わずつぶやくと、長島君がささやき返しました。

「なにかを呼んでるみたいだな」

「なにかって、なんだよ」

「たぶん、ソ連の原子力潜水艦だよ。きっとそうさ。このところの葉崎への偵察の指揮をとっていたのはあいつなんだよ」

「ソビエトの潜水艦って、あんなふうに呼ぶものなのかなあ」

小沼君は首をひねりました。化け物の動きを見ていると、小沼君は日曜日の夜に家族で一緒に見る、世界のいろんな民族を紹介する番組を思い出すのです。その番組で、仮面をかぶって神様への感謝の踊りを踊っている人たちの映像を、小沼君は見たことがありました。そんなふうに、化け物は、最新鋭の兵器を呼んでいるというよりは、いにしえの神々を呼び出しているように見受けられるのでした。

そのときです。まるで化け物の呼び出しに応じるかのように、海面が急に黒ずんできたかと思うと、ぼこぼこと泡立ち始めました。そして、ふいにうわっと波が盛り上がり、なかから大きな三角形のひらたいプレートのようなものが現れたではありませんか。

小沼君と長島君は、思わずアッと叫んでしまいました。

するとその声を聞いて、化け物が振り返りました。海から現れた大きな三角が太陽をさえぎり、ふたりの目ははっきりと化け物の姿をとらえました。

化け物は、全身がなにやらぬらぬらとしたゴムのようなものでできていました。手と足が二本ずつあるのはひとのようですが、その顔のあるべきところには、とても大きな、ふしぎな隈取《くまど》りや刺青《いれずみ》をほどこした、長細いぶきみな仮面がかかっているのでした。

「アッ、南洋の仮面だ！」

小沼君と長島君は思わず大声で叫んでしまいました。いつぞや湘南の大金持ち、前田《まえだ》家から家宝の黄金地蔵を盗み取り、電気を自由に操る能力をもっていることからソケット小僧と呼ばれている湘南探偵団の仲間を誘拐し、横浜のマリンタワーにくりつけて電飾の電源代わりに利用したりと、悪のかぎりをつくしてきた謎の怪人・南洋の仮面。なんと、今度はこの猫島に姿を現したのです。

「コイツのしわざだったのか」

小沼君と長島君は、顔を見合わせてうなずきあったのでした……。

2

「カケオチ？」

葉崎警察署猫島臨時派出所の七瀬晃巡査はすっとんきょうな声をあげた。

「なんすか、カケオチって」

「おまわりさん、知らないの？　愛し合いながらも周囲の反対にあった男女が愛を貫こうと手に手をとって」

洋風民宿〈猫島ハウス〉の看板娘・杉浦響子が、差し入れのバナナケーキと〈フォーチューンチョコ〉の箱をデスクに置いて身を乗り出した。七瀬は軽く手を振った。駆け落ちがなにかくらいは知ってるっての。

「お願いします。なんとかこの子を無事に……この子さえ無事なら、わたしはもう、なにも言うことは」

長咲《ながさき》堂の女将《おかみ》は写真を差し出すと、デスクに額をこすりつけんばかりに頭を下げた。長咲堂の主《あるじ》はチョコレート臭い息を吐きつつ、女房を怒鳴りつけた。主が動くたびに、ポケットから紙切れが派出所の床に舞い落ちた。

「泣くんじゃない、みっともない。豹太郎《ひょうたろう》は拐《かどわ》かされたんだ。ニセ屋のドラ娘を誘拐罪で告発してやる」

「なにが誘拐罪だ笑わせんな、この長咲堂のタコおやじ。娘を誘惑しやがって、豹太郎こそ戻ってきたら、木の枝に吊してカラスにつっつかせてやるからそう思え」

角刈りに雪駄《せった》履き、大昔の任侠《にんきょう》映画に出てきそうな風体《ふうてい》の似勢《にせ》屋の若旦那が巻き舌で言い返し、長咲堂の主が紙くずをばらまきつつ目をむいた。

「おめーは昔っからそういう残虐なやつだった。おまわりさん、ちょっと前から葉崎東海岸のほうで若い女がたてつづけに殺されてたよな。こいつの仕業じゃないか」

「なにを言いやがる、この泥棒野郎。うちがいい菓子を作ると、すぐ安くてちんけなコピー商品作って売り出しやがって。菓子作るアイディアも技術もないんだから、とっとと菓子屋なんざたたんじまえ」

「やかましいやい、おめーこそ猫島にまで潜り込もうとしやがって。あの店はうちのもんだ。この島はわが長咲堂のシマなんだよ。手を出すな」

「あ、それ違う。猫島は猫の島だよ」

「うるせえ、小娘はひっこんでろ」

長咲堂の主が響子に向かって振り上げた腕を、七瀬は慌てて押しとどめた。

猫島臨時派出所はプレハブ作り。デスクと書類棚、小さな流しなどがあるだけのコンパクト設計になっている。そこに長咲堂夫婦に似勢屋の若旦那、面白がってくっついてきた響子の四人がののしりあっているのだから、どうにもならない。七瀬の額からはとめどなく汗が流れ落ちていた。

「確認しますけど、要するにこれは家出っすね」

「違います、駆け落ちです」

「カケオチみたいなもんだよね」

「いや違う、誘拐だ」

「ですから」

七瀬はうんざりしながらも繰り返した。

「似勢屋さんの娘の絢子《あやこ》ちゃんが、長咲堂さんちの豹太郎くんをつれて家出したんすね」

「誘拐だって言ってんだろ、なんべんも同じこと言わせやがって、このバカおまわり」

うぎゃぎゃぎゃがぎゃーっ！

長咲堂の主がデスクをばんと叩くと同時に、定位置である書類棚の上の座布団にいたポリス猫ＤＣがとんでもない声で雄叫《おたけ》びをあげた。そのままぽんと跳んで七瀬の右脇にすっくと立ち、一同をにらみつける。口々に勝手なことを言い立てていた四人は、さすがにひるんで黙り込んだ。七瀬は大きく息を吐いて、言った。

「七歳の女の子が隣家の猫を連れて家出した、間違いないっすね。いや」

なにか言いかけた長咲堂の主を押しとどめ、

「猫を連れてっても誘拐罪になるわけない。適用されるとすれば窃盗罪だけど、七歳の女の子は刑法犯にはなんないんすよ。なんで、とりあえずいまは、七歳の女の子の行方不明事案として対処さしてもらいます。この年齢の女の子がいなくなったんだ、本署もすぐ動いてくれますから」

「それじゃ、豹太郎はさがしてもらえないんですか」

女将が悲鳴のような声をあげ、長咲堂の主が憤懣《ふんまん》やるかたない、という口調で、

「悪いのはぜんぶこのニセ屋のドラ娘のせいだってのに、被害届も受けつけねーってのか。ニセ屋を訴えられねーってか。ケーサツはニセ屋の味方か、こら」

DCの毛が逆立った。七瀬は慌ててDCを押さえた。

「おたくの猫が絢子ちゃんと一緒なら、絢子ちゃんを見つけ出せば猫は無事保護できるということっすよね。猫の無事が最優先ってことでいいんすよね、猫の無事が」

猫の安否より似勢屋を訴えたいとか思ってませんよね、という意味をふくませると、長咲堂も悟ったらしく、ケッ、と吐き捨てた。

「こんなちんけな交番じゃどーしよーもねーな。本署に行くぞ。本署も役に立たなきゃ県警本部に乗り込んでやる」

クビだクビだ、役に立たないバカおまわりをクビにしてもらう、と聞こえよがしに言い立てつつ、紙切れをばらまきつつ、長咲堂夫婦は去っていった。

七瀬は頭を冷やそうと、まずは床から紙切れを拾い上げた。それから似勢屋の若旦那のケータイから娘の写真を送信してもらい、参考資料として豹太郎の写真も本署に送付して手配を終えると、若旦那に椅子をすすめ、あらためて話を聞いた。

「いなくなったのは葉崎東銀座にあるおたくからなのに、なんで捜索願を猫島で出そうと思われたんすか」

「いや、面目ない」

若旦那は響子が持ってきた〈フォーチューンチョコ〉の箱からひとつとって封を破り、おみくじを開いて、ため息をついた。デスクにほうりだされたみくじには『敵に背中をむけるなかれ』とあるのが見えた。

「猫島って猫の楽園があるんだ、なんて話をね、娘にしちゃったことがあるもんだから。娘が豹太郎に、一緒に猫の楽園に行こうね、なんて話しかけてるのを女房が聞いたって言うから、てっきり……」

「絢子ちゃんは猫島に来たことは？」

「ホント言うと、今日、空き店舗を見に来ることになってたんで、絢子を連れてきてやろうと思ってたんですよ。いまは女房が三人目を妊娠中だし、オヤジも昼間はケアセンターだし、絢子はさみしかったのか豹太郎とべったりになっちまって。いえね、いくら家同士の仲が悪いったって、猫と遊ぶのに文句つけたりしませんよ。けど菓子作ってる場所はマズイ。猫の毛が入ったんじゃ、売り物にならねえもの」

ＤＣがぴくっと耳をたてて、また寝かせた。

「ところが長咲堂にそんな衛生観念はありやがらねえ。豹太郎が小麦粉の入ってる袋に粗相しようが、作りかけの菓子をつつこうが、平気なんですからね。だから猫のほうだって、何度追い払っても前足で扉開けて入り込んでくる。今朝なんぞ、障子を体当たりで破って飛び込んできやがった。おまけに着地したのは、のしたばかりの餅の上ですぜ。毛をまきちらしながら餅ごと作業場を暴れ回りやがって、今朝の仕込みが全部パア。そんなこんなで娘に、もうそんなこきたねえ猫には金輪際《こんりんざい》近寄るなって、怒鳴っちまった」

母親が絢子の不在に気づいたのが十一時半。こっそり長咲堂の裏手に行って女将さんを呼び出し、もしや豹太郎のところへ行ってやしないかと尋ねたのが十二時少し前。現在、昼の一時半だ。

駅の反対側にある葉崎東銀座から、猫島海岸行きのバスで終点までたっぷり一時間二十分はかかる。今日は土曜日だから、海岸通りが渋滞する可能性が高く、さらに時間はかかるだろう。おまけに、

「猫むきだしでバスには乗れないっすよね。歩いてここまで来ようとしてるんなら、たどり着いてはいないんじゃ」

「言われてみりゃそのとおりだ。それに絢子はとんだ方向音痴なんですわ。ここに来るより近所をあたったほうがよかったかもしれねえ」

言い終えるなり似勢屋の若旦那は「ごめんよ」と叫んで派出所を飛び出ていった。響子が空いた椅子に当然のように座り、チョコを手にしてのんびりと言った。

「七歳の子が猫連れて家出しただけで、ずいぶん大騒ぎになっちゃうもんね」

「おいこら。騒ぎを大きくしたのはキョーコちゃんだろ」

「うっわ〜、見てよコレ」

返事もせずにおみくじを開いて、響子は眉をひそめた。

『機は熟した。攻撃あるのみ』だって。今度の期末試験、もう勉強しなくてもいいってことかな」

「知らないっすよ。てか、なんなんすか、このチョコは」

「ほら、水口さんの甥って、このチョコ出してるフルーク製菓、だっけ？　あそこで営業やってるでしょ。彼が持ってきてくれたの。おまわりさんにあげようと思って」

一年ほど前、ツナキチなる猫と暮らす水口徳子という老女の視力がかなり低下していることがわかり、猫島神社の綿貫宮司が説得し、介護施設に入居させたという小さな事件があった。泣いて嫌がる徳子を、どうしても施設になじめなければ戻ってこられるように家はしばらくあけておくから、と口説き落としてツナキチと別れさせたのだが、徳子はすっかり施設が気に入って腰を落ち着けてしまった。

結局、猫島の店は引き払うことになって、必要な家財道具を引き取っていったのが二週間前のことだ。

「なのに、なんで今ごろまた甥が？」

「まだ、少し、片づけなきゃならない品物が残ってたからね。最後の片づけに来たついでに〈フォーチューンチョコ〉の宣伝してんじゃないの？　長咲堂にも渡してたもん」

「いやだけど、菓子屋に菓子を？」

「水口さんとこだった空き店舗、長咲堂と似勢屋がとりあってるでしょ。どっちの店舗になるにせよ、店の隅に〈フォーチューンチョコ〉を置いてもらえれば営業になるじゃん。空き店舗を見に来てた長咲堂は嬉しそうに受け取って、おみくじ見ながらばりばり食べてたよ。もう持ってなかったとこみると、全部食べちゃったのかね、あのオヤジ。ひょっとすると、コピー商品でも思いついたのかも」

「コピー商品って、おみくじのかわりに猫のカードが入ってるとか」

「あ、それ、いいかも。『ポリス猫DCの今日のひとこと』を入れとくとか」

話題にされたDCが、ぶにゃ、と言って床に下り、扉をがしたたきながら七瀬をにらんだ。いつまでも油売ってないで、絢子と豹太郎の件をみんなに知らせておけ、とでも言いたげだ。

立ち上がりながら七瀬もチョコに手を出した。出てきたおみくじには『いまが好機だ。ライバルをけ落とせ』とあった。

3

寒風が猫島メインストリートを吹き抜けていく。

観光客は肩を丸め、手をこすりあわせながらも、あちこちの土産物店などをのぞきつつそぞろ歩いているのだが、各店の看板猫たちは、これはたまらんといわんばかりに奥にひっこんでしまった。ポリス猫ＤＣも毛を逆立てて、まん丸になっている。

七瀬は絢子と豹太郎の写真を見せて注意を頼みつつ島を一周し、猫島メインストリートに戻ってきた。

メインストリートでは水口徳子の店のほかに、その隣の猫雑貨店〈Ｇ線上のキャット〉も目下休業中になっていた。〈Ｇ線上のキャット〉は赤字続きで借金まみれだったことが二ヶ月ほど前に判明し、マダムは愛猫アイーダを置き去りにどこかに雲隠れしてしまった。以来、店にはシャッターが下りたままだ。

メインストリートのいちばんめだつ場所に、二店舗が並んで閉店中というのは、見た目にも貧乏くさい。といって、マダムの行方《ゆくえ》がわからないことには〈Ｇ線上のキャット〉はしばらくこのままということになる。せめて、一つでも早く新店舗ができてもらいたいと思うのが人情だ。長咲堂でも似勢屋でもいいから。

そんなふうに思いながらふと見ると、〈Ｇ線上のキャット〉の前に、初老の男がひとり、たたずんでいた。

白髪まじりの頭、グレーのマフラーにグレーのカーディガン、チャコールグレーのズボンに靴とベルトは黒いビジネスタイプ。一見したところ、背広以外の服など持ってません、というマジメなサラリーマンのたまの休日風である。

が、態度があやしい。あたりを気にしながらケータイで写真を撮り、店に近寄ってシャッターに手をかけたり、隣の店との間の通路に入り込もうとしている。その男の足下に、おドレスを着なくてすむようになり、心なしか以前より丸くなったアイーダがすり寄って、鼻を鳴らしていた。

「あのう、どうかしたんすか」

七瀬は男に近寄って声をかけた。全身灰色の男は飛び上がりそうになり、振り返り、七瀬に気づき、口の中でもごもご言いながら後ずさりした。

「この店、いま、留守にしてるんすよ。なにか……」

「いえ、その、別に。失礼しました」

灰色男は急に向きを変えると、脱兎のごとくメインストリートを駆け下りていった。七瀬がぽかんとその後ろ姿を見送っていると、声をかけられた。

「おまわりさん、こっちこっち。ちょっといいですか」

水口徳子の空き店舗の戸が開いて、綿貫宮司の孫娘・美砂の夫の森下哲也が手招きしていた。

「どうしました」

「うちの宮司のせいで迷惑かけたし、ちょっと休んでいってくださいよ」

空き店舗はあがりがまちに座布団が数枚置かれているだけで、すっかり片づけられ、きれいに掃除されていた。

座布団の一枚には、問題の水口徳子の甥の沼野《ぬまの》秀朗が座っていた。〈フォーチューンチョコ〉を製造販売するフルーク製菓の新規事業部という肩書きの名刺を差し出した彼は、端正なスーツ姿でロングコートをきちんとたたんで膝に乗せている。その横では、かつて水口徳子が飼っていたツナキチが、猫のくせに仰向けで大の字に転がり、大いびきをかいていた。

「店、ずいぶんきれいになったんすね」

「はあ、さっき、最後まで残っていた古雑誌とか、古着とか、その手のゴミをいっさいがっさい下のゴミ集積場まで持っていってもらったので。いつまでもここに置いといたんじゃ迷惑ですからね」

秀朗は笑い、森下哲也は魔法瓶から紙コップに珈琲《コーヒー》を注《つ》いで七瀬に差し出した。

「長咲堂と似瀬屋の仲裁ご苦労様でした。いやほんと、申し訳ない」

「べつに仕事っすから。てか、なんで哲也さんがあやまるんすか」

勧められた座布団に腰を下ろそうとしたら、先回りしてちゃっかりＤＣが座り込んでいる。

七瀬は立ったままで哲也に尋ねた。

「ほら、長咲堂と似勢屋の間がここまでもめたのは、うちの不手際なんですよ。水口さんとこが空いたし、どこか店出してくれないかね、なんて話をじいちゃん――宮司や美砂としてたときに、だったら似勢屋さんがいいですなあ、あそこのどら焼きアイスは大好物だがなかなか買いにいけませんものなあ、って宮司が言い出してね」

綿貫宮司は島からまったく出ない、という生活を送っている。

「それでオレがすぐ、似勢屋に話を持ち込んだんですよ。ただ、あそこは職人気質で味が荒れるのを恐れるから、おいそれと手を広げようとはしないでしょ。話が長引いているうちに、じいちゃんが長咲堂にその一件ぽろっともらしちゃったんですよ。で、長咲堂さんが、始終お参りに来るなじみのうちをのけて似勢屋に話を持ち込んだのか、って怒っちゃってね」

長咲堂は気にくわないが、意地になって似勢屋につっかかっているのもわからなくはない。が、

「それにしても、なんであのふたり、あそこまで仲悪いんすか」

「あれ、おまわりさん、知りませんでした？　ことの起こりは〈南洋の仮面〉なんですよ」

言われて、七瀬は首を傾げた。

「〈南洋の仮面〉って、長咲堂の銘菓っすよね」

葉崎名物と銘打って、駅前にもでかでかと看板が出ているから、もちろん七瀬も知っている。一度、生活安全課の二村《ふたむら》警部補にもらったこともあった。

サーフボードみたいな細長い楕円《だえん》形で、包み紙にマッドメンみたいな仮面の絵が印刷されていた。お菓子そのものは栗まんじゅうのような茶色の皮に、ココナッツ味のアンがくるま

れている、というもので、マズくはないが特においしいというものでもない。世のたいていの名物と同じように、名前以外はあんまり記憶に残らないできばえだった。

「『南洋の仮面』ってもとは、角田港大先生が書いた子ども向けの小説なんですよ」

「ああ、小学生の頃、読んだことあるわ。湘南探偵団が出てくるんすよね。電飾小僧とか、そういえば猫島も出てきたかも」

「電飾小僧じゃなくてソケット小僧。電気を自由に操ることができるんですよ。こいつが南洋の仮面につかまって、湘南中が停電になっちゃう話がありました」

「あ、あれ、こわかったっすね。謎の怪人・南洋の仮面が、真っ暗闇の海岸線を、太鼓たたきながら踊って歩くと、おとながみんなあとついてっちゃって、ずぶずぶ海に入っていくんすよね」

「翌朝、子どもたちが目をさますと、おとなの靴が湘南の海岸一帯に無数に浮かんでる。あの話を読んだ夜は、ひとりでトイレに行けなかったなあ」

そういや自分もそうだった、と思い出しつつ七瀬は話を戻した。

「で、あの菓子の名前は、あの話からとったと」

「もともと小説版の『南洋の仮面』は〈フォーチューンチョコ〉の販促用のおまけだったんです。よね？」

ふられた沼野秀朗は苦笑して、

「いや、その頃には私はまだ中学生だったし。うちの叔母がこの店でも〈フォーチューンチョコ〉を売ってたから、その本を見たような気はしますけど……」

「あのチョコを作ってたのは、もともとはワニヤっていうお菓子屋さんで、当時の社長が〈フォーチューンチョコ〉の売り上げを伸ばすために、地元在住の角田先生に小説を書いてもらったんですよ」

哲也の話によれば、それは七〇年代の終わり頃のことで、作家デビューしたての角田港大先生は依頼を受けて『湘南探偵団と南洋の仮面』という小説を書いた。ワニヤの社長は小説を五分割してざら紙に印刷し、安っぽい本に仕立て、チョコの空き袋三枚とひきかえに一部ずつ送った。

「うちの叔父も応募したけど、本を見た瞬間、戦前じゃないんだからって子ども心に思ったそうですよ。でも、本の続きが読みたいって言い訳は親にチョコねだるのに便利だったそうで、結局五巻ぜんぶそろえてしまったとか」

つまりそれなりの販促効果はあったわけで、勢いにのったワニヤの社長は角田先生に続編を依頼。さらにその続編を依頼して、結局、この『南洋の仮面』シリーズは全五話、計二十五巻という大作になった。当然ながら、当時〈フォーチューンチョコ〉が売られていた地域の子どもたちの間ではそれなりに知られたし、のちに大手出版社の児童書部門からも普及版が出版されてけっこうな版を重ね、さらなる続編も書かれた。七瀬が小学校の図書室で借りて読んだのは、この普及版だったと思われる。

「ワニヤ版のほうは今じゃ稀覯本《きこうぼん》扱いで、古本屋に全巻揃いで十万円で売れたって叔父貴はほくほくしてました」

「十万！」

七瀬と秀朗は同時に叫んだ。オマケの古本が十万はすごい。

「でも当時、時代錯誤なオマケのせいかワニヤの経営は傾いちゃって。五話完結した直後に社長が死ぬと、即座にワニヤはフルーク製菓に身売りすることになったんです。よね？」

話をふられた秀朗はそわそわしながら、たぶん、だと思います、と答えた。

「え、でもそれが、なんで長咲堂に？」

「ワニヤが潰れてすぐに、長咲堂の主が港大先生に直談判《じかだんぱん》したんですよ。あの『南洋の仮面』というタイトルをぜひ、自分のところの菓子の名前にちょうだいしたいって。港大先生っておおらかなタイプらしくって、何も考えずにいいよって言っちゃった。で、おさまらないのが似勢屋です」

そもそも、戦争中、ニューギニアに派兵されていた似勢屋の先代が、帰国後、なにか個性的なお菓子をと考えて作り上げたのが銘菓〈南方の面〉だった。アンにココナッツミルクを使ったり、菓子の皮に焼き印を押して民族調にしあげたりと、工夫に工夫をこらしたこの菓子は昭和二十年代の終わり頃に売り出され、以来、葉崎市民に愛されていた。

「これが港大先生の奥さんの大好物だそうで、奥さんが〈南方の面〉を食べてるのを見て、先生は『南洋の仮面』を思いつかれたそうなんです」

「要するに、『南洋の仮面』の元ネタは似勢屋の〈南方の面〉、なのにあとから長咲堂が〈南洋の仮面〉を作ったたってことっすか」

「葉崎の人間には有名な話らしいですけど、ふつうのひとは、そんなこと知りませんからね。こないだ〈ジャーロ〉っていうミステリ雑誌に『ミステリお菓子の研究』って記事が載ってたんですけど、有名な名張《なばり》の瓦せんべい〈二銭銅貨〉や〈乱歩ぱい〉、銘菓〈砂の器〉とか三浦綾子の〈氷点〉って名前のお菓子にまじって、堂々ととりあげられてたのは〈南洋の仮面〉のほうなんですから」

なるほど、そういうことなら似勢屋が長咲堂を泥棒よばわりしたのはうなずける。が、

「どっちかってーと、敵意むき出しなのは長咲堂さんのほうって気がするんすけど」

森下哲也も首を傾げて、

「うちのじいちゃんだけじゃなく、葉崎のロコは長咲堂より似勢屋びいきではありますね。どう考えたって、似勢屋の菓子のほうがうまい。どら焼きアイスもいけるし、地味なみたらし団子やあんころ餅なんかもいい。葉崎市内じゃお使いものには似勢屋だって美砂が言ってました。長咲堂のお菓子なんか持ってけない、下手したら嫌がらせだと思われるもん、って」

それでコンプレックスのかたまりになった長咲堂が、よせばいいのに大騒ぎ、ということなのだろうか。

「それにしても、どうしたらいいんだろうなあ。こちらから頼んだ手前、似勢屋さんに手を引かせるわけにはいかないし。だいたい、宮司も美砂も似勢屋が島に来るって大喜びで、他の菓子屋なんか考えられないって言うんですよ。といって、長咲堂さんは引き下がりそうもないし」

「この店広いんだから、半分に割ったらどうすか」

七瀬が言うと、沼野秀朗がびっくりしたような声をあげた。

「それはムリじゃないかなあ。毎日ケンカになりそうだ」

「だったら、お菓子で決めるってのはどうっすかね」

だんだん面倒になってきた七瀬は、思いつくまま言ってみた。

「ここでしか売らない猫島オリジナルのご当地お菓子を両方に作らせて、審査員に目隠しして食べさせて、おいしいほうに店を出させりゃいいじゃないっすか。そうだ、ついでに他の菓子屋も呼んでコンクールにするってどうすか。この島はイベント大好きなんすから。なんなら菓子屋だけじゃなくて、高校の料理部にもエントリーしてもらえばいい」

「警察が騒ぎをあおるのは感心しませんね。下手をしたら血を見る騒ぎになりますよ」

沼野秀朗が真顔で言い出した。ポリス猫ＤＣが座布団から首をもたげ、七瀬と哲也は顔を

見合わせた。沼野秀朗はうろたえたように視線をそらし、

「いや、長咲堂ってひと、ずいぶん熱くなってるから、大丈夫かなと思ったもんだから」

それじゃ、私はこれで、とロングコートを羽織りながら店を出て行った。

「あのひと、島中にチョコばらまいて、なにしてんすか」

七瀬は思わず哲也に聞いた。哲也はぽかんとして、

「なにって、この店の片づけでしょ」

「スーツ姿で？」

「ついでに〈フォーチューンチョコ〉を置いてもらう店を増やそうってことなんじゃないかな。この不況で、うちも新機軸を打ち出したいと思ってる、とかなんとか言ってたし」

この言葉を潮に、七瀬は珈琲の礼を言って店を出た。メインストリートを見おろすと、コート姿の沼野秀朗が石段を駆け下りていく。男にぶつかりかけ、慌てて会釈をしてすばやく通り過ぎていった。なにを急いでいるのかな、と不審に思い——七瀬は目を疑った。

いま、沼野がぶつかりそうになった男。白髪まじりの頭、グレーのマフラーにグレーのカーディガン、チャコールグレーのズボンに靴とベルトは黒いビジネスタイプ。一見したところ、背広以外の服など持ってません、というマジメなサラリーマンのたまの休日風——が、ふたり。

よく見ると、一方はマフラーが黒だったし、特におそろいというわけではないらしい。ふ

たりは同じような白髪まじりの頭を寄せ合って、〈Ｇ線上のキャット〉の店を見ながら、なにやらひそひそと話し合っている。

もう一度、声をかけてみるか、そう思ったときだった。

「おまわりさん、たいへんだ」

という叫び声とともにメインストリートを駆け上がってきたのは、毎度おなじみ〈鮮魚亭〉のアジくんこと芦田という若いの。彼は灰色男ふたり組の間をすり抜け、七瀬にむかって大きく手を振った。

「渡し船がテンプクした」

4

干潮になれば、猫島は対岸の猫島海岸と砂州でつながり、歩いて渡ることができる。それ以外のときは、猫島へは船で渡るしかなく、猫島海岸の埠頭から所要時間五分のフェリーが運航されていた。

名前はフェリーでも、その実態は漁船に毛の生えたようなもの。申し訳程度に屋根が付いている収容人数二十五人のその船が、夏場は十分おき、冬場は二十分おきに島と海岸をいったりきたりしている。のどかといえばのどか、いいかげんといえばいいかげんな渡し船だが、以前はならした漁船の元船長が舵《かじ》をとっており、波も静かな海域をいったりきたりしているだけで、転覆事故など想像したこともなかった。

七瀬は芦田のあとをついて走った。アジくんは息を切らしながら船を指さした。

「ほら、おまわりさん、あれだよあれ」

走りながらものすごい勢いで無線連絡を入れていた七瀬は、思わず足と口を止めた。

「……って、転覆なんかしてないじゃないっすか」

フェリーは停止してはいるものの、ふだんどおり水に浮いている。

「ほらあそこ。ひとがテンプクしてるじゃんか」

慌てて目をこらすと、確かに渡し船の近くにひとが浮いているのが見えた。

「アジくん、あんたね。転覆って船がひっくり返ることだよ。あれは、たんに船から人が落ちただけ」

いつのまにかあとを追ってきた〈猫島ハウス〉の響子が言うと、芦田はきょとんとして足を止めた。

「落ちただけだって、たいへんじゃん」

「そーゆー問題じゃなくてさ」

ふたりが背後で言い合うのを聞きつつ、本署に情報の訂正をし、警察用に用意されているインフレータブル艇に飛び乗った。もやいを解くと同時にポリス猫ＤＣが飛び乗ってきて、急いで船を出す。

渡し船の上には五人ほどの乗客が見えた。今年の春から安全対策にと乗客各位に救命胴衣を装着させることになったのだが、たった五分の船旅のこと、渡された胴衣をつけずに手に持っているだけですます客も多い。このときも、船上の客たちはだれも救命胴衣などつけてはいなかった。それどころか、海に浮かんだり沈んだりしている人影も、どうやら胴衣なしのようだ。

さらに近寄ってみると、船の客のひとりが、励ましているのか海中の人影にしきりとなにか叫びかけ、人影も船長が投げたらしい浮き輪につかまって、なにか言い返しているのがわかった。よしよし。その調子で励ましておいてもらいたい。七瀬は慎重に船を近づけていき、やがて会話が聞こえてくるようになった。

「てめえ、この、人殺し。バカ野郎、この野郎」

「誰が人殺しだ、このくそったれ。ちょっとつきとばしただけでへなへな落ちやがって」

「てめえ、この長咲堂、下りてこい。ここで決着つけてやる、下りてきやがれ」

「やかましいわ。似勢屋の分際で、オレさまと同じ船に乗ろうとしやがるのがわりぃんだ。さっさと沈め、死に損ない」

……またかよ。

泳ぎながら、長咲堂に向かって罵詈雑言《ばりぞうごん》浴びせている似勢屋の若旦那のすぐ脇に船を停めた。見上げると、長咲堂がしつこくこぶしを振り回し、そのかたわらで女将が夫の袖をしきりとひっぱり、船長があきれて天を仰いでいた。

「似勢屋さん、とにかくこっちの船にあがってください。ひとりじゃ引き揚げられませんから。お願いしますよ」

「いいや、ほっといてくれ、おまわりさん。今日という今日は、もう、勘弁ならねえ。長咲堂を海に引きずり込んでやる」

暴れる似勢屋をなんとかインフレータブル艇に引きずり上げた。どんなに頼もしくても、こういうとき猫はなんの役にもたたない。もうちょっとで芦田の言葉通り、転覆事故が起こるところだった。ポリス猫ＤＣはしきりとにゃーにゃー鳴いて存在をアピールしただけで、いざ似勢屋を引き揚げたときには、毛皮に水が飛んだじゃないの、とでもいうように、迷惑そうなうなりをあげて船の隅に引っ込んだ。

怒鳴り散らしながらも唇を真っ青にした似勢屋を猫島海岸埠頭に運び、フェリーが到着するのを待ち、加害者と被害者をまとめて猫島海岸交番の仲間に引き渡した。

船長の話では、出航間際に似勢屋がかけこみ乗船したのだが、それが気に入らないと長咲堂が似勢屋の胸ぐらをつかんで下りろと言いだし、もめにもめたので、だったらふたりとも下りてもらうぞ、と船長が一喝し、ようやくおとなしくなったと思ったら、今度は航路半ばで長咲堂がやっぱり許せねえ、と再び似勢屋の胸ぐらをつかんで振り回し、慌てて停船するのとほぼ同時に似勢屋が船から落ちた――ということで、この話がほんとうなら、人殺しという似勢屋のセリフもまんざら言い過ぎではないようであった。

冗談じゃないっすよ。やってられねえっての。

インフレータブル艇をあやつって、島に戻りながら七瀬はひとりごちた。舳先《へさき》にはポリス猫ＤＣがまっすぐ立って、気持ちよさそうに潮風を浴びている。十分くらいさぼっても、バチはあたるまい。

猫島埠頭には戻らず、その先の〈猫の安眠〉入り江で船を停めた。なにかあったときのために無線だけは入れて、船にもたれて空を見上げた。

いい天気だ。

三時を過ぎて、冬の太陽はかなり傾いてきているがまだ暖かい。傍若無人《ぼうじゃくぶじん》にマリンバイクを乗り回す海族もこの時期この時間には現れない。ちゃぷちゃぷと船縁《ふなべり》を洗う波の音。七瀬は目を閉じて……

にゃーお！

腹にどかっと着地され、七瀬は飛び起きた。ＤＣがぶっとい足で七瀬の腰のあたりをぐいぐいと踏んでいる。

「おい、頼むよ。なんでおまえは猫のくせにそんなに働き者なんすかね」

ＤＣは首を振り、ぐいぐいと七瀬を踏みつける。でかい猫に踏まれるとかなり痛い。七瀬はＤＣをどけ、踏まれた場所をこすり、そこがポケットのある場所で、ポケットの中に紙くずが入っているのに気がついた。長咲堂がまき散らしたのを派出所の床から拾って、そのままポケットに入れていたのだ。

取り出して広げてみると、ＤＣが七瀬の膝に乗ってのぞきこんできた。

それは例の〈フォーチューンチョコ〉についているおみくじだった。『機は熟した。攻撃あるのみ』『いまが好機だ。ライバルをけ落とせ』『敵に背中をむけるなかれ』という、すでに見たものがあるほかに、『攻撃が最大の防御だ』『なりふりかまっていてはチャンスを逃すのみ』という二枚が加わっている。

七瀬は顔をしかめた。

子どもの頃から〈フォーチューンチョコ〉が好きだった。おみくじがついていることもあったが、ぱりぱりしたクッキーに薄くチョコが塗られていて、注射をしても泣かなければこれを買ってもらえた。おとなになってもつい手が出てしまう。

それでも〈フォーチューンチョコ〉はやっぱり子ども向けだ。謎の怪人・南洋の仮面は強欲だが人は殺さない。こんなあおり文句ばかりのおみくじなんか、子どもに渡すべきじゃない。

ていうか、こんなみくじ、ふつーの〈フォーチューンチョコ〉には入ってないだろ。

一休みをあきらめて、船を埠頭に戻した。この間に、渡し船は猫島に戻ってきていて、船長が七瀬に手を振った。

「さっきはお疲れさまでした。あの、伸吾《しんご》――長咲堂のやつ、殺人未遂になっちゃうのかね」

「さあ、どうっすかね。似勢屋さんは怪我もしてないようだけど、死んでたっておかしくはなかったし、船から人を突き落としてなにごともなしってわけにはいかないかも。船長は、長咲堂さんとはお知り合いっすか」

「なんで」

「いまシンゴって呼んだから」

「小学校の同級生なんだ。もっとも、あいつは頭が良くて、昔は伸吾なんて呼び捨てにはできなくて、長島君、と呼んでた。てっきり大学に行くもんだと思ってたのに、オヤジがガンコで菓子職人に学はいらねえってんで、ムリに長咲堂継がされてさ」

「そうだったんすか」

「おまけに隣がぴかいちの菓子屋だ、苦労してんだよあいつも。やっちまったことの責任はとらなきゃならないにしても、殺人未遂じゃかわいそすぎるかなと思って」

でもこんなこと、おまわりさんに言ったってしかたないよな、聞かなかったことにしてくれ、と船長は言って照れくさそうに背を向けた。

DCをつれて派出所に戻った。本署に連絡を入れてみたが、似勢屋の絢子ちゃんと豹太郎は、いまだに行方不明のままだった。渡し船は運航されているものの、すでに干潮を迎えて砂州は歩いて渡れるようになっている。目を離したすきに、猫島に渡ってきてしまっているかもしれない。

猫島を歩いてまわった。ふだん巡回しない猫島神社の裏道や崖の道まで見て回ったが、絢子はもちろん豹太郎らしき猫も見あたらない。暗くなってきたこともあり、似勢屋のある葉崎東銀座では青年団や消防団を繰り出し、本格的な捜索に乗り出しているようだ。このまま見つからないとなると、五時に勤務が終わって本署に戻っても、そのまま捜索隊に投入されるかもしれない。

などと考えつつメインストリートを下っていた七瀬は、思わず目をむいた。

白髪まじりの頭、グレーのマフラーにグレーのカーディガン、チャコールグレーのズボンに靴とベルトは黒いビジネスタイプ。一見したところ、背広以外の服など持ってません、というマジメなサラリーマンのたまの休日風。あの灰色男たちがまだ〈G線上のキャット〉前にたたずんでいた。

しかも、三人に増えていた。

男たちは頭を寄せ合って、ひそひそと相談しながらあいかわらず〈G線上のキャット〉に熱心すぎる視線を注いでいる。しかし、夕方近くなって観光客が減り始めた現在、彼らに注目しているのは七瀬だけではなかった。メインストリートの他の店の店主たちが、さりげなさを装って、灰色男たちを見ている。メインストリートを主な縄張りにしている猫たちまでが、彼らを遠巻きにしていた。

「ね、おまわりさん」

いつのまに忍び寄ってきたのか〈猫島ハウス〉の響子が七瀬の制服の袖を引っ張った。

「あいつら、なに？　あやしくない？」

「マダムんとこの借金取りじゃないかねえ」

答えたのは、〈Ｇ線上のキャット〉のマダムとは天敵同士だった〈The Cats & The Books〉の三田村成子で、

「雲隠れして、もう二ヶ月以上になるとこみると、そうとう督促がきびしかったんじゃないかねえ。どうせよくないところにしこたま借金こさえてたに決まってるよ、あの見栄っ張りが」

「街金の取り立て屋には、見えないっすけどねえ」

灰色男たちのひとりのケータイが鳴った。出るとその灰色男は青くなり、なにやらへこへこと頭を下げ、早口になにかまくしたててケータイを切った。固唾をのむような格好だった仲間と一団になり、急に荷物をまとめてばたばたと石段を駆け下りていく。

七瀬とポリス猫DCは顔を見あわせると彼らのあとを追った。

鎌倉行きの最終フェリーの出航まで三十分。メインストリート入口の〈鮮魚亭〉では、大幅値引きで売り尽くしをはかっていた。おいしい干物が格安で手に入るこの売り尽くしは葉崎のロコの間でも評判で、店先はおおいににぎわっており、人ごみを通り抜けるのに手間取った。やっとのことでメインストリートを抜け、フェリー乗り場の方向を見透かすと、ポリス猫DCがふいに大きく鳴いて、生活物資専用の第二埠頭へと走っていった。

第二埠頭の根本あたりに、三人の人影が見えた。人影はかたまったように動かず、DCもその手前で足を止めた。

七瀬は急いで近寄った。

三人の灰色男の足下に、頭から血を流したスーツ姿の男が倒れていた。沼野秀朗だった。助け起こすと、秀朗はかすかに目を開き、一言つぶやいて気を失った。

「……南洋の仮面……」

そう言ったように聞こえた。

5

「一応、事件と事故の両面で捜査はするけどさ」

スーッ、パーッ、とガスマスクごしに呼吸音をとどろかせながら、葉崎警察署の駒持時久《ときひさ》警部補は言った。猫アレルギーのため、猫島に来るときはいつもガスマスク姿である。はじめは猫たちの警戒心を誘ったこのスタイルだが、いまではかえって興味を引かれた猫が寄ってくるようになった。

「たぶん事故だろうな、こりゃ」

「そうなんすか」

「ＣＴにかけた医者の話じゃ、傷とは反対側の脳が腫れてんだと。つまり殴られたんじゃなくて、自分からどっかに頭をぶつけたってこった。たんに突き飛ばされて転んだにしちゃ腕や足の怪我が派手だし、この場所を見るかぎり……」

駒持はガスマスクをふりむけ、七瀬もその視線を追った。第二埠頭の根本には、ゴミの集積場がある。島民たちはコンポストを使うなどして生ゴミ減らしに努力はしているものの、飲食店が多いこの島ではかなりのゴミが出る。おまけに週に一度、火曜日にしか回収されないため、集積場はがっちりとした、かなり大きな建物になっている。猫たちが出入りしたりしないよう、扉は頑丈で数字ダイヤル式の南京錠でロックされていた。

何匹かの猫が、その集積場の屋根やたてかけてあるはしごに居座って、興味深そうにこちらを眺めていた。

「つまり、集積場の屋根から落ちたってことっすか」

「高さは二メートルちょっと、普通なら落ちてもあんな重傷にはならんだろうが、うちどころが悪かったんじゃないか」

「じゃあ、あのひとたちは関係なしっすか」

七瀬はひとかたまりになった灰色男たちを見た。彼らは泣きそうになりながら、別の刑事に口々に訴えかけていた。私ら、あやしいもんじゃありません。親戚に金を貸したら、とうてい返せそうもないから代わりに猫島の店舗の使用権を譲るからと言われて、私ら、ネットで知り合った蕎麦好き仲間でして、脱サラして蕎麦屋を始めるのが夢でして、いいチャンスだと思って店を見に来たんですが、女房は脱サラ猛反対でして、計画段階でバレるのはマズイ、なのに電話が来て、ちょっと焦りまして、うっかりフェリー乗り場から間違ってこっちに来てしまい、あのひとを……。

「全然関係ない、みたいだな」

駒持はあくびをもらした。

「だけど、なんだって沼野秀朗はゴミ置き場の屋根に登ったんだろうねえ」

島内会が交替で掃除をしていて一見しただけではゴミ集積場には見えないが、屋根にある平らな場所には資源ゴミが積んであり、用もなければ近寄りたくない場所だ。めだたぬよう灯りもない。おまけに、すでに薄暗くなりかけていた。なのに、わざわざ屋根に登ったのだとすれば、

「南洋の仮面だ」

七瀬は思わずつぶやいた。

「なんだって？」

「今日、沼野さんの前で、森下くんが、ワニヤ版の『南洋の仮面』全巻揃いで古本屋に十万で売れたって話をしたんすよ。その前に、沼野さんは叔母の水口徳子さんの不要物を片づけてもらったと言ってたし、叔母さんの店でも〈フォーチューンチョコ〉を売ってたから本を見たことがあるとも言ってた。ひょっとすっと、沼野さんは捨てた『南洋の仮面』が高値で売れるって聞いたもんだから、慌てて回収にきたんじゃないっすかね」

「しかし、沼野秀朗はその本、持ってなかったんだろ」

「沼野さん、スーツ姿だったんすよ。不要物を片づけた、んじゃなくて、片づけてもらった、とも言ってた。片づけたのは別の人間で、そいつが本を持ち帰ったんじゃないすかね。捨てられるものならもらっといたって、バチはあたんないし」

「つまり、沼野秀朗は自分の意思で集積場の屋根に上がった。てことは、事故で決定だな。お疲れさん」

ポリス猫ＤＣが、へくしっ、と言って身震いをした。つられたように駒持警部補もガスマスクのなかでくしゃみをすると、鼻をかもうとしてガスマスクに手をぶち当て、舌打ちをした。

「なんだ、七瀬、おまえなにか納得してないようだな」

「はあ、いえ、あの」

七瀬は首を傾げた。

「コートはどこに行っちゃったのかな、と思って。沼野さん、ロングコート着てました。でも、発見したときには着てなかった。こんなとこに登ろうってんだから、脱いで当然かもしれないけど、どこにやったのかな」

駒持は黙って七瀬の顔を見つめ、ついで集積場の上を見上げた。

「……確認してきます」

七瀬ははしごから猫たちを追い払い、上に登った。懐中電灯で周囲を照らす。水口徳子の家から持ち出されたものか、かなり古い段ボール箱が何箱か重ねてあって、そのうちのいくつかは倒れて中身が散らばっていた。そしてその陰に、黒い布のようなものがたぐまっているのが見えた。七瀬はかがみこんで布に光をあてた。

光の中で、猫が威嚇するようににゃーと鳴いた。豹柄の猫は女の子に抱かれていて、コートに隠れるようにくるまったその子の頰は涙と埃《ほこり》でぐしゃぐしゃになっていた。

見覚えのある女の子だった。

「もしかして、似勢屋の絢子ちゃん、かな?」

「わざとやったんじゃないの、わざとじゃないの」

女の子は泣き出し、豹柄の猫をいよいよきつく抱きしめた。

「猫の楽園に来たけど、どこに行っていいかわかんなかったの。そしたら豹太郎がここにあがってったの。それで、ふたりで隠れてたら、眠くなって寝ちゃったの。気がついたらおじさんがいて、箱を片づけてて、どうしていいかわかんなくて、絢子が手を離したら豹太郎が飛び出しちゃって、おさえようとして急いで出てったら、おじさん絢子につまずいちゃって、わーって」

七瀬が近寄ろうとすると、豹太郎がうなった。七瀬の足の間をムリにＤＣがすり抜け、優しくにゃご、と言った。絢子はびっくりしたように泣きやんだ。

「おじさん、おまわりさん？」

「そうっすよ。こいつは猫のおまわりさん。名前はＤＣ」

「絢子、逮捕されちゃうの？　あのおじさん、死んじゃったの？　わざとじゃないのに」

仮にわざとでも逮捕はされないっすよ、七歳の子は刑法犯にはならないし、などと言っても絢子には通じないだろう。

そしてそうでなくても絢子が、ひいてはその両親が訴えられるなんてことには絶対にならないはずだ、なんて言ったってわかるはずないよな、と七瀬は思った。

沼野秀朗はあの空き店舗を似勢屋と長咲堂に半分ずつ使わせたら、という七瀬の提案にうろたえた。オリジナル菓子のコンクールを開けば、というアイディアにはまっこうからつっかかってきた。そして彼は、新規事業部の人間だ。もしや、あの空き店舗をフルーク製菓がほしがっているのではないだろうか。〈G線上のキャット〉のあとに蕎麦屋をひらこうとしている人間がいるように。

ところが水口徳子の引っ越し後、そんな話を持ち出す前に、大家である猫島神社は似勢屋を呼んだ。長咲堂もほしがっている。だったら双方を争わせ、綿貫宮司にどちらにも店は貸せないと思わせて、だったらうちが借りましょうと名乗り出ればいい。あの好戦的なおみくじは、おそらく沼野の細工だろう。あれで似勢屋や長咲堂をあおったのだ。

この想像があたっているとすれば、沼野が長咲堂をあおり、あおられた長咲堂が似勢屋を船から突き落として殺しかけ、似勢屋の娘が沼野をつっころばして大怪我をさせたことになる。これぞまさに因果応報。

少なくともカケオチした七歳の子と猫に、罪はない。

「おなかすいたっしょ。絢子ちゃんも豹太郎も。ついでにいうならおまわりさんも腹減った。そうだ、派出所の冷蔵庫にバナナケーキがあった。〈猫島ハウス〉って店のバナナケーキだけど、ちょっとチンしてあっためるとうまいんすよ。どう？　食べてみたくないっすか」

もじもじしながらうなずいた絢子に、七瀬はにやっとして手を差し出した。

勤務時間を大幅に過ぎて、ようやく派出所からみんながいなくなった。

ポリス猫ＤＣは座布団の上にのびのびとくつろいで、考えていた。

あれはいったい、なんだったんだろう。

七瀬と一緒に裏の砂浜に船を停め、のんびり昼寝でもしようとしたときのこと。ふいに海の一部が泡立ち、なにか大きな黒い影が波の下を猛スピードでよぎっていった。

クジラ？　イルカ？　いや、あのあたりの深さでそんな生き物が通れるとも思えない。影は目にもとまらぬ速さで行きすぎ、ＤＣが必死にしらせてやろうとしたのに、七瀬はいっこうに気づかなかった。

ホントに、あれはなんだったんだろう。

太鼓の音も聞こえたような気がしたんだけど。

ポリス猫ＤＣはおおあくびをして丸くなった。

……ま、いっか。

ポリス猫DCと消えた魔猫

1

何十年も昔のこと、ひとりの彫刻家が成城《せいじょう》のはずれの雑木林のなかにある一軒家に住んでいた。

成城といえば、いまでは高級住宅地として知られているが、そのころはまだ武蔵野《むさしの》の面影を残す文字通りの郊外。というより田舎といったほうがいいくらいで、ことに彫刻家の住んでいるあたりは、昼なお暗く、めったにひとも近寄らない。夜ともなれば狸《たぬき》や狐《きつね》、ときにはミミズクが姿を見せる。

こんなところに住んでいるくらいだから、彫刻家は変わり者で通っていた。おおむね変人ぞろいの芸術家に変わり者と陰口をたたかれるくらいだから、どんな性格であったか、想像にあまりある。

性格だけではない。身の丈百九十センチ、色黒い筋骨たくましい大男で、まとまりのない髪を腰のあたりまでのばしている。眉太く目は大きく鼻はあぐらをかき、口はヘタをすると耳まで裂《さ》けているのではないかと思えるほどで、荒れ寺の裏手に点在する墓石のように歯がばらばらと突き出ていた。

ごくまれにではあったが、人嫌いのこの彫刻家も出かけることはあった。一刻も早く用件をすませたいこの男は、家を飛び出すなり目的地まで飛ぶように走った。成城の街をこの男が疾駆すると、誰もが飛び退《の》くようにして道をあけ、気の弱い老婦人などひとめ見て気を失ってしまった。

天狗《てんぐ》が通ったかと思った……正気に戻った老婦人はそう言った。

そんなふうだから、彫刻家の家に使用人はいなかった。彫刻家は自分で洗濯をし、掃除をし、手際よく飯を炊いて庭でとれた野菜で簡単なおかずを作った。彫刻家の家に出入りする米屋は、

「あれで先生は、案外きれい好きで、家には埃ひとつ落ちておらず、アトリエにこもって一心に仕事をしておられる。こないだなんぞ、貴族院議員様がわざわざ先生の彫刻を見に来られ、銅像を注文していかれた。おかげでオレもたんまりと心付けをもらった」

と吹聴《ふいちょう》した。高級車が彫刻家の家の前に停まっていることもあり、米屋の話もまんざら嘘でもなさそうだ、と近所のひとたちは思うのだった。見かけはこわいしつきあいもしないが、さわらなければ祟《たた》りもなかろう、というのが成城の街における彫刻家の評価であった。

だからしばらくして、配達にいった米屋は、彫刻家の家から若い女が出てきたのを見て仰天した。小柄でふっくらとした下ぶくれ、地味な藍染めに前掛けをかけて、やせこけた猫を

抱いている。

「ご苦労さまでございます」

小さな声で挨拶されたときには、

「まったく心臓が止まりそうになっちまったよ。どちらさまで、と聞くわけにもいかないしなあ」

実際のところ米屋は、あれまさか奥方さんで、新しくいらした女中さんですかい、それとも彫刻家の先生のモデルさんで、などといろいろに問いただしていたのだが、女は薄ら笑いを浮かべて答えず、その間中、猫が目ばかり光らせて米屋をじぃっとにらんでいるから、気味悪くなって逃げ出してきたのだった。

それからというもの、街のひとたちは女の姿をたびたび目にするようになった。内気なたちらしく、話しかけると小さな声で挨拶するが、けっしてそれ以上は話さない。いつも地味な身なりをして、猫を抱いている。一見するとごくふつうの若い女であるのに、すれ違うひとがともすれば顔を背《そむ》けるのは、猫が原因だった。

猫というのはたいてい愛嬌《あいきょう》がある生き物であるのに、女の抱いている猫は敵意のかたまりのような目つきをしていて、その金色の目で誰彼かまわず見据えるのである。骨張っているのに毛はなめなめと光っていて、確かにそこにいるのに生き物の気配がない。誰もがこの猫を目にすると、なにか世界の法則とかけ離れたものを見ているような気がしてしまうのだった。

そうはいっても、女はそうそう出歩くことはなかったし、雑木林の奥で彫刻家とふたり、ひっそりと暮らしているようだった。彫刻家と女が差し向かいで飯を食っているさまを目撃した米屋は、

「なんのかんの言ったって、彫刻家の先生も人間だねえ。ふつうの夫婦にしかみえねえよ」

と言い、要するに、人畜無害な変わり者がひとり増えただけだ、と付け加え、なんとなく気味悪さを感じていた近所の連中も、次第に彫刻家とその女を気にしなくなっていった。

異変が起きたのは、その年の夏のことだ。二週間に一度のわりあいで配達に行く米屋は、春の終わり頃から彫刻家がアトリエにこもりきりになっているのを知っていた。秋の展覧会に向けて、作品製作に忙しいのだと米屋は思った。

去年のこの時期も、先生はろくに飯も食わず、水も浴びずに製作していなすったようだったから。アトリエのほうから、なにか大きな音も聞こえていたし。

のちに警察に話を聞かれたとき、米屋はおどおどとそう答えた。このとき女はあいかわらず猫を抱いたまま、縁側で縫い物をしていて、米屋に気づくといつものように小さな声で、

「ご苦労さまでございます」

と言い、米屋は猫ににらまれるのが怖さに、大急ぎで米を置いて立ち去った。二週間おきに繰り返される、米屋の配達風景とこれは、なんの変わりもなかったのである。

しかし二週間後、定例の配達に出向いた米屋は威勢よく、こんちは、と声をかけて土間に一歩足を踏み入れたとたん、おや、と思った。

彫刻家の住むこの家は、古い小さな農家で、戸板をはずして開放してある土間に、昔ながらの竈《かまど》がしつらえられ、いろりのある広々とした板の間と続いている。米屋が目にするのはこの板の間までだったが、毎日よく磨いているのだろう、つやつやと輝き、質素ながらきちんとした座布団が敷かれ、箱膳《はこぜん》が部屋の隅に並べて置いてあるのが常だった。が、この日はかなり様子が違っていた。板の間は全体に埃が積もって白くなり、箱膳がひっくり返って茶碗が割れている。なにか臭いと思って見ると、竈脇にお釜がひっくり返り、中の飯は茶色い液体に変じていた。

米屋は家を飛び出した。彫刻家はこの母屋から少し離れたところに、洋風の屋根のついたアトリエをもうけていた。いつもは窓を開け放し、彫刻家がふんどし一丁で巨大な土のかたまりと格闘しているのが見えるのだが、この日は窓も扉も閉ざされたままだった。

米屋はおっかなびっくりアトリエに近づいた。カーテンに十センチほどの隙間があり、内部のようすがみてとれた。ひとめ見るなり、米屋は腰を抜かし、そのまま四つんばいで敷地から這い出すと、通りかかった氷屋の小僧に頼んで駐在を呼びにいってもらったのだった。

駆けつけた警察は、アトリエ内に彫刻家とその内妻とおぼしき男女二名の死体を確認した。死後少なくとも一週間、男も女もなにか重い鈍器のようなものでめった打ちにされたと警察

医はいい、

「たとえば、あんなもので」

と、アトリエの真ん中に落ちていた血まみれのブロンズ像を指さした。

殺人事件として始まった捜査は、当初から難航した。

状況から金めあてではなく、怨みによる犯行と思われたが、なにしろ彫刻家の人間関係がさっぱりわからない。彼は篤志家《とくしか》に育てられた捨て子で、その後、芸術大学の教授に才能を認められてこの道に進んだが、篤志家も教授もすでにこの世にはない。友人らしい友人もおらず、唯一の接点である画商とも個人的なつきあいはない。同級生だった芸術家連中に話をきくと、彼らは決まって最後に、

「あんな大江山《おおえやま》の酒呑童子《しゅてんどうじ》みたいな男を、殴り殺せるやつなんているんですかね」

と言うのだった。

もっとわからないのは一緒に住んでいた女で、半年ほど前からこの家に住み着いたらしい、ということ以外、名前さえ不明。柳行李《やなぎごうり》にちんまりとおさまっていた彼女のものらしい荷物には、着物や帯などの着物類の他には、猫の写真が一枚入っているだけで、身元の手がかりにはなりそうもなかった。

彫刻家の家に出入りしていた商人たち、ことに米屋は念入りに調べられた。人権なんて言葉すらないような時代のことで、米屋は知っているかぎりのことを、脳みそを振り絞って思

い出し、供述したのだが、言わずにすませたことがあった。

女が抱いていたあの猫がいなくなっていること、ふたりを殺害した凶器であるブロンズ像は、その猫と大きさといい姿といい、まさしくそっくりであること、である。うっかり猫の怨念など持ち出そうものなら、ますます警察にいじめられると思ったからだった。

事件は迷宮入りとなった。その後、米屋は血の海になったアトリエの夢をたびたび見るようになった。その夢は、ブロンズ像の猫の目に、じろりとにらまれるところで終わるのだった。

2

四月になって、猫島神社の桜が満開になった。山桜らしい白い桜で少し葉もまじっているが、雅楽の調べ、古い拝殿の趣とあいまって、海からの長い石段を登ってきて目にしたひとは思わず息を飲む。振り向くと、石段の上から見おろす春の海は白く泡立ち、緑灰色がかって鈍く輝いている。

にしても、風はまだ冷たいんすよね。

葉崎警察署猫島臨時派出所の七瀬晃巡査は、両手に息を吹きかけてこすりあわせた。

花冷えという言葉があるが、今年の春はなんだかおかしい。三月の後半にはコートも羽織れないほど暖かい日が続き、桜が咲いた途端、真冬に戻った。数日前、葉崎の桜の名所である三東寺では、酔って寝込んだ会社員が凍死体で発見され、ニュースになっていた。

こんな天気が続けば人出が減り、観光で食べている猫島の連中は青くなるはずなのだが、

「いやあ、いい天気ですな」

「もっと寒くなってくれてもかまいませんな」

猫島島内会は今回にかぎり、にここと異常気象を歓迎している。それというのも、一週間前の四月一日、猫島温泉がオープンしたのだ。

猫島に新たな客寄せを、という猫島島内会の強い希望で、猫島神社の綿貫宮司が出資して温泉を掘り始めたのが一年前のこと。温泉より先に戦争中の不発弾が見つかって騒ぎになったこともあり、一時は温泉など出ないのではないかとの悲観論が大勢を占めた。が、不発弾騒ぎが呼び水になったかのごとく、掘削《くっさく》作業を再開して半年後、みごと温泉が掘りあてられたのである。

水温は二十七度の低温泉。神経痛、リウマチ、関節炎、胃腸病等に効能の認められる単純温泉で、県の保健所に温泉として認められたときには、島内会は花火を打ち上げようかというほど舞い上がった。箱根をはじめとして県内に温泉は数あれど、葉崎市内に天然温泉が出たのはこれが初めてだったからだ。

とはいえ、湧出量はあふれんばかり、というほどでもない。源泉から各民宿やプチホテル

に引くとなったら設備投資は莫大なものになる。まして低温泉だから焚《た》く必要もあるわけで、まずは源泉からほど近い葉崎市公営の保養所〈キャットアイランド・リゾート〉に併設する公営温泉場、その名も〈キャットアイランド・スパ・リゾート〉を設置。その他の宿泊施設の客には無料使用券を配り、猫島の住人にかぎっては三千円の年間使用パスを作るなど、一点集約型の温泉施設から出発することになった。利用客の増大が見込めれば、今後、随時施設を増設していこうというもくろみだ。

オープンから一週間、いまのところ客足は上々すぎるほどで、入浴料が三百五十円という安さも手伝ってか、浴槽は朝六時からイモの子を洗うよう。土日には葉崎市民が大勢詰めかけ、対岸の猫島海岸にある公営駐車場は夏の海水浴シーズンにもありえなかった満車状態、海岸からの渡し船フェリーは満員で三十分待ち。〈キャットアイランド・スパ・リゾート〉を取り仕切る田崎支配人は、特製瓶入り牛乳を一日に三百本届けてもらう契約を葉崎ファームと結んでいたのだが、大あわてで追加発注をすることとなった。風呂上がりの生ビールともども、全然たりなかったのである。

まあ、これはオープン当時の物珍しさもあっての混雑であって、あと二週間もすれば落ち着くだろうというのが、島全体の見方で、

「ぜひ、そうなってほしいもんっすよね」

七瀬はかたわらにいた相棒のポリス猫ＤＣにささやいた。人口約三十人の島に巡査がひと

り。傍目にはラクに見えるだろうが、人出が多ければトラブルも多発する。こうして桜を見る時間がとれたのも、四月に入って初めてのことであった。

　雅楽の調べがやんだ。ややあって、キャリーケースを抱えた初老の夫婦が綿貫宮司に深々と頭を下げ、境内を出て行った。猫島神社では猫のための厄除け祈禱《きとう》をおこなっている。玉串料は下は五千円から上は二十万まで。こんな遠方まで猫を連れてやってきて、誰がこんな大金をはたくんだと不思議になるような金額だが、年末年始はもちろん、ふつうの月でも必ず五、六件の依頼があるというから世の中はわからない。

「いや、この寒いのに、お待たせして申し訳ないですなあ」

　衣服をあらためた綿貫宮司が、拝殿の上から大声で七瀬を呼んだ。

「おまわりさんに連絡したあとで、飛び込みのご祈禱依頼があったもんですからなあ」

「商売繁盛でなによりっす」

　社務所の上がり口に腰を下ろすと、下働きのゴン太がショウガを添えた甘酒を持ってきた。冷えきった身体にはなによりありがたい。七瀬は少しずつすすった。

「寒いときにはこいつがいちばんですなあ。春になってまで甘酒をこしらえることになるとは思いませんでしたが」

「温泉客が増えるし、寒いのも悪くはないっすけどね。ところで、宮司さんのご相談って、なんすか」

「それなんですがなあ。実は……ああ、来た来た」

社務所の入口に現れたのは、いちばん新しい猫島の住人・鎌原義弘《かまはらよしひろ》だった。

最初に七瀬が鎌原を目にしたのは三ヶ月ほど前。いかにも会社員の休日という灰色ずくめの格好で、猫島メインストリートの〈G線上のキャット〉という店の前にたたずんでいるところだった。鎌原が仲間ふたりとともに、〈G線上のキャット〉跡に蕎麦屋を開店しようとしている会社員だとわかったのはそのすぐあとのこと。そのときには脱サラを妻に反対され、内緒で蕎麦屋開店の計画を進めようとしていた鎌原だったが、その月のうちにリストラされ、否応なしに蕎麦屋を開かなければならない状態に陥った。

もともと猫島神社の持ち家である〈G線上のキャット〉を、借り主であるそのマダムと、マダムに金を貸した仲間のひとりだけで勝手に貸し借りすることはできないし、店には猫雑貨店時代の商品がどっさり残っていた。

が、事情を知った綿貫宮司は、神社の事務一切を任せている孫娘婿の森下哲也になんとかするようにと命じた。結果、猫島メインストリートからスパ・リゾートへと通じる小道にある、空き家の元飲食店を貸し出すことで話が決まったのである。

飲食店はかんたんに手を入れただけで、いかにもこぎれいな蕎麦屋に生まれ変わり、〈そば処ねこじま〉が開店した。平日は鎌原ひとりで切り盛りしているため、メニューは、「もり」

「かけ」

のみ。仲間ふたりが手伝いに加わる土日には、これに、

「たぬき」

「きつね」

「ねこ」

が加わって五種類となる。変則的で小さな蕎麦屋、それも蕎麦マニアの元会社員の店が採算とれるのだろうかと、七瀬などはおおいに危ぶんでいたのだが、綿貫宮司はほぼ連日通いつめ、

「うまいですなあ」

と大絶賛。温泉による人出もあってか、開店後一ヶ月で、店の外に行列ができるほどの人気店になっていた。ちなみに「ねこ」というのは、地元でとれたじゃこと桜エビのかき揚げ天付きで、綿貫宮司の発案であるそうだ。

「じーちゃん、やけに鎌原さんに親切だと思ったら、うまい蕎麦が食べたかっただけなんだよな」

森下哲也は苦笑していたが、いわゆる民宿兼食堂で出される蕎麦とは、やはり一味違う。〈猫島ハウス〉のレストランや〈鮮魚亭〉のフィッシュ・アンド・チップスにつぐ猫島名物が誕生して、まずはめでたいかぎりであった。

その鎌原は宮司に手招きされてきちんと正座した。真っ白い作業着、白髪まじりの髪は五分刈り、どこからみても職人に見える。聞くところによれば、サラリーマン時代にはもっぱら総務畑だったとかで、ひとと話すのは苦手なのだそうだ。

「えーと、で?」

待っていてもなにも言い出さないので、七瀬は甘酒の茶碗を置いて、鎌原を見た。鎌原は綿貫宮司にすがりつくような視線を投げた。

「鎌原さんが店を構えたお祝いに、知人からブロンズ像を贈られたそうなんですわなあ」

綿貫宮司が話し始めた。

「猫島だからちょうどいいだろう、店のマスコットにしてくれと言って、開店前に、猫のブロンズ像を島まで届けに来てくれたそうなんですなあ。ところがそれが、なんだかぶきみなブロンズ像だったそうで」

「蛇みたいににょろりと長くて」

鎌原がぼそぼそと言った。

「目つきが悪くて、見ているとすごく気分が悪くなるんです。仲間にも見せたんだけど、同じような意見で、とても店には飾れないってことになりまして」

しかたなく、鎌原は店の二階に持っていった。リストラと同時に妻と別居し、いま彼は六畳二間の二階で寝起きしているのである。

「そうしたら、夜中にブロンズ像が鳴くんです」

「……は？」

「だから鳴くんですよ。にゃあ、にゃあって」

鎌原は右手を丸め、にゃあ、にあわせて動かした。

「ブロンズ像が？」

「間違いありません。耳元で猫の鳴き声がして、目が覚めたのが三晩続いたんです。だけど見ても部屋にブロンズ像以外の猫なんかいないし」

長いこと空き家になっていた店である。そりゃ、知らぬ間に屋根裏が猫の通り道になっていたんっすよ、ねえ、と言おうとして綿貫宮司を見ると、宮司は笑うどころか眉根を寄せている。

おいおい。

「ここは猫島ですから」

鎌原は続けた。

「そういうこともあるかなと思っていたんですが、竹富《たけとみ》――蕎麦屋仲間のひとりですが、彼もブロンズ像のことが気になったらしく、ネットで調べたそうなんです。すると、あれは俗に土倉天童《どくらてんどう》の〈魔猫像〉と呼ばれているということがわかったそうでして」

「ドク……？　マネ小僧？」

「土倉天童。戦前に活躍した彫刻家ですなあ」

「へえ、有名なひとなんすか」

「海外では以前から評価が高かったそうです。最近では土倉天童の〈女の眼〉という作品がオークションに出て、日本円にして千二百万円で落札されたとか」

「そりゃすごい。売れば大もうけできるってことっすね」

「売っていいのであれば、そういうことになりますなあ」

「どういうイミっすか」

綿貫宮司いわく、人間嫌いの土倉天童は内妻とふたり、成城の一軒家に隠れるように住んでいたが、昭和十三年頃、ふたりしてアトリエで何者かに殴り殺された。そのとき凶器に使われたのが、問題の〈魔猫像〉である。

「え、それって、殺人の凶器が猫島に来ちゃったってことっすか。そんなこと、あるんすか」

綿貫宮司と鎌原がこもごも話したところによれば、猫のブロンズ像は、当然ながら凶器として当時の警察に押収されたはずだが、どういうわけか数年後、あるオークションに出品された。

落札した金持ちは、信州に疎開する途中、鉄道事故で死亡した。像を相続した家族はこれを政府に供出し、てっきり鋳溶かされて戦車の部品にでもなっているかと思いきや、戦後、進駐軍相手の骨董屋に再来した。購入した将校は、博打《ばくち》の借金が原因で自殺。

そののちブロンズ像は彫刻家の卒業した芸術大学に買われたが、その助教授だった美術評論家に、

「宇宙人の干物のようだ」

と酷評された。評論家は数週間後、大学校内で不審死を遂げた。

さらに芸術大学でこの猫をはじめとする芸術品の管理をしていた三十歳の女性が風邪をこじらせて死亡。女性の上司は帰宅途中、線路に落ちて死亡。当時の芸術大学学長も小さな傷がもとで破傷風に感染して死亡。

「うっわー。なんか、呪いの〈魔猫像〉って感じっすね」

ツタンカーメンとか、なんとかいう呪われたダイヤモンドのエピソードのようだ。

「でも、そんなたいへんなものをどうして鎌原さんの知人が持ってたんすか」

「本人に話を聞こうとしたんだけど」

鎌原は口ごもった。綿貫宮司が甘酒をすすって続けた。

「海外に移住なさったそうなんですわなあ。それで家財道具をずいぶん処分されたとかで。鎌原さんは不用品の〈魔猫像〉を押しつけられたわけですわ」

なんだ。七瀬は脱力した。

「だったら、少なくとも鎌原さんの知人は死んでないってことっすよね。気にしなくていいんじゃないっすか」

「べつに……」

「〈魔猫像〉の呪いがこわいとかいうわけではないんですなあ」

綿貫宮司はあうんの呼吸で鎌原のセリフのあとを受けている。

「こわくはないが、薄気味悪いし、客商売には迷惑ですわなあ。そこでうちでお祓いをしましょうということになった。鎌原さんはまた夜中に鳴かれても困るし、盗むヤツもいないだろうしということで、夜の間は〈魔猫像〉を店の前に置いておいたわけですわ。ところが」

「一昨日、朝起きてみたら、なくなってたんです。その〈魔猫像〉が」

3

猫島神社からメインストリートの石段をくだっていくと、イラストレーターの原アカネと行き会った。アカネはピンクや白の絵の具のついたトレーナーの上下姿でふらふらと歩いていたが、立ち止まって大あくびをした。

「お疲れのようっすね」

返事をする気力もないらしく、うんうん、とうなずいて、そのまま自宅のある横丁に消えていく。

〈魔猫像〉のことを聞きたかったのだが、これではしかたがない。七瀬は少し考えて洋風民宿兼レストラン〈猫島ハウス〉に足をむけた。

宿泊客は出立《しゅったつ》し、昼飯時には間がある平日の午前中。それでも〈猫島ハウス〉のカフェスペースは半分以上埋まっている。服装と上気した顔から察するに、客の大半は猫島温泉につかった帰りのロコであるらしい。

この三月にめでたく高校を卒業した看板娘の響子は、〈猫島ハウス〉を継ぐつもりらしくこれまで以上に身を入れて働いていたが、七瀬に気づくと手を振った。

「おまわりさん、今日アカネさん見かけなかった？」

「さっきすれ違ったけど。なんか疲れてるみたいっすね」

「最近、アイディアが出なかったり疲れたりすると、異様なテンションで島のなか歩き回ってて、ちょっとこわいんだけど」

原アカネが一年前からホームページに掲載していた、猫島の日々をつづった絵日記が出版社の目にとまり、このたび出版が決まった。アカネにとってはもちろん、宣伝になる猫島にもめでたい話だが、やれ書き下ろしをつけろ、やれカラーページにするから絵を描き直せと注文が多く、忙しいことこのうえないらしい。

「なんか、表紙をアカネさんの作ったオブジェの写真にしましょうとか昨日の朝いきなり言われたんだって。それも、今日の午後、撮影に来るからって」

「えっ、それってオブジェを一晩で作れってことっすか」

「じゃないの？　見てこれ、昨日アカネさんが置いてったオブジェの下絵」

ピンクと白の水玉の絵は、なんとも感想に困るようなものだった。

「これはいったい、なんすか。繭玉？」

「本人は猫だって、言ってたけど」

響子もあいまいな口調になった。

「そういやさっき原さんの着てた服が、こんな色の絵の具で汚れてたっすね」

「へえ。それじゃ間に合ったのかな。昨日は一晩で一からオブジェなんか作れるか、ってわめいてたんだけど。ところで、おまわりさん、宮司さんに呼ばれたんだって？　なんの話だったの？」

「もう知ってるんすか」

「小さな島だからね。ね、なになに？」

なに……になるんすかねえ。七瀬はひとりごちた。

話のあと、そういうことなら高額窃盗になる、外に置きっぱなしだったというのが気になるが、とりあえず盗難届を出してくれ、と七瀬は頼んだのだが、鎌原は首を振った。いらない猫像だし、しいて返して欲しいとも持っていったひとを逮捕して欲しいとも思わない、というのだ。

こういうことがあったってことを、いちおう、おまわりさんの耳に入れておこうと思っただけで、となんだか奥歯にもののはさまったような言い方をして、店の仕込みがあるんで、とそそくさと帰っていったのである。これには綿貫宮司も驚いたようで、ぽかんと口を開けて鎌原を見送っていた。

呪いがこわくても、いまはいちばんお金が必要な時期だろうし、高価な猫は取り戻したいはず。だいたい、一昨日消えた猫の話をいまになってするというのが妙ではあった。

確かに、一昨日の月曜日は七瀬は非番で、派出所にひとはいなかった――年中無休のポリス猫はいたが。日曜日の勤務終了時刻には、ミニプレハブの派出所の机の上に電話と並べて、

『御用の方はこちらにご連絡ください』

と、猫島海岸交番の番号を記した札を置いておくことになっているのだ。

だから一昨日、通報しづらかったのはわかる。でも、昨日はオレこの島にいたんすけどね。なんで昨日、知らせてくれなかったんすかね。

まあ、とにかく、いまのところ事件ではないにしろ、高額な猫の行方を調べられるだけは調べておこう、と七瀬は思っていた。

かんたんに事情を説明し、鎌原からネットに出ていた写真をケータイに送付してもらっていたのを開き、響子に見せた。

細長い猫が歩き出したところ、というスタイル。険しい顔つきの猫で愛嬌はないものの、鎌原や芸術大学の助教授がいうほど気味悪いとも思えない。ま、オレにゲージツはわかんないっすからねえ。

「あれ、この猫あたし見たよ」

「いつ、どこで」

「一昨日の朝。成子さんが持ってた」

〈猫島ハウス〉の隣で、猫雑貨と本の店〈The Cats & The Books〉を営む三田村成子がこの像を店に運びこむのを見た、と響子は言った。

「ああ、この猫ね。預かったんだよ」

七瀬が〈The Cats & The Books〉に駆け込むと、レジに陣取って副業の翻訳業に精を出していた成子は老眼鏡越しに画像をじろりと見て、答えた。

「預かった？　鎌原さんからっすか？」

「〈猫島観光案内所〉のオヤジからだよ。あのオヤジ、朝刊の配達をしてるだろ。石段のまんなかに置いてあったんだけど、なんだろうこれって持ってこられたもんでね。ほら、一昨日は朝から霧が出てただろ」

この時期としては珍しい深い霧が出て、〈鮮魚亭〉の大将が漁に出られなかった、と嘆くのを昨日、七瀬も聞かされていた。

「誰かがイタズラして、石段を登ってるみたいな形で置いてあったらしいんだけど、オヤジ、猫にけつまずきそうになったってさ。この霧じゃ危ないし、うちで預かってあげようって、そこの飾り窓に並べておいたんだよ。持ち主がみつけやすいように、いちばんめだつとこに……ああ、もうないよ」

飾り窓へと振り向いた七瀬の背中に、

「霧が晴れたから、もとどおり石段の真ん中に戻しておいたんだよ」

「それでって？」

成子はきょとんとした。

「その猫はそのあと、どうなったんすか」

「そんなこと知らないよ。ブロンズの猫を見張ってるほどヒマじゃないもの。一昨日は客がひっきりなしだわ、うちの猫が毛玉を吐くわ、昼ご飯を食べ損ねるほど忙しかったんだからね。そのわりにはレジの金が増えてないってのが不思議だけど」

七瀬は店を出て、石段に立ってみた。成子のいう場所は、二の鳥居から猫島神社へ向かうあたりで、〈とどろき屋〉という土産物店の前になる。

あいかわらず木刀が満杯になった店先で、〈とどろき屋〉のオヤジは寒そうに肩を丸めて行き交うひとを眺めていた。

「ああ、この猫」

オヤジはケータイを一瞥《いちべつ》するなりうなずいた。

「酔っぱらいのイタズラだよ。一昨日の前の夜中、〈大倉屋《おおくら》〉に泊まってた客が石段で花火やったりして大騒ぎしてたから」

〈大倉屋〉とは老夫婦が切り盛りする昔ながらの民宿で、大部屋に雑魚寝《ざこね》、朝はセルフサービスというスタイルを、和風ドミトリーに朝食バイキングと呼び換えて人気が出た。お布団一式に朝食付きで一泊二千五百円、若者や外国人旅行者からの予約が多い。これで温泉がただなんだから、七瀬だって泊まりたいようなものだ。

「夏場はともかく、こんな春先に若者が大挙して泊まり込むようになるとはねえ。猫島もにぎやかになってけっこうだけどさ。おまわりさんよ、勤務時間五時までとか言ってないで、いっそ猫島の駐在さんになったらどうだよ」

「あのミニプレハブに住めと」

「駐在になってくれたら、風呂も台所も個室もついてるリッパなやつ建ててくれるよ。宮司さんが」

独り者の駐在はないだろうと思ったが、七瀬は逆らわずに詳細を聞いた。問題の若者たちは男五人。宵の口に〈とどろき屋〉で花火を買い、遊ぶんだったらバケツに水をちゃんと用意しろと言ったら、酔っぱらっていてもまことにいい返事をしたそうな。

「ここで騒がれれば、うちには筒抜けだからね」

オヤジは言った。

「蕎麦屋の前の猫、持ってきちまおうぜ、なんて話してるのが聞こえてたから、たぶん彼らのしわざだよ」

「なるほど。で、翌朝、その猫がどうなったかは……」

「知らない。蕎麦屋が取り戻したんだと思ってた。けど、ひょっとしたら、高森《たかもり》のせがれが知ってるかも。昨日の晩、高森んとこで一杯ひっかけたとき、石段でなにかにけつまずいてケガした、とか言ってたから」

七瀬とＤＣはメインストリートを海に向かって下りていった。

〈高森酒店〉は昨年の台風のあと改装工事をして、店の半分を酒飲み処に変えた。といったって、棚をはずし、ミニ座布団をのせた空き樽《だる》を並べて椅子代わりにし、酒はワンカップと缶ビールだけ、つまみは店内に売っている缶詰と乾きものを客が買って勝手に食べるという、お手軽な居酒屋だ。

それでも、これまでにこういう店が島内になかったことや、気が向くと高森のオヤジが銘酒を安く飲ませてくれたりするため、いまや島内会の男たちのたまり場になっている。

高森のせがれこと高森喜一《きいち》は、すでに五十を過ぎて孫もいるのだが、オヤジが達者すぎていまだにせがれ呼ばわりされていた。そのせいか、冬でも毎日のように水上バイクを乗り回し、仕事をさぼってバンドを始め、親や息子たちを嘆かせている。

「ああ、あの猫ね」

高森喜一は右脚を持ち上げて見せた。この寒いのにぞうり履き、爪先に分厚く包帯が巻いてある。

「うっかりぶつかって、親指のツメが半分はがれた。あの猫の後ろ足が一部薄くなってて、こっちはゴムぞうりだし、ちょうどツメと肉の間にさくっとはまったんだな、うん」

ポリス猫ＤＣが七瀬の足下でギャー、というような声を出した。喜一はなんだか得意げに、

「足のツメはがすのなんか、ガキの頃はしょっちゅうだったけどな。久しぶりだったよ、うん」

「それで、そのあと、猫は……」

「猫島の石段にニセの猫歩かせとくなんて、しゃれたイタズラだと思ったけどさ。ふだんはないところにあると、こういう事故も起きるわけだし。オレならともかく客にそんなこと起こっちゃ困るだろ、うん。じゃまにならないように、スパ・ストリートに持っていって、道ばたの雑草の中から顔だけ出すようにしてきた」

「スパ・ストリート？」

「メインストリートから、スパ・リゾートのほうに抜ける横丁なんだな、うん。名前がないのが不便だから、オレが命名した」

それって要するに、〈そば処ねこじま〉のある横丁ではないか。

4

せっかく来たんだから一本つけようか、あったまるぜ、うん、という魅力的なお誘いを固辞して〈スパ・ストリート〉に向かった。開店間近の〈そば処ねこじま〉からは蒸気が流れだし、鰹だしと醬油の香りがあふれ出ていて、ＤＣがなにやらにゃごにゃごと鳴いて、店の入口にすり寄っていく。

道ばたを念入りに探したが、それらしいものは見あたらない。そもそも雑草がない。冬の間に枯れてぼさぼさだった雑草がきれいに刈り取られ、新しい緑は芽吹いたばかり。すっきりしたこの道に猫の像があれば、誰もがすぐに気づくはずだ。

「おい」

声をかけられて、七瀬は顔をあげ、思わず笑顔になった。ＹＳＳ警備員にして元強行犯刑事の橘で、最初に会ったときより、警備員の制服がなじんできているように見える。

「あれ、久しぶりですね。また猫島の警備っすか」

「温泉がひどく混んでるんで、一週間くらい前からそこの」

橘は親指で渡し船フェリーの乗り場の方角を指し、

「フェリー乗り場の警備担当にされたんだ。朝の五時半から働いて、ようやく一休み。温泉の無料券もらったもんで、ひとつ風呂浴びてきたんだよ。このあたりにうまい蕎麦屋ができたんだって？」

「ええ、そこっすよ」

七瀬は腕時計に目を落とした。ちょうど十一時になろうとするところだ。

「もうすぐ開店だ。この時間ならすいてていいっすね」

「ところでおまえさんたち、こんなとこで捜し物かい？」

だんだん同じ話をするのが面倒になっていたが、七瀬はざっと事情を知らせてケータイを開き、〈魔猫像〉の画像を見せた。

「一昨日の昼間にこのあたりに置かれてた？　それなら〈スパ・リゾート〉で聞いたらわかるんじゃないかな」

「え、なんでです？」

「温泉の定期検査に保健所から人が来るって話があって、支配人がシルバーさんを雇ってリゾートの敷地や周囲の掃除をさせたって聞いたんだ。このあたり、ずいぶんすっきりしてる。

草取りしてくれたんだろ」

「シルバーさん、ってなんすか」

「オレみたいに働ける高齢者の人材派遣業を自治体がやってるんだよ。民間に頼むよりずっと安く使える、それがひと呼んでシルバーさん。もしそのシルバーさんたちがなにかみつけたなら、支配人に知らせたんじゃないか。ところで、その鎌原って野郎はその猫をどうしたいのかね」

「謎っすね。高価な猫だけど呪いはこわい、のかもしれないっすけど」

「ふーん」

橘はにやりとして〈そば処ねこじま〉を見やった。

「蕎麦食ったら、なにかわかるかもな」

またな、と言ってそのまま蕎麦屋に消えていく。七瀬はため息をついた。ヘンな聞き込み、しないでくれるとありがたいんすけど。

〈キャットアイランド・スパ・リゾート〉のロビーは混んでいた。

いつもなら午前中にひとがいることなどめったにない。チェックアウト・タイムを終えて、リゾート中が一息ついているところだ。しかし今日は、あきらかに湯上がりらしい、赤い顔の老若男女がロビーの長椅子などで三々五々くつろいでいる。

くつろぎすぎ、と言ってもいい。タオルを顔に乗せて爆睡中のひと、おにぎりやみかんを出して、おしゃべりに興じるおばさんの一団、床に赤ちゃんを寝かせてオムツを替えている若い母親。宿泊施設のロビーというより長距離フェリーの三等船室のようだ。

やたら慇懃《いんぎん》な田崎支配人のこと、さぞかし頭に血を上らせているのではないかと思ったが、見たところ支配人はフロントに陣取って電話をかけまくりうけまくり、生き生きと働いていた。

「忙しそうっすね」

「おかげさまを持ちまして」

支配人は嬉しそうにロビーを見渡した。

「当施設がこれほどのお客様をお迎えできたのは、実に開業以来でございまして、従業員一同、張り切って働いております」

「けど、ロビーがずっとこれってわけには……」

「今日のような天気では、追い出すわけにもまいりませんから、こちらをご利用願っておりますが、すでに、温泉施設をご利用のお客様のみにお使いいただける休憩室の建設が計画中でございまして、夏までには完成の予定です。同時にロッカールームも増設し、エステやマッサージ、仮眠施設も加わります。新たにレストランを作ってはというご要望もございますが、それは島内の他の飲食店の地図をお渡しするということで、ご勘弁願っておりまして、さらには」

「お忙しいとこお邪魔したのはっすね」

七瀬は大声で遮って、〈魔猫像〉の画像をつきつけた。支配人は胸ポケットから老眼鏡を出してつくづく見ると、メガネをはずして七瀬を見た。

「ああ、この猫でしたらうちにございます」

「……そりゃまた、どうして」

「草取りに雇ったシルバーさんが、裏手の道端で見つけたと持ってきたのでございます。お届けしようにも、月曜日は派出所は空でしたし、昨日になったらすっかり忘れておりまして」

「この繁盛ぶりじゃしょうがないっすね」

「ご理解いただけてなによりでございます。では、お返し致しましょう。こちらへどうぞ」

田崎支配人はフロントから出てくると、広々としたロビーをつっきって、反対側の棚へと向かった。

「しかし持ち主が出てくるとは正直、惜しゅうございます。ご存知の通り、リゾート内は猫禁止ですが、キャットアイランドをうたっております以上、猫の飾り物などがあってもよいかと思っておりまして、あの猫の像などは当館のロビーにぴったりかと」

立て板に水としゃべり続けていた田崎支配人がぴたと黙った。食い入るように棚を見据えて、動かない。

「……どうしたんすか」

「おりません」

「はい？」

「猫が、いなくなっております」


「それじゃ、次の角度のカメラ、見てみましょうか」

「お願いします」

七瀬は苦しげに答えた。〈キャットアイランド・スパ・リゾート〉のロビーには、数台の監視カメラが取り付けられているのだが、その映像を見ることができるのは警備室のみ。警備室は狭く、機材の前に警備員が座ったら、その背後にはひとひとりがようやく立つことのできるスペースしかなく、しかもモニターの位置が低くてそのままでは見られない。結果、狭い場所でつま先立ちになりつつ中腰という姿勢を強いられているのであった。

「ああ、こっちは例の猫がばっちり映ってますね。昨日の二十一時以降、早回しでいいですね」

「はあ」

渡し船フェリーの最終が出たあとのことで、ロビーは比較的すいていた。それでもリゾートの宿泊客などが、ロビー設置の売店で瓶牛乳を買って、腰に手を当ててラッパ飲みしている姿が見られる。

早回しを続けると、一時をすぎてようやく人影はなくなった。そのまま灯りが落とされても猫はそのまま棚に乗っているのがかろうじてわかる。やがて、五時すぎに田崎支配人やスタッフが現れて掃除を始め、ふたたびロビーに灯りがともされ、六時になって売店が開き、入浴客たちが出入りし始め――。

「ストップ！」

七瀬は叫んだ。

「いまんとこ、もう一度、今度は通常モードでお願いしまっす」

入浴客らしいひとりが、牛乳を飲み終えたと同時に猫に気づいたようだった。トレパンにパーカ姿のこの男は一直線に〈魔猫像〉のもとへむかい、そこであたりを見回して、やおらパーカを脱いで猫にかぶせた。半袖のＴシャツ一枚でパーカを抱え、そのまま出口へ急ぎ足で向かうところで映像が切れた。

七瀬は横歩きで警備員のうしろから脱出し、うーんとうなった。若い警備員は嬉しそうに言った。

「犯人はコイツですね。この寒いのにＴシャツで出て行くなんて、誰もおかしいとは思わなかったのかな」

「混雑してるし、風呂上がりっしょ。おまけに家が近いとなれば」

「あれ。おまわりさん、コイツ知ってるんだ」

知ってるもなにも、と七瀬は思った。〈魔猫像窃盗事件〉の被害者なんすけど。

5

小雨が降り始め、風が強まってきた。手がかじかんで痛いほどだ。渡し船フェリーのほうを見やると、どうやら今日は満席ということもないようだ。観光客もそれぞれ温泉や店に収容されてしまったようで、傘を必死で支えながらメインストリートを下っていくひとが数人、見えるだけになっていた。

濡れるのが嫌いなDCを置いて雨着に替えようといったん派出所に戻ったとたん、本降りになってきた。時計を見ると、十二時半。この時間ではまだ〈そば処ねこじま〉は大忙しで話を聞くヒマもないだろう。七瀬はお茶を入れ、おむすびと猫缶を取り出した。座布団の上で全身をなめまくっていたDCは大きな体でいきなり七瀬に飛びつき、しきりと太股をもみもみした。

「あれ、昼飯かい」

派出所の戸を開けてのっそり入ってきたのは橘だった。壁に立てかけてあるパイプ椅子を勝手に出して座り、七瀬の昼飯を検分する。

「なんだ、自分で作ってきたのか、そのおむすび」

「ゆうべのごはんがあまったもんすから」

「おまえさ。早いとこ嫁もらって、ここの駐在におさまったらどうだ？　好きなんだろ、この島。島の人たちにも気に入られてるみたいだし、駐在所ともなれば、暖房器具だってなんとかなるだろうし」

派出所に暖房機はない。あまりに寒いときには〈鮮魚亭〉の大将がドラム缶に炭を焚いて届けてくれることもあるのだが、たいていは自費で購入した使い捨てカイロを頼りに冬場を乗り切るのだ。

「橘さん、休憩時間はとっくに終わったんじゃないっすか」

「この天気に交通整理がいるかよ。それより蕎麦食ってきたよ、蕎麦。なかなかのもんだな、あれは」

「そうらしいっすね」

「食ってないのか」

「出前はやってないし、勤務時間内に制服で食いに行くわけにもいかないっすから」

「そりゃ気の毒に。――んなこたあ、どうでもいいや。あの鎌原って男、かみさんとかなりもめてるな」

「蕎麦食ってるあいだに、そんなことまで聞き出したんっすか」

橘は七瀬が出した渋茶をすすって、

「電話に聞き耳たてててただけ。老後の貯金を持ち出した、離婚がどうした、かみさんの親に貸した金は慰謝料に繰り入れろとか、そんな話が聞こえてきてた。ま、蕎麦食いながら聞く話じゃねえけどな」

「なるほど」

七瀬はおむすびをほおばって、つぶやいた。そういうことっすか。

離婚調停の最中に、自分の持ち物が実は高価だと判明した。これは妻には知られたくない。知られて半分よこせと言われるのがイヤだったのだ。

一度盗まれた〈魔猫像〉を〈キャットアイランド・スパ・リゾート〉のロビーで見つけて取り返した鎌原は、猫は手元に置いておきつつ対外的には盗まれたことにしておこうと考えた。そこで、いちおう、警察に届けることにしたが、面倒をおそれて被害届は出さなかった。万一、自分が〈魔猫像〉を所持していながら盗難届を出したと知れたら、犯罪になってしまうかもと考えたのだ。

「なるほどね」

話を聞いて、橘もうなずいた。

「そういうことなんだろうな。いや、なんだかすっきりした。お茶、ご馳走さん。仕事に戻るわ。……にしても、こりゃ、オレの考え違いだったかな」

「なにがっすか」

橘はパイプ椅子を畳んでもとどおり壁に立てかけると、外へ出て行きながらにやりと笑った。

「あんた、僻地の駐在にしとくのは惜しいって話だよ」


「すみませんでした！」

雨が小やみになった二時すぎ、〈そば処ねこじま〉を訪ねると、鎌原は深々と頭をさげた。

「べつに謝らなくてもいいんすけど。自分のものを取り返したわけだから。ただリゾートのひとに一言断っておいてもらえたら、よかったんすけどね」

橘から聞いた「かみさんともめてる」話はいっさい知らないことにしてそれだけ釘を刺し、七瀬は店を出ようとした。その背後から、鎌原が叫んだ。

「でも、ないんです。なくなったんです、猫。今度はホントです。いや、最初のときもホントだったんだけど、つまり、またなくなったんです」

「……はい？」

焦るあまり、舌をかみつつ話す鎌原の話をまとめると、こういうことだ。

昨日の朝、ロビーで〈魔猫像〉を見つけた鎌原は、着ていたパーカにくるみ、隠して店に持ち帰ろうとした。ところが手前まで来たとき、店の前に妻が仁王立ちで待ちかまえているのに気がついた。慌てて猫を並びの空き家脇に置き、パーカを着てなに食わぬ顔で戻った。なんとか妻を追い払ったのだが、開店準備があり、店があり、蕎麦がなくなってようやく店を閉めたのが二時すぎ。

一服して、さあ猫を引き取りにいこうかと思ったら、なんと妻が戻ってきてしまった。それからまた疲労困憊するほど話し合いが続き、ようやく妻を追い払ったら今度は夕方の開店準備があり、店があり……。

「で、結局、猫を探しに戻ったのは何時だったんすか」

「七時すぎでした」

「そのときにはふたたび、猫が消えていた」

「はい……。あの、なんとか見つけていただくわけには……お礼はしますから」

すがりつくような目で見送られ、七瀬は店を出た。

すがられても困るっすよ。ほとんど島中の人間から話を聞いて、もう聞き込む相手も思いつかない。これ以上、どうしろっていうんだか。きっと観光客が見つけて、捨ててあったものと思いこみ、猫島みやげに持って帰っちゃったんすよね。

そんなの取り返せるわけがない。

「あ、すみません、そこのおまわりさん。ちょっとどいてもらえますか」

いきなり声をかけられて、われに返った。猫島メインストリートの石段の下あたりに小さな集団がいた。三脚を立てているカメラマンに助手らしき女の子、焦点のさだまらない目つきの原アカネ、編集者らしいきびきびした若い男。彼らは一様に、いらだちの色を浮かべて七瀬の背後をにらんでいる。

いったいなにに注目しているのかと振り返ると、石段の途中、二の鳥居の前になんともいいようがない不思議な物体があった。派手なピンクに白い水玉のころりんとした繭玉状のシルエットのオブジェ——えーと、あれは、ひょっとして、猫っすか？

そういや〈猫島ハウス〉の響子が、原アカネが自作の表紙に使うオブジェを一晩で作れと言われたなんて話をしてたんだった、と慌ててどきながら思い出した。二の鳥居は猫島が写真で紹介されるとき、かならず使われるシャッターポイントなのだが、あのへんてこなオブジェと一緒では、なんだか魔界空間のように見えてしまう。紙粘土で作ったのか、石膏をかためたのかは知らないが、でこぼことしていて、なんともビミョーな作品だ。

「あ、すみません、そこの猫。ちょっとどいてもらえますか」

ふたたびヒステリックな声がして、見るとポリス猫ＤＣがすたすたとオブジェのほうに歩いていくところだった。

ＤＣは立ち止まり、カメラマンの助手をにらんで、ふん、と顔をそらすと、一足跳びにオブジェに襲いかかった。

あっちゃー。

その場の全員が悲鳴をあげた。DCの太い後ろ足によいしょとばかり蹴り上げられたオブジェは、ぽんぽんと弾みながら石段を順に落ち、七瀬の足下にどすんと落ちてきて、まっぷたつに割れた。

原アカネがへなへなとその場に崩れ落ちた。編集者が慌ててアカネを支えようとして坂を転げ、カメラマンがあーあ、と叫び、助手があの猫殺してやると追いかけ——その間、七瀬は割れたオブジェを凝視していた。

オブジェの中にブロンズ像があった。消えた〈魔猫像〉が。

ポリス猫DCと幻の雪男

それでは、『相模湾女性連続殺人事件』につき、ご報告させていただきます。

1

平成二十年十二月十二日、最初の被害者・石坂玲《いしざかれい》さん当時二十六歳が、相模湾で死体となって浮いているのが発見されました。死後、二十四時間以上が経過していました。

死因は現場海水による溺死でしたが、頭部に生前受けたと思われる損傷があったこと、衣服が脱げないようにという配慮なのか、コートやスカート、セーターが大きな安全ピンで何カ所もつなぎ合わされていたこと、それも本人が自分で行うのは不自然な位置にあったこと、自殺につながるような状況・兆候はいっさい見られなかったという周囲の証言などから、司法解剖が行われました。

その結果、頭部の傷は鈍創である可能性が高いことが判明し、殺人事件として観音署に捜査本部を設け、捜査にあたりました。

石坂玲さんは学生時代に両親を事故で亡くし、その後、横浜市役所に勤務しながら、市役所近くのアパートでひとり暮らしをしていました。勤務先によりますと、仕事上でのトラブルはなく、遺体発見の前々日、無断欠勤するまでは、勤務態度も真面目《まじめ》だったということです。ストーカー被害もなし、借金もなし。ただ、友人の話では、恋人だった高城徹《たかぎとおる》という三十歳の男性のことでなにか悩んでいた、ということでした。

この高城徹は金属加工会社で働いていましたが、遅刻や無断欠勤が多く、ギャンブルによる多額の借金があることも勤め先に発覚し、事件の半月前に解雇されています。さらにその直後、石坂さんには高城を受取人にした死亡時六千万円の生命保険がかけられています。

このことから容疑は高城にむいたのでありますが、高城は、事件の直前の十二月九日、ひとりで沖縄に旅行。犯行があったと思われる十二月十日の深夜には、酔って飲食店の店員を灰皿で殴ってケガを負わせ、傷害容疑で沖縄県警那覇署に勾留されていました。つまり、完全なアリバイがあったということになります。

しかし、旅行の趣味などなく、金に困っているギャンブル好きの男が、よりによって犯行時に遠く離れた沖縄に旅行していた、というのはあきらかに不自然であります。このため本部では、高城が第三者に依頼して石坂さんを殺害させた委託殺人である可能性を考え、拳銃との関連、安全ピンの販売先や石坂さんを現場海上まで運んだと思われる船の捜索など、実行犯の割り出しに全力をあげましたが、事件後三ヶ月を経ても、該当者を割り出すことはできませんでした。

石坂玲さん殺害事件が未解決のうちに、第二の事件が起こりました。平成二十一年三月十八日、同じ相模湾の葉崎東海岸付近で、相模原市に住む羽鳥波留《はとりはる》さん当時二十四歳の変死体が発見されました。

羽鳥さんにはめだった外傷がなく、当初行われた行政解剖によると、死因は現場海域の海水による溺死でした。

それでも、相模原市の介護施設で介護福祉士として働いていた羽鳥さんが、勤務中、財布など身の回りの品を職場に置いたまま消息を絶っていたこと、失踪当時とは異なるうえ家族にも友人にも見覚えのない着衣であり、それが石坂玲さんの遺体と同じく安全ピンでとめられていたことなどから、さらに遺体の詳しい調査が行われた結果、羽鳥さんの頸部《けいぶ》に圧迫痕が発見されました。これにより、羽鳥さんは頸部を圧迫されて失神し、その後、海中に遺棄され溺死した、との見方が強まったわけであります。

最初に死亡した石坂玲さんは、白っぽいダッフルコートに紫のハイネックセーター、グレーの花柄のショートスカート、黒のロングブーツという服装でした。羽鳥さんが身につけていたのもこれとまったく同じものでした。

事件当時、ＳＯＨＢＩという女性歌手が人気を博していました。この歌手は、平成二十年二月に北海道で流氷上での写真撮影中、海に転落して行方不明になり、遺体も発見されなかったのですが、この年の十一月、未発表曲を含めたベストアルバムが発売されています。石坂玲さんと羽鳥波留さん、ふたりの遺体は、このアルバムのジャケットに使われた写真でＳＯＨＢＩが身につけていたのと同じ服装をしていた、あるいはさせられていた。

そしてこれが連続殺人である証拠が、ふたりの遺体から発見されました。それは被害者のストッキングにからみついていた猫の毛でした。これは同一種の猫の毛だと判明したのです。この段階で、マスコミはこの事件を『ＳＯＨＢＩ連続殺人』などと名づけ、犯罪学者や元捜査官などを動員して、さまざまな憶測を展開しました。それによると、この事件はＳＯＨＢＩになんらかの強いこだわりを持った犯人による快楽殺人、という見方が大勢をしめていました。

とはいえ快楽殺人とみなすには、いくつか不自然な点がありました。石坂玲さんはＳＯＨＢＩのファンで、遺体発見時の着衣は間違いなく本人のものでした。しかし、羽鳥さんのほうはＳＯＨＢＩにはなんの思い入れもなかった。失踪時の服装は、介護の仕事中だったということもあり、エプロンにスニーカー、安いトレーナーの上下、化粧もしていませんでした。

また、石坂さんは一六九センチと背が高く、一重まぶたで細面の和風な顔立ちであるのに対し、羽鳥さんは一五二センチでころっとしたタイプ、齧歯類《げっしるい》に似た顔立ちをしています。どちらの女性も髪は短めで、腰まである長い黒髪を売り物にしていた歌手のＳＯＨＢＩとはまったくといっていいほど似ていません。

ＳＯＨＢＩにこだわりがあるのなら、彼女に似た長い黒髪の女性を狙うのが自然でしょう。また、石坂さんのように、ＳＯＨＢＩのジャケット写真そっくりの格好をした女性は、この時期には他にいくらでもいた。わざわざ羽鳥さんを狙う理由がわかりません。

また、羽鳥さんについては、介護を担当したことのあるお年寄りが、羽鳥さんに遺産を残す由の遺言状を残したことから、遺族との間でトラブルになっていた、という事情がありま す。もっとも遺産は動産不動産計八千万程度、羽鳥さんへの遺贈は三十万円であり、常識的に考えれば殺人に発展するほどの額でもない。

しかし、故人の長女・篠本祥子《ささもとしょうこ》当時五十六歳はこの件に対し、かなりヒステリックな反応を示し、羽鳥さんの自宅や羽鳥さんを雇用する介護施設に直接押しかけ、大声で怒鳴ったり、脅迫めいた言動をとっていた。この篠本祥子には、地元スーパーや長男の通う小学校、通院していた病院とのあいだに似たようなトラブルを引き起こした前歴がありますし、故人が知人の娘の結婚祝いに包んだ金額が多すぎるとして、その知人を階段から突き落とし、傷害容疑で逮捕されたこともある。

ただし、石坂玲さん事件のときの高城徹と同じく、羽鳥さんの事件の際、篠本祥子は北海道に旅行中でした。同行した友人の証言やホテルの従業員などから、彼女にも完璧なアリバイがあったことが判明しています。ところが、羽鳥さんの勤務先の通話記録を調べたところ、行方不明になる直前、篠本祥子からの着信があったことがわかりました。石坂さんのときも最後の着信は高城からのものだった。

高城徹と篠本祥子、このふたりは第三者に殺人を依頼し、このいわゆる〈殺し屋〉からの指示で、目的の人物をおびき出すために電話をかけたのではないか。そしてこの〈殺し屋〉が石坂玲さん、羽鳥波留さんふたりを殺害後、最初の被害者が着ていたＳＯＨＢＩの服装をそのまま羽鳥さんにも着せることで、快楽殺人犯とみせかける演出をしたのではないか。


その後、事件が思わぬ展開をみせたことが、この見方を裏づけることとなりました。

平成二十一年八月五日、篠本祥子が殺害されたのであります。場所は相模原市の篠本の自宅で、夜の九時頃、言い争う声が響いたことで近所の住人が通報、警察官が駆けつけたところ、腹部から血を流して倒れている篠本祥子を発見。すぐに病院に運びましたが出血多量で死亡しました。

現場から、篠本祥子の腹部を貫通して背後の壁にめりこんだ弾丸一発が発見されました。石坂玲さんの頭部の傷との照合は不可能でしたが、その線条痕が、五年前、指定暴力団虎丸《とらまる》一家と斑倉《ぶちくら》組との抗争の際、虎丸組長の自家用車のタイヤに撃ち込まれていた弾丸と一致。

斑倉組の線から、拳銃の売却先として油川良雄《ゆかわよしお》という四十二歳の男が浮かびました。

この油川という男、ＩＴバブルの時代に起業して失敗。以後、定職にもつかず、内縁の妻と三浦市にある古い一軒家に暮らしています。ネット販売詐欺や振り込め詐欺などに荷担しているという疑いをもたれながらも、これまでに逮捕歴はありません。

さらに調べを進めると、篠本祥子の電話の通話記録にとばしのケータイへの発着信が数十回確認され、そのケータイの所在地が三浦市近辺であったこと、篠本祥子殺害の直後に近所にあるコンビニの監視カメラに油川らしき男が映っていたこと、油川の内縁の妻・緒方優実《おがたゆみ》三十五歳が遺体に残されていたのと同じ安全ピンを箱で購入していたこと。さらには油川宅では、遺体に付着していた猫の毛と同一種の猫を飼っていること、などが判明しました。

これは憶測でありますが、篠本祥子は異常なまでのケチであるうえに、他人がよい思いをすることに強く嫉妬し反発する性格であった。そこで、羽鳥波留さんに対し理不尽な殺意を抱き、油川良雄に依頼して羽鳥さんを殺害させたものの、金銭の支払いを渋り、その結果、油川に殺害されるにいたった、と考えられます。

これにより、捜査本部では石坂玲さん羽鳥波留さん、ならびに篠本祥子殺害事件の実行犯の疑いが強まったとして、油川良雄に対し、任意同行を求める方針をかためたのであります。

2

「おまわりさん、こっちこっち。ほら、早く。早くってば」

「なにがあったんだか知らないけど、そんなに急ぐ必要ないっしょ」

葉崎警察署猫島臨時派出所勤務の七瀬晃巡査は、口のなかでつぶやいた。

真夏の太陽はすでに高く昇り、猫島をじりじりと照らしつけている。梅雨の時期にすでに蒸し暑く、うっとうしい天気だったのが、明けたとたんさらにおそろしく暑くなり、海水浴に来て熱中症で運ばれる観光客が激増。猫島の木陰には、島民たちがときどき冷たい水をバケツに入れておくのだが、運びこむや猫たちが群がり飲み干すので一時間おきに水を届けねばならず、人間たちはすでに夏バテになりつつあった。

「なにぐずぐずしてるんですか。早く。島内会のみんなが待ってるんだし」

島の入口で魚屋兼土産物屋、ついでにフィッシュ・アンド・チップスを商う〈鮮魚亭〉の若いの、アジくんこと芦田は、どことなくのんびりとした口調で七瀬をせかした。

「だからさ、せめてなにがあったかだけでも教えてもらえないっすかね」

アジくんは目をそらし、足下の猫をふんづけそうになって、たたらを踏んだ。

「オレもよく知らなくて。なにせ、けさは四時には大将の船で漁に出たけど、大将ときたら最近舞い上がってるから」

〈鮮魚亭〉の大将には娘と息子がいる。息子は板前になって米屋の娘を娶《めと》り、猫島海岸町に定食屋を出した。娘はほとんどカケオチ同然に十五歳も年上の千葉県に住む男と結婚。いちじは酒が入るたびに、

「あとを継がせようと思ってたのに、あのドラどもが。子どもなんかどうしようもねえ、猫のほうがよっぽどマシだ」

と愚痴りまくっていた大将だが、息子の定食屋は大繁盛、娘のところには初孫が誕生し、一気にハッピーな状態となって、愚痴は自慢話に化け、それはそれで迷惑だ、ともっぱらの評判であった。

「少々の水揚げじゃ納得しないいんですよ。だからいつもより戻りが一時間も遅くなっちゃって、さっき帰ってきたトコだし」

「へえ、四時から。たいへんっすね」

「てか、いまオレの部屋の隣に、大将の娘さんが赤ん坊つれて戻ってきてて。この赤ん坊がうるさくて、毎晩眠れなくて」

うっかり雇い主の家族の悪口を言ってしまったことに気づいたのか、アジくんは気まずそうに黙った。七瀬はこのすきにと、ハンカチで汗を拭った。

本署で朝礼をすませ、九時半に猫島に到着してすぐ、派出所に寄るヒマもあたえられず埠頭から直に引っ張り出され、救命胴衣もつけたまま。どうせ猿が出たとか、草もちが喉に詰まったとか、そういうレベルの話なんだろう、と十八番《おはこ》の「おまわりさん、たいへんだ」も言わなくなってしまったアジくんのあとをついていくと、目的地は猫島ギャラリーだった。

以前は〈民宿すがの〉という建物だったのを、イラストレーターの原アカネが買い取って大改装。一階部分にアカネが住み、二階部分をギャラリーとして島内会に提供した。

もとが民宿だけあって、かなり大きな建物である。二階には八畳間が四つ、六畳間がふたつ。いくつかの内壁や押入を壊し、畳をあげて床板を敷き直し、三つの空間を作ってある。

ひとつ目は〈猫島ねこギャラリー〉。猫島の猫たちの写真をプロのカメラマンに撮ってもらったのと、原アカネが描いた猫のイラストが展示されている。これらの写真や絵は絵はがきになっていて、受付で買うことができ、売り上げは猫島の猫たちの医療費やエサ代にあてられている。

ふたつ目の空間はいわゆる貸しギャラリー。アート作品の個展を主に扱う、といえば聞こえはいいが、その多くはちょっと手仕事にはまった素人がアーチスト気分になって、自作の鎌倉彫や貼り絵、織物や書道作品などを展示するのに利用されている。猫島なんて不便な場所の貸しギャラリーなんて借り手が集まるのかね、と七瀬は思っていたのだが、意外にも申し込みが殺到し、いまや半年先まで予約が詰まっている。アーチストの友人知人が義理で見に来るには、観光地である猫島はむしろ喜ばれる場所であるらしい。

現在、ここではなんとかいうアーチストによる〈創作まねきねこ展〉なるものが開催されていた。

みっつ目のスペースにはオーディオ機器が備え付けられ、折りたたみ式の椅子が置かれて会議室になっていた。こちらも最初のうちは、たんなる島内会専用の会議室だったのだが、最近では外部からも貸し出しの要望が舞い込み、貴重な収入源になっている。

その猫島ギャラリーの建物の前には、アジくんが言ったとおり、島内会の主要メンバーがほとんど顔をそろえていた。

猫島神社の綿貫宮司、その孫娘の婿でいまや神社と島内会の事務会計全般をまかされている森下哲也、〈鮮魚亭〉の大将、猫島メインストリートで〈The Cats and The Books〉という雑貨店兼書店を営む三田村成子、洋風民宿とレストラン〈猫島ハウス〉の杉浦響子。そしてもちろんギャラリーの所有者、原アカネも愛猫のヴァニラを抱いて立っている。

人口三十人ほどの島内では、名士の方々といっても過言ではない。七瀬はいちおう、姿勢を正した。

「おはようございっす」

「遅いっ」

言ったのは三田村成子で、

「あんたの相棒はとっくに来て現場検証をすませてったよ。なにしてたんだい、いったい」

七瀬の相棒とはオスのドラ猫DCで、島の派出所に居座っている。本土に戻らなくてもいいご身分なんだから、一緒にするなよ、と思いながらも愛想よく尋ねてみた。

「そりゃよかった。で、なにがあったんすか」

「なにかあった……と言っていいのでしょうなあ」

綿貫宮司がいつものように、のどかに答えた。

「猫がやったとは思われませんから、人間のしわざでしょうなあ」

「は？」

「猫に悪いことなんかできないよ。猫は本能に従ってるだけなんだからね。悪さをするのは人間だけだよ」

「……なんの話っすか」

森下哲也が見かねて奥を指さした。

「あれですよ、おまわりさん。あれ」

七瀬は視線を移し、思わず目を疑った。

猫島ギャラリーの敷地は広い。そこでギャラリーがオープンした際、建物の脇、ギャラリー入口の階段の外側、もとはゴミ置き場と化していた場所をきれいにして、代わりに倉庫を設置した。入っているのは、島を去った住人が残していった使えそうな家具、夏祭りのときに使用した什器《じゅうき》やテント、猫島のゆるキャラで、お祭りなどに登場するブルーの猫、その名も〈シマネコちゃん〉の着ぐるみといった、ふだんしまう場所に困るようなものばかりだ。

そのなかから、手前に置いてあったテントなどが倉庫からひきずり出され、並べられていた。

「えっ、これ、いつ？」

「それがわからないの。おばあちゃんも知らないって言ってたし」

響子の祖母松子は最近、ギャラリーの受付を務めることが多い。

「昨日の夕方六時にギャラリーを閉めたときには、倉庫はそのままだったって言ってたよ」

「わたしは昨日は三時すぎに家を出て、夕方、横浜で編集者に会ってそのまま飲みに行って。帰ってきたのが夜の十時頃なんだけど、このあたりは見てないんだよね」

原アカネが申し訳なさそうに続けた。コミックエッセイ『猫島の日々』がなかなかの売り上げを記録し、最近のアカネはかなり多忙である。おまけにギャラリーの入口とアカネ宅の玄関は高い板塀で遮られているから、倉庫の付近は道からは死角になっている。その気にならなければ、確かに見えないのだが、

「音はしなかったんすか。その、真夜中とかに」

「してたかもしれないけど、前日はほとんど徹夜で仕事してたから。ゆうべはお酒が入ってたこともあって、爆睡だった。起きたら八時すぎてたもの」

「それで、なにか盗まれたものは……？」

メモ帳を引っ張り出して、全員の顔を順番に見てみる。森下哲也が困ったように、

「みんなで確かめてみたんだけど、正直、わかんないんですよ。倉庫品の目録があるわけでもないし、使い終わったものをそのまま中に押し込んだだけだし。だいたい、軽く持ち運べるようなものは入ってないですからね」

「それじゃ、ギャラリーのほうはどうっすか」

絵はがきの売上金が手提げ金庫に入ってるはず、と思って聞くと、

「それが、ギャラリーは無事なんだよね。鍵はかかったままだし、侵入されたような形跡もないし」

何も盗まれてなくて、倉庫からものが出されているだけ。こういうの、いったいなんの罪になるんだ？　軽犯罪でいいんすかね、と思いながらメモをとっていたら、いきなり〈鮮魚亭〉の大将に腕をつかまれて、倉庫の側までひきたてられた。

「盗みがどうしたってことより、問題はこれなんだよ」

あくびをかみ殺しつつ、ほれ、と大将が顎でしめした倉庫の中には、水口徳子の持ち物だった寄せ木細工の茶簞笥があり、その前に机がふたつ、並べられていた。しかもそのうえには〈シマネコちゃん〉の着ぐるみと広げられた毛布。

「え、これって、要するに、誰かここで一晩すごしたってことっすか」

「じゃないの？」

「でも、誰が」

「ホームレス、なんじゃないのかねえ」

三田村成子がため息をつき、全員がそれにならった。七瀬はあっけにとられて制帽をとり、頭をばりばり搔いた。

猫島にホームレスがやってきたとしても、不思議ではない。干潮時を迎えて本土と島のあいだに砂州が現れれば、誰でも歩いて島に来られる。しかし、こんな小さな島だ。すぐに見つかってしまうだろうし、隠れる場所もそう多くはない。

ただし、なんだかんだ言いながらも、捨てられる猫をほってはおけないひとたちの集まりでもある。実際にホームレスがいたとして、問答無用で追い立てられるかどうか。そういうイミでは、居心地いいかもしれない。少なくとも猫だけは豊富にとりそろえられているから、さみしくもないし。

「でも、フツー、ホームレスって、全財産持ち歩いてるもんじゃないすかね。ここには置いていったものはないし、この季節なら、倉庫に潜り込んだりせずに表で寝るんじゃないっすかね」

「つまり、おまわりさんは、これがホームレスの仕業とは思えないと」

「たぶん。プチ家出の中学生とかじゃないっすかね」

「絶対ホームレスじゃないって言い切れんのかい」

三田村成子が仏頂面で、

「猫に個性があるように、人間にだって個性はある。常識はずれのホームレスだって、いないとはかぎらんでしょうが」

「昼間はともかく、夜は涼しいですからなあ」

宮司が言った。

「昨夜も毛布を掛けて休みましたわ。表だと、寒いのかもしれませんわなあ」

「そういうこと。火でも焚かれたらことだよ。早く、犯人を見つけとくれ」

三田村成子が決めつけたところで、早くも観光客がやってきたらしく、猫とたわむれる一オクターブ高い声が聞こえてきた。

一同はそれを機にそそくさと散会し、逃げ遅れた七瀬と森下哲也は顔を見あわせ、出っぱなしのテント類を眺め、ふたたび顔を見あわせた。

3

重労働を終えて、止まらなくなってしまった汗を拭き拭き、猫島メインストリートを往復した。この際、通常の巡回業務を片づけてしまおうと思ったのだ。

真夏日になって、早くも海に入る人間が続出したゴールデンウィーク後、季節はいきなり西高東低の冬型に逆戻りした。その頃、団子状にくっつきあっていた猫たちはいまは距離をとって、暑い空気を堪能している。

七月の平日、夏休み直前、まだ午前中。客足はほどほどだが、一眼レフで猫の写真を撮りまくっている女性とか、連れだって声高に笑いあう中年女性の集団、面白くなさそうな熟年カップルなどが、メインストリートのあっちにひっかかり、こっちにひっかかりしている。

制服警官が走り回っては、この平穏をかき乱す。七瀬はつとめてのんびりと足を運んだ。

今年の春、フルーク製菓と似勢屋がコラボして、水口徳子の店のあった場所に、その名も〈和猫茶屋〉というカフェを出した。あんみつに猫型のかんてんが入ってるとか、抹茶に猫の顔にくりぬかれた羊羹《ようかん》がついてくるとか、一見子どもだましのメニューだが、似勢屋の和菓子職人が作り上げているから味は間違いない。早くも口コミで評判が広がり、まだ十時前だというのに店内はほぼ満席状態だった。入口でいぎたなく眠りこけているツナキチという猫にも、カメラが何台も向けられている。

あんなおっさんくさい猫なんか撮ってどうする気なんすかね、と思いつつ通り過ぎたところで、遠くに悲鳴が聞こえた。悲鳴はメインストリートから〈キャットアイランド・スパ・リゾート〉へ向かう、横道から聞こえてきたようだった。

昨年冬、めでたく温泉が出て、葉崎市が民間に委託して経営する保養所〈キャットアイランド・リゾート〉は、この春〈キャットアイランド・スパ・リゾート〉に昇格した。温泉の二文字は、葉崎のロコの心をしっかととらえ、日帰り入浴にやってくる地元民がひきもきらない。半公営だから値段も三百五十円と安い。

そのため、以前はほとんど使われていなかったこの横道も、リゾートへの近道として整備され、〈スパ・ストリート〉と呼ばれてひとが往来するようになった。猫にとっていいことなのかどうかは、疑問だったが。

七瀬がスパ・ストリートに駆け込むと、リゾートの裏側の竹藪近くの路上に、頭をおさえて座り込んでいる女性の姿があった。トートバッグが道の中央に落ちて中身が散乱し、さらにその先に黄色い財布が放り投げられている。

「どうしたんすか、大丈夫ですか」

座り込んでいる女性は、三十代後半といったところか。太陽をまぶしくはねかえす白い帽子に長袖のブラウスにレギンス、ブルーのスカーフ、サングラスに手袋と、金輪際日焼けなどするものか、という強い意志をみなぎらせたファッション。七瀬に手を貸してもらってよろよろ立ち上がると、

「お金、とられました。お金」

か細い声で言った。

「いきなり後ろから頭殴られて、バッグひったくられて、財布からお札だけ抜いて立ち去っていきました。あっちに」

指さしたのは、竹藪の反対側から猫島神社の方へ抜ける細道だった。

「どんなやつでした？」

「たぶん、ホームレスだったんじゃないかと思います。全身真っ黒の大男でした」

ハンカチ、化粧ポーチ、ティッシュにお守り。ケータイに扇子、日焼け止めの大瓶。道に

散らばった荷物をひとつひとつトートバッグに戻した。最後に自分のハンカチを出して財布を拾い上げ、女性に了解をとって中を見た。千円札が三枚と小銭、スイカカードが残っているだけで、あとは空だ。

「盗られたのは、札だけっすか」

「そうです」

「いくらくらいかわかりますか」

「五万円です。今日は友だち三人にごちそうする約束で、多めにおろしてきたんです」

「そのお友だちはいま、どこっすか」

「二人ともスパ・リゾートでエステをしてもらってるはずですけど。あのう」

「それは大丈夫っすよ。この道、完全に行き止まりだから。崖崩れがひどくて、猫でも通れないし」

女性は七瀬をにらんだ。

「そんなことより、早く犯人捕まえてください。まだ追いつくかもしれないでしょ」

「そ、そんなのわかんないでしょ。全身、垢まみれで、髪なんか何十年も切ってないみたいだったし、あのひとなら通れるかもしれないじゃないですか」

雪男かよ、と思いながら、七瀬は言った。

「もうメールうっといたんで、島内会がフェリー乗り場おさえてくれてるはずっす。それに、引き潮までまだ三時間はある。少なくとも、島からは出られないし、問題ないっすよ。とりあえず、派出所まで来てもらえませんか。被害届を出してもらわないと」

「被害届、出さなきゃいけないんですか」

「出さなきゃ犯人捕まってもすぐ釈放っすよ。お金も返ってこなくなるし」

「でも……」

「被害届を出さないのなら、ここでこの件は打ち切りっす」

不機嫌そうについてきた女性は、派出所で平井泉美《ひらいいずみ》と名乗った。住んでいるのは東京都世《せ》田谷《たがや》区。今日は友だちの誘いで来た。生年月日を聞かれるとさらに不機嫌そうになり、しぶしぶ答える。

「お友だちがエステなのに、平井さんは行かれなかったんすか」

「わたしは肌が弱いんです」

平井泉美はぶっきらぼうに答えた。

「だから、この機会にたっぷり猫と遊ぼうと思って、ひとりで散策してたんです。まさかこんな目にあうとは思ってなかったわよ、言っておくけど」

いつのまにか定位置の座布団に座って耳をこちらにむけていたポリス猫ＤＣが、同情するように短く「にゃ」と言ったが、平井泉美は見向きもせずに、

「この島は猫の楽園だって聞いて、来るのを楽しみにしてたのに、あんな乱暴なホームレス

を放置しとくなんてありえないわよ。さっさと捕まえて、たたき出したらどうなんです？いちおう警察がいるわけなんだから。だいたい、いくら猫島でものんびりしすぎてやしない？　なんで警察の出先機関で猫なんか飼ってるのよ」

スパ・リゾートに連絡しておいたおかげで、十分後にはつやつやした顔の二人の女性が派出所に駆け込んできた。平井泉美はにわかに泣き顔になり、友人たちに飛びついていった。お金盗まれて、どうしようみんなにご馳走するつもりだったのに、と涙声で話す平井泉美を友人たちに任せ、七瀬はＤＣとともに派出所を飛び出した。

途中、フェリー乗り場に寄ってみたが該当者なし。島内会に連絡をとってみたが、それらしい人物を見たという話は出てこなかった。

「今朝のあれもあるし、当分警戒態勢で臨むことになってるから、その点は問題ないと思いますけど」

電話のむこうで森下哲也が申し訳なさそうに言った。

「三田村さんとかが、かなり大騒ぎしてますよ。おまわりさんが朝の時点で捕まえといてくれたら、こんなことにはならなかったのにって」

メインストリートに出ると、ＤＣのファンたちがめざとく姿を見つけ、きゃーとかあーとか叫んでカメラを振り回しながらついてきた。ＤＣはじろりとファンたちを眺め回し、胸の星章がよく見えるようにきりっとポーズをとる。そのすきに、七瀬は集まってきた観光客たちに、いわゆる聞き込みをおこなった。大男のホームレスっぽい人物、見かけなかったすかねえ。

誰ひとり、思いあたることはなさそうだった。

七瀬とＤＣはスパ・ストリートに戻り、平井泉美が指さした方角に歩き出した。この道にも民家が四軒ほどあるのだが、住人たちは出払っているらしく、ひとけはない。猫たちが点々と転がり、むにゃむにゃ寝ているだけだ。

行き止まりは、あいかわらず猫もムリというほど崩れ放題の崖になっていた。人間が乗ったら、痕跡が残らないわけがない。

「それらしき人物はおろか、足跡も目撃者もなし。やっぱ、雪男っすかね」

七瀬のひとりごとに、ポリス猫ＤＣは大きくあくびをし、ぶにゃ、と答えた。

４

平井泉美たちは早々にフェリーに乗って猫島を離れたらしい。行き先は鎌倉だと、フェリーのチケットを売っている〈猫島観光協会〉のオヤジが教えてくれた。定年退職後、半ば趣味で始めた土産物屋にこんなごたいそうな名前をつけるだけあってとぼけたオヤジで、この暑いのに七輪を持ち出し、干物を焼いてはむしって、飼い猫のトラにたべさせてやりながら、

「なあ、おまわりさんよ。あのやたら暑っ苦しいかっこうしたねえちゃんが、ホームレスに襲われたってのはホントかい。この島も物騒になったもんだ」

「平井さんがそう話してたんすか」

「やたら大声でさ。みんなに聞こえるように、ホームレスに襲われた、頭殴られたって元気いっぱいしゃべくりまくってたよ。気の毒に、つれの連中は早くもうんざりしてた。なあ、トラ」

メスのトラ猫は、ふあーん、とあくびとも返事ともとれる音を発した。

「あの分じゃ、事件をネタにしてせいぜいつれにおごらせるんだろうなあ。にしても、いったいどっからホームレスが入ってきたんだろう。ゆうべこの島に泊まってたって話だけど。そういや昔は、ホームレスのことを『レゲエのおじさん』って呼んでたんだけど、おまわりさん、知ってるかい?」

「……いえ」

「最近じゃ、ホームレスたって、見た目はオレなんかよりよっぽどリッパだったりするらしいからなあ。けど、レゲエが目の前通れば、いくらオレでも気づくと思うんだけど。やっぱ、真夜中に砂州を渡ってきたんだろうか」

「さあ、どうすかね」

対岸からのフェリーが埠頭に着き、二十人ほどが降り立った。着任した頃にくらべて、猫島もずいぶんひらけてきたものだと思う。おかげで、忙しさが五割増しくらいになっているのだから、ありがたくもなかったのだが。

このまま猫島がみんなに愛され続けていたら、これまでのように、自分がひとりでこの島の派出所を守っていくわけにはいかなくなるかもしれない。すでに、交代制や駐在所の話が出始めている。このままＤＣと一緒に楽しく公務員生活を送らせてもらえるかどうか。

「うわ」

〈猫島観光協会〉のオヤジが口のなかで言い、トラ猫があきれたように、ふあーん、と言った。フェリーが激しく揺れたかと思うと、最後の乗客が島に降り立った。身長百八十センチ、体重もそれくらい——かどうかはわからないが、見上げるほどの巨漢。いや、女性の場合、巨漢とは言わないか。

顔立ちはこぢんまりと愛くるしいその女性は、のしのしと降りてきて周囲を見回し、こちらに目をとめると、どどどどっと音がしそうな勢いで近寄ってきて、

「まああ、かわいいトラちゃんだこと」

かわいいかわいい、とトラ猫をひっつかんで振り回した。危険を察知したらしいＤＣはいち早くその場を逃げ出し、七瀬もあとを追った。

島内会は、どうやら七瀬が思った以上に『ホームレスが観光客を襲った事件』を重要視しているらしい。ふと見ると〈鮮魚亭〉のアジくんが、大将に活を入れられて、力んで見回り

に出て行くところだった。七瀬は急いであとを追った。

「あの、いちおう確認しときたいんだけど」

「なんですか」

アジくんはひとの良さそうに目の離れた、それこそお魚そっくりの顔をそむけてつぶやいた。

「ゆうべ、猫島ギャラリーの倉庫で寝たの、きみだよね」

七瀬は周囲に聞こえぬように声を低めた。猫島メインストリートの観光客たちは突然現れたDCに狂喜し、ふたりの背後で騒ぎ立てており、なにを話しても聞こえないのはわかりきっていたのだが。

アジくんは一瞬だまり、次に唾をとばして言い返してきた。

「でも、でもホームレスが出て、観光客襲ったって。だったら……」

「そのホームレス、いわゆる着の身着のまま、三年くらい風呂には入ってないようなタイプだったらしいんすよね」

七瀬は少し話をおおげさにした。

「そんなホームレスが寝てたとしたら、たぶん、倉庫にも、毛布や着ぐるみにも、あとが残ってたはずだと思うんすよね。でも、そんなことはなかった。ま、多少は汗くさかったけど」

メインストリートには〈猫島ハウス〉の新名物シェパード・パイの焼けるいい匂いが漂っていた。もうすぐ昼だ。今日は昼飯を食べるヒマがあるんだろうか。

「アジくんは大将の娘さんの赤ん坊がうるさくて眠れなかった。それで夜、倉庫に災害対策用の毛布や〈シマネコちゃん〉の着ぐるみがあるのを思い出した。秋祭りのとき〈シマネコちゃん〉の着ぐるみ着てたの、アジくんだったっすよね。で、手前の収納物を引っ張り出して中に入り、簡単な床を作って一眠りした。で、気づいたらもう四時で、片づけるヒマもなく散らかしたまんまで飛び出した。いつもなら八時には戻ってくるのに、今日は大将の満足がいかなくて一時間遅れた。で、戻ってきたら痕跡が見つかって、大騒ぎになってた……ってのはどうっすか」

芦田はしばらく黙っていたが、やがて、聞き取れないような小さな声で言った。

「大将に言うわけにはいかなくって」

初孫ができて、狂喜乱舞中の大将に、赤ん坊がうるさいとは言えないのか、それとも倉庫で寝たことを告白できないのか。七瀬は首を振った。

「赤ん坊のことはともかく、なんか理由つけて、早いうちに倉庫の件は白状したほうがいいっすよ」

「でも、あの、ホームレスが女性を襲ったって」

だから、そいつのせいにしてもらえないだろうか。言外の嘆願に七瀬は舌打ちをした。

「確かに、平井泉美って女性がそういう被害届を出したんすけどね。賭けてもいいけど、どんなに探してもホームレスは出てこないっすよ。たぶん、雪男だから」

「ゆ、雪男って……」

七瀬は言った。

「財布がきれいだったんすよ」

「全身真っ黒のホームレスに奪われて、金取られたはずなのにね。五万円おろしてきたはずなのに、キャッシュカードもなかった。クレジットカードもね。おまけに一万円札と千円札を分けて持ち去るって、おかしいよね。悲鳴が聞こえてすぐ駆けつけたから、犯人を見逃すヒマもなかったはずだし。殴られたはずの帽子も真っ白だった。平井泉美はね」

七瀬はDCのほうをちらっと見た。ポリス猫DCはこれが自分の役目なんでしょ、と言わんばかりに周囲の関心を惹きつけている。一瞬、DCがウインクしたように見えて、おかしくなった。猫に片目はつぶれないよな。

「金もないのに見栄張って友だちにおごるなんて言ったけど、はなっからおごる気なんかなかったんすよ。自分だけエステに行かなかったのも、肌が弱いからってのはホントかもしれないけど、猫と遊ぶためって言い訳はデタラメだ。もし猫好きで、猫島に来るのを楽しみにしてたなら、DCを無視はしない。てか、ポリス猫を知らないってのがそもそもおかしいっすよ」

芦田は目を白黒させながら、しばらく黙って考え込んでいた。

「けど、おまわりさん。もし、路上強盗が嘘の通報なら、なんで黙ってたんです？」

「友だちの前で恥かかせることもないっしょ」

まあ、たぶん、彼女たちは気づいていると思うけど。平井泉美の見栄っぱりはいまに始まったことじゃないのかもしれない。キャッシュカードさえ持たずに外出したのは、盗まれた分銀行からおろしたほうがいいんじゃない、などとつっこまれるのを避けるためだろう。

「でもまあ、そういうわけだから、じきにホームレスなんかいませんでしたって、バレると思う。その前に大将に話しちゃったらどうすか。つい寝苦しくて、とかなんとかいえばいい。平井泉美みたいに、バレバレの嘘重ねたって、ろくなことにはならないから」

ポリス猫ＤＣがたたっと七瀬の肩へよじ登り、前足を出して、アジくんの肩をぽんとたたいた。芦田は照れくさそうににやっと笑って、やっと、うなずいた。

5

わあ、おまわりさんとＤＣ、一緒に撮らしてください、と観光客が寄ってきたとたん、ケータイが鳴った。本署の上司からで、コイツからの連絡はロクな話ではないと相場が決まっている。ＤＣが不機嫌に鳴いて七瀬の肩から飛び降り、シャッターを押し損ねて悲鳴をあげる観光客にわびながら、七瀬はケータイを握ってひとけのないほうへ走った。

案の定、開口一番、上司は言った。

「急な話なんだが、これから猫島で拳銃の捜索がおこなわれることになった」

「はあ？　なんすか、それ」

「ほら、四日前に油川が捕まったろ」

言われて思いだした。一昨年の十二月と昨年の三月、相模湾で相次いで若い女性の遺体が見つかった。遺体がSOHBIと同じ服装をしていたことから、マスコミが勝手に『SOHBI連続殺人』などともてはやし、大騒ぎをしていたのを覚えている。ワイドショーでは犯罪心理学者だかプロファイラーだかが、

「犯人は二十代後半から三十代の男性。ある程度は専門的な知識を要する職につき、日常的に身体を鍛えている。家族とは離れて暮らしており、結婚歴なし。職場でも花形ではなくや場末の部署に所属しているが、生活のほとんどを仕事に費やしており、同年代の異性と知り合う機会がない」

と犯人像を語っており、観ていた七瀬はおおいに腐ったものだった。

これじゃ犯人、オレじゃん。

ところが去年、お盆の頃に、隣の市警察署におかれた捜査本部が重要参考人として指名手配したのは、無職の四十男。結婚こそしていないが、緒方優実なる内縁の妻がおり、その妻

が親から受け継いだ三浦市内の一軒家に転がり込んでいたという、ある意味、七瀬より甲斐性がありそうなやつであった。この男油川は、複数の殺人を請け負ったのを故意に快楽殺人にみせかけたらしいが、それがかえって仇《あだ》となり、墓穴を掘ったと聞いている。

油川良雄は捜査の手が伸びたことを察知するや、いち早く姿を消した。しかも数日後、三浦半島の崖の上に、犯行を告白する遺書とスニーカーを残してあったそうな。実行犯自殺で幕引きか、と思われたが、よくよく遺書を調べてみると、下に置いた文字の上に紙を置き、上からなぞった形跡があった。誰かが油川の筆跡を真似て作ったニセ遺書の可能性が出てきたということだ。

誰が、なんのために。

マスコミは快楽殺人犯説を展開し、世間をひっかきまわしたことなどすっかり忘れたかのように、今度は油川謀殺説、自殺説、第三の犯人説を展開。第一の被害者の恋人で、その生命保険の受取人が殺人を依頼したにちがいないとして、追っかけまわした。高城徹というその男は、何度も捜査本部に呼ばれた末、油川に殺人を依頼したと自白。起訴されたが公判中に供述を翻し、話題をまいた。

その大騒動がとっくに下火になって半年。油川良雄は逮捕された。藤沢の食堂で無銭飲食を働こうとして店から飛び出し、車にはねられて両足を骨折する、というありさまで、逮捕時の所持金は七十八円だったとか。

すよね」

「逮捕の件は知ってますけど、篠本とかいう依頼主を殺した拳銃はとっくに見つかってたっすよね」

「ああ、自宅からな。ところが油川の言うには、第一、第二の事件のときに使用した拳銃は別のもので、そいつは猫島に遺棄したってんだよ」

「は？　あのふたりって、撃たれたんでしたっけ」

「本部が隠してたらしいが、最初の被害者の頭部損傷は銃がかすったことによるものだったとよ。なんでもひでえ銃で、弾丸がまっつぐ飛びやがらねえ。二度目の時は不発で、弾すら出ねえ。しかたなく首しめて海に放り込んだってさ。一緒に拳銃も放り込もうかと思ったが、高かったしもったいないし、なんとなく持って帰ってきて、でも持っててもいいことないからってんで、女房と猫島見物に行ったとき、ついでに捨てたってさ」

「それはまた」

「メーワクな話だってんだろ。オレもそう思うけどよ。協力しないわけにもいかねえし、ま、猫島海岸方面の連中とうちの鑑識と、本部からの応援部隊と、そろそろそっちに着くからよ。よろしく頼まあ」

頼まあ、といわれてもなにをどうよろしくしたらいいのかわからないが、それはいい。最悪の事態を想像して、七瀬は声を低めた。

「あの、まさか、警察犬が臨場してくる、なんてことはないっすよね」

電話のむこうで上司は絶句した。

「……そっか。猫島に犬はマズイか。いやでも、たぶん、行くんじゃないかねえ」

「それは困る。やめてもらえないっすか」

「そんなこと言われても、誰が行くのか決めたのはオレじゃないからねえ。いいんじゃないの、訓練された警察犬なんだし、猫をいじめたりはしないだろ」

いじめられるのは猫じゃなくて、犬のほうだと思うんすけど。

「できれば来ない方向で調整してもらえないっすか」

「そりゃ、言ってはみるけどよ。もう出ちゃってるんじゃないの？　え、出ちゃった？　出ちゃったってよ。三十分もすれば着くってさ」

だったらもう少し早く連絡よこせよ、と言いたいのを必死にこらえる。島内会との調整が、どんだけたいへんだと思ってるんすか。上司は七瀬の心中など知らぬげに、平気で言った。

「なんか、漏れ聞いた話じゃ、油川のやつ、土管に拳銃入れたとかなんとか言ってるらしいんだよ。その小さな島にだって、土管は山のようにあるだろ。まさか、おまえさんの相棒だってかぎわけるようなマネはできねえだろう」

土管。土管ねえ。

かぎわけられる、かも。

七瀬とDCはスパ・ストリートを全速力で走り抜け、竹藪を通って〈キャットアイランド・スパ・リゾート〉の裏手に出た。

そういえば昨年のいまごろは、この竹藪内で不発弾が発見され、大騒ぎになっていたものだった。現在、その場所には温泉処理施設ができていて、さしも広大な竹藪も小さく見える。

敷地内猫禁止、という規約を知ってか知らずか、DCは人目につかないようにささっと植え込みに隠れ、七瀬は玄関先に並んでいた『歓迎　ロマンス愛好会定期懇親会さま』『歓迎　葉崎山高校第十五期同窓会さま』『歓迎　北村一男さまの定年退職を祝う会さま』等々と書かれた看板にぶちあたり、肩をおさえながらレセプションへと飛び込んだ。

スパ・リゾートの田崎一蔵《いちぞう》支配人は、いつものように丁重に七瀬を出迎えた。

「はあ、昨年の三月でございますね。油川良雄さまとお連れさま。お連れさまのお名前は緒方優実さまでまちがいございませんね」

「そうっす」

内縁の妻の名が緒方優実だと覚えていたのは幸いだった。支配人はすばやくパソコンをたたいた。

「ございました。油川良雄さま他一名さま、確かにご宿泊いただいております。このお連れさまのことはよく覚えております。猫を部屋に連れ込めないのが気に入らないとおっしゃって、たいそうなクレームをちょうだいしたもので」

宿泊した日付は、まちがいなくあの日だった。去年の三月、ポリス猫ＤＣが当時まだ〈キャットアイランド・リゾート〉という名前だった保養所の敷地内にある土管にはまりこみ、そのまま一晩動けなくなった、という事件があった日のことだ。

「支配人、あのときの……」

土管ってどれだったか覚えてます？　と聞こうとすると、田崎支配人は困ったものだというように優雅に首を振って、

「そう、お連れさまのお名前は承りませんでしたが、強烈な個性の方でらっしゃいまして、猫を見るなり、かわいいかわいい、と連発しては振り回すんだそうで。被害にあった猫が大勢いたそうでございます。そうでございますか、あのときのお客さまが、油川良雄さまでしたか。正直申しあげて、人殺しには見えませんでした。どちらかといえば、お連れさまのほうがよっぽど、凶悪にお見受けいたしましたよ。猫はかわいがるが、ひとの命はどうでもいい、というタイプというんですか、連続殺人犯にはまれにおりますそうでございますね」

そんなことより早く拳銃を見つけないと、警察犬が上陸して来ちゃうんすよ、と言いかけて、七瀬は黙った。

「あの、支配人。そのお連れさま……緒方優実って、どんな人着《にんちゃく》、つまり体型は？」

「たいそう恰幅のよろしい方で。いや、恰幅という言葉は女性には使わないんでございまし

ょうか。背もお高く、横幅も相当おありで、油川さまが四分の一くらいの大きさにしか見えませんで……」

七瀬はスパ・リゾートの建物から走り出て、崖側のほうへそのまま急いだ。敷地内の雨水を排出するため、常滑焼の土管が土手にずらりと並んでいる場所があるのだが、近くまで来たとき、立て続けにものすごい音が聞こえてきて、足が止まった。

フェリーから最後に下りてきた巨漢、いや大柄な女性が仁王立ちになり、土管をはずしては下に投げ落としている。七瀬は一瞬、棒立ちになった。

「こ、こら、やめなさい」

怒鳴ったつもりが、出てきたのは我ながら情けないほどか細い声だった。それでも緒方優実の耳にはちゃんと届いたらしく、両腕に土管をひとつずつ抱え込んだ優実は、そのまくるりと振り向いた。

「土管を下に置きなさい」

七瀬は咳払いして、なんとか言った。無意識のうちに、手が警棒をさぐる。

次の瞬間、ものすごい勢いで土管が七瀬めがけて飛んできた。なんとかよける。また飛んでくる。よける。緒方優実はすさまじい勢いで次の土管に手をかけ、こちらに向かって放り投げてくる。

土管が次から次へと目の前に飛来し、リゾートの中庭はみるみるうちに土管だらけとなった。七瀬はかろうじてよけ続けていたが、ついに転がった土管に足をとられて転んだ。

仰向けにひっくり返り、急いで起き直った七瀬の目に、土管をふりかざしてこちらに突進してくる緒方優実の姿が映った……。


「まあ、なんにせよ、お手柄だったよ」

葉崎警察署刑事課の駒持時久警部補は、くしゃみを連発するあいまにそうほめた。

「あのデカぶつにひとりで対処したうえ、拳銃まで見つけちまったんだからな。たいしたもんだ」

「いやその、これはオレじゃなくてＤＣが」

七瀬は自分の声に驚いてわれに返った。

スパ・リゾートの中庭には、これでもかとばかり土管がとり散らかっていた。その合間を私服制服の警察官に囲まれた緒方優実がひきたてられていくところだった。敷地の隅には警察犬がいた。上陸を阻止しそこなったわけだが、活躍の場を奪われて面白くなさそうに舌をたらしているのを見ると、気の毒になった。

鑑識課員が近寄ってきて、七瀬の手の中の包みを取った。

「ここで調べろってのかい」

「早いほうがいいだろ。こいつが脳震盪《のうしんとう》を起こしながらもひとりでとりおさえたのがどういうやつなのか、教えてやってくれよ」

鑑識課員はにやっと笑って立ち去った。七瀬は身体をおこし、考えた。

土管をふりかざした緒方優実……落とされた瞬間、とっさに転がった……ポリス猫ＤＣの雄叫び……優実のものとおぼしき悲鳴……土管のなかから出てきた包み……地響きをあげて倒れた優実の手になんとか手錠……はじき飛ばされて頭が鈍い音をたてて……真っ暗……猫たちが七瀬を助けるために落下傘で降下してきて、騎兵隊みたいに……いや、それは夢だ。

「ＤＣが飛びかかったんすよ。あの女に。でなきゃ、オレ、死んでました」

「おいおい、頭打ったんだ。じっとしてろよ」

駒持が心配そうに言った。

「ＤＣは？　無事っすか」

「あいつは俺たちを埠頭まで迎えに来たんだよ」

駒持はガスマスクを引っ張り出しながら、言った。

「にゃあにゃあ鳴いて、走り出してさ。気がついたら全員必死であとを追ってた。本部から来たえらいさんたちまで走らせたんだから、たいした猫だ。着いてびっくりだよ、後ろ手に手錠かけられた緒方優実が起きあがろうとしてじたばたしてるわ、おまえさんは証拠物件握ってぶっ倒れてるわ」

「いったいどういうことなんすか。内縁の夫のために、緒方優実が？」

「さあ、そいつはこれからはっきりするだろうが、たぶん、そうじゃないと思う」

駒持はガスマスクの陰でぼそぼそと言った。

「俺の勘じゃ、あの拳銃についてるのは油川良雄じゃなく、緒方優実の指紋だ。油川は万一のために、緒方優実の指紋付きの拳銃をここに隠しといたんだろうな」

「それって、つまり」

「女性ふたりの殺人と依頼主の殺人。ことによると主犯は緒方優実のほうだってこった。あのさ、なぜ女性ふたりの殺人が快楽殺人にみせかけられてたんだと思う？　快楽殺人犯はまずほとんどが男だ。女って例もなくはないが、ものすごく数は少ない。女が係わってる場合は、男に支配された女が手伝わされるってケースが大多数だ。あれで緒方優実は女で、油川はいちおうは男だからな。いざってときには油川ひとりに罪をかぶせるために、ＳＯＨＢＩ連続殺人なんてものにみせかけたんだろうよ。でもって、あの遺書は油川を自殺に見せかけて殺すための布石だったのかもしれないな」

「油川もそれに気づいてたってことっすか」

「たぶんな。だから金も持たずに逃げ出したんだろ。——てな話を俺は最初っからしてたんだよ、捜査本部で。ところが本部の捜一から来た連中は聞く耳もたねえし、あげくに緒方優実にまかれちまってよ。なあ、五木原《いつきはら》」

捜一の腕章をつけた三十半ばくらいの男が、顔をしかめてそっぽを向いた。

「あいつは昔、葉崎署にいて、その頃からお利口さんだったから出世だけはしやがった。まったく頭のいいやつだ。あの緒方優実にまかれるって難しいだろ」

遠くで駒持を呼ぶ声がして、見るとさっきの鑑識課員がにやっと笑って親指をたてていた。駒持も同じ仕草をして、七瀬の肩をたたいた。

「ほらよ。予想通り。おまえさんの大手柄だ」

「いやその、大手柄って……」

「捜一が取り逃がした緒方優実が、唯一の物証を処分する前にとりおさえた。これが大手柄でなくてなんだ。方面本部長賞、いや県警本部長賞ももらえるかもしれないぞ。なあ、DC？」

しっぽをぴんとたてたポリス猫DCがやってきて、ひょいと七瀬の膝に飛び乗った。

ホントは大手柄はオレじゃなくって、DCっすよ。こいつは一年以上も前に、拳銃に気づいてた。なぜDCが土管にはまったりしたのか、あのときちゃんと調べておけば、事件はもっと早く解決してたかもしれない。だいたい、DCが飛びかかってくれなかったら、緒方優実に殺されて証拠も持ち去られてた。オレの手柄なんかじゃないっすよ。

ポリス猫DCは七瀬がなにを言おうとしたのか察したように、鋭く、にゃっ、と鳴いて首を振った。

ポリス猫ＤＣは首を振った。
忘れてたもん。そんなこと。

ポリス猫のデザート

猫は夢を見ていた。

兄妹たちと相争って、母猫の腹に顔をこすりつけていたときのこと。窓越しに見える世界が面白そうでたまらず、なんとか出てみたくて前足でひっかいたサッシの感触。偶然開いていたドアに向かって突進し、誰かの叫び声を尻目にかけ出した暑い昼下がり。どこまでもどこまでも続く道と生け垣、どこにも行き着けぬまま、降り出した雨。心細くて鳴いても、母猫も兄妹たちも来てくれず、不安でいたたまれない思いでもぐりこんだブロックの隙間。ようやく見つけた食べられるものを、大きな猫に奪われて、顔を殴られたこと。

猫は無意識に前足をふるふるとふるわせた。

猫は雨水を飲むことを覚えた。しゃにむに追いかけてくる小さなニンゲンを見たら、いち早く逃げ出すことも。ときどき、公園の隅にごはんを置いていくニンゲンがいることも。ニンゲンには蹴飛ばすのと、撫でるのと、食べ物をよこすのと、その三種類がいることも。

公園には強い猫たちが大勢いたが、猫が近寄ってもあまり気にしなかった。同じ場所にずっといるニンゲンたちも、猫のことを気にしなかったし、ときどき食べているものを目の前に置いてくれた。なかには犬をつれているのがいて、猫は警戒したが、犬も猫のことはあまり気にしていないようだった。

犬を連れたニンゲンは、いつも本とかいうものを読んでいて、仲間に「センセー」と呼ばれていた。センセーはときどき、犬や猫にも本を読み聞かせてくれた。かしこい犬が飼い主を手助けして、不思議な事件を解決する話。頭のいい猫が怪物をやっつけて、とんまな飼い主を出世させる話。

面白くもあり、くだらなくもあったが、猫はこのニンゲンの声の響きが好きだったから、ニンゲンが本を読み始めると、ちょっとだけ甘え声を出して、読んでくれと頼むのだった。

そんなふうにしてどれだけのときがすぎただろう。猫は大きくなった。もう、他の猫に食べ物をとられることもない。ちょっぴり幸せで、平和な日々。

でもある日、大勢のニンゲンがやってきた。猫にごはんをくれていたおばさんは追い払われ、公園にいるニンゲンたちはみな荷物をまとめて出て行った。センセーも犬を連れ、公園から姿を消した。食べ物のなくなった猫もここにはいられなくなった。

ニンゲンの中には、猫が嫌いではないものがいることを知っていたから、しばらくの間、猫はそういうニンゲンを選んでときどき会いに行き、背中を撫でさせ、食べ物を出させた。

そんな便利なニンゲンのひとりはかなりの年齢で、よぼよぼ歩きながら買い物に行き、帰ってきては猫にごちそうをふるまってくれるのだった。

悪くないねぐらだったが、問題があった。このおばあさんのところには、ときどき若いニンゲンがやってきて、大声を出したり殴ったりしては、おばあさんから紙切れをとりあげるのだ。ニンゲンたちがその紙切れをなぜだかものすごく大事にしているのを、猫は知っていた。

一度、猫は若いニンゲンの足首に思いきり嚙みついてやったことがあった。おばあさんがなにかにサインしろと言われて、断って殴られたときのことだ。若いニンゲンは大騒ぎして、さらにおばあさんを殴った。おばあさんは紙にはんこを押していた。

若いニンゲンが帰っていくと、おばあさんはいつもへたりこんで泣いていた。猫が大きな前足でおばあさんの膝をぽんぽんとたたくと、おばあさんはちょっとだけ元気になるのだった。

ある日、猫はべつのニンゲンの家に行き、その小さなニンゲンの言う「給食の残り」をもらってその日はその家の軒先で寝た。夕暮れになり、おなかがすいたのでいつものルートをたどっておばあさんの家に行った。

おばあさんの家はなくなっていた。ものすごくイヤなニオイがして、見慣れない格好のニンゲンたちが大勢出入りしていた。猫は彼らの足下をすりぬけて庭から入った。ニンゲンたちの声が頭から聞こえてきた。

「こりゃ、放火だな。それも屋内で火をつけた可能性が高い」

「間違いないですか」

「夏に、部屋の中で灯油を撒くやつはいないだろう」

「焼身自殺ってことですか」

「その可能性もなくはないが、ふつう焼身自殺は屋外ですることが多いし、灯油の容器がみあたらない」

「じゃあ、殺しですか。殺してから火をつけたんでしょうか」

「解剖待ちだが、死んではいなかったと思う。遺体の状況からして、逃げようと必死にもがいたんだろう。むごいことしやがる」

「顔見知りの犯行ですかね」

「ひとの出入りはあまりなかったそうですが。身内といえるのは甥だけですが、本人の申し立てでは没交渉だったとか」

「来てるのか」

「はい。呼んできましょう」

その場を去ろうとしたニンゲンのあとをついて行こうとした猫は、ふいに持ち上げられて抱きかかえられた。

「おいおい、なんだその猫。ばあさんの猫か」

「かもしれませんね。台所に猫缶があったから」

猫を抱きかかえたニンゲンはまだ若く、シャツを着て帽子をかぶり、腰のあたりにいろんなものをつけていた。

「コイツなら、ひょっとして犯人を知ってるかも」

「猫は証言台には立たせられねえだろ」

押し殺したような笑いがもれ、猫は気分を害した。

ちょうどそこへ、あの若いニンゲンがやってきた。おばあさんから紙切れを取り上げ、殴ったり蹴飛ばしたりしていたニンゲン。

猫は凶暴な気分になり、低くうなった。甥は神妙な面持ちだったが、猫を見るなりぎょっとしたように顔色を変えた。

「あれ、アンタこの猫知ってんの」

「……知りません」

「ホントに？　猫のほうじゃアンタのこと知ってるみたいだけど」

足首を見ろ。猫は鳴いた。コイツの足首を見てよ。

「ほら。知ってるって言ってる」

「猫がしゃべるわけないじゃないですか」

甥が喉を詰まらせながら言い返した瞬間、猫は毛を逆立てて飛びかかった。甥の顔に爪を立て、ひらりと地面に舞い降りて足首をひっかきまくる。甥がわめきちらしながら蹴飛ばそうとした足をするりと避けて、たくさんのニンゲンたちの背後にまわり、距離をとった。

「大丈夫ですか。あれ……足首になんか、嚙み傷がありますね。これ、なにに嚙まれたんですか。犬にしちゃ小さいけど」

さっきまで猫を抱いていた腰にいろんなものをつけたニンゲンが、甥の足にかがみこんでそう言った。甥は慌てたようにニンゲンの手を振り払い、ズボンの裾を引っ張った。

「オレは身内を殺された被害者だぞ。ケーサツは被害者の人権を無視して、許可もないのに身体検査するのか」

大勢のニンゲンたちが、ぴたりと動きをとめた。しんとなった現場に、甥は目を泳がせた。ややあって、ニンゲンのなかでもえらそうなのが口を開いた。

「いま、なんて言った？　身内を殺された？　ほう、するとこれが殺人事件だってこと、アンタ知ってるんだ」

へなへなと甥が地面に座り込むのを見て、猫はその場をあとにした。どこか別の、居心地のいいどこかへ……。

猫はぴくと耳を立てて、眠りから覚めた。ニンゲンが近づいてくる気配がする。

「へ、これっすか。ずいぶんちっちゃいプレハブっすね。こんな小さいのがあるんだ」

「夏だけの臨時派出所だからな。よけいなことを言うな。今日からここが、おまえの持ち場なんだから」

「はあ」

「頼りないやつだな。大丈夫か、しっかりしろよ。今日からは何が起こってもまずはひとりで対処しなくちゃならないんだぞ。ほら、機材を落とすな」

プレハブの引き戸が開いた。猫はにゃあ、と鳴いた。

ふたりのニンゲンはそろってシャツに帽子、腰にいろんなものをつけていた。猫に見覚えのある、どちらかといえばいい思い出のニンゲンと同じだ。

ふたりも猫に気づき、戸口にかたまった。

「さすがっすね。もう先客がいるっすよ」

「のんきなこと言ってないで早く追い出せよ」

「そりゃマズイっしょ、主任。まずは猫とうまくやらないと。ここは猫島なんすから」

機材、イタズラされないようにしろよ、と言い残して主任と呼ばれたニンゲンが去っていくと、ひとり残ったニンゲンは椅子に腰を下ろし、ため息をつき、ちらと猫を見た。

「じゃあ、まあ、よろしくっす」

猫は軽くうなずいて、にゃあ、と鳴いた。

こちらこそ、よろしく。

解説

佳多山大地《かたやまだいち》
（ミステリ評論家）

今年（二〇一三年）四月二十六日の宵、嬉しい知らせが飛び込んできました。

若竹七海さん、戴冠！　――そう、昨年十二月刊行の読み切り小説誌「宝石　ザ　ミステリー2」（光文社）掲載のノンシリーズ短編「暗い越流」が、第六十六回日本推理作家協会賞・短編部門の受賞作に決定したのですよ。

いやあ、待ってました。今回でじつに五度目の同賞ノミネートだっただけに、年来の若竹ファンにとって喜びはひとしお。なんでも、作者とゆかりの深い神奈川県葉崎《はざき》市猫島の猫島神社境内では、夜更けまで地元《ロコ》民にはおなじみ〈猫島音頭〉がその詞を替えて唄い踊られたそうな。

ねこもうらやむ　すいきょうしょ〜
わかたけわかたけ　いいひとよ〜
かさくだけれど　おどろくはなしを　つむぐひと〜　（どっこい）

ぜんとあくとを　ともにまぜまぜ　こねる〜ひぃと〜　（よいしょ）
あ　にゃにゃんと　にゃにゃんと　ねこがなく〜
あそれ　にゃにゃんと　にゃにゃんと　ねこがなく〜

——おっと、虚実皮膜に遊び浮かれてばかりではいけない。「推協賞」、もしくは「協会賞」と略して呼ばれることもある日本推理作家協会賞は、一九四七年に発足した探偵作家クラブ（現在の日本推理作家協会）が同年に創設した非公募の文学賞で、広義の推理小説《ミステリ》を対象にした賞レースとしては本邦で最も古く長い歴史を持っています。その、綺羅《きら》、星のごとく輝く受賞者リストに、いささか晩《おそ》くはなりましたが、若竹七海さんの名がめでたく書き加えられたわけで。

みごと金的を射止めた「暗い越流」は、出版社で犯罪実録ムックの編集を担当する主人公の「私」が、死刑確定囚に熱烈なファンレターを書き送ってきた女性の身元を探るうち意想外の事件に巻き込まれるもので、諧謔味《かいぎゃくみ》と残酷味が絶妙にブレンドされて二重三重の企みに満ちたウェルメイドな作品です。受賞会見の席で若竹さんは「寡作で、昨年もこの短編一本しか書いていない」とファン泣かせの執筆ペースを公言していましたが、光文社の担当編集者さんに問い合わせたところ、「受賞作を含む短編集がまとまるのは来春でしょう」と、これも希望的観測。ともあれ、今回の受賞作は初出掲載誌かあるいは日本推理作家協会が毎年編纂する《推理小説年鑑》の最新版『ザ・ベストミステリーズ２０１３』（講談社）で読むことができるのでチェックを怠りませんよう。

――さて。本書『ポリス猫ＤＣの事件簿』は、神奈川県の辺境に位置する架空の街、葉崎市を舞台とする通称「葉崎市シリーズ」の七作目に当たります。まずはここで、同シリーズの二〇一三年六月現在最新のラインナップを紹介しておくとしましょう。

①『ヴィラ・マグノリアの殺人』一九九九年六月、光文社カッパ・ノベルス↓二〇〇二年九月、光文社文庫
②『古書店アゼリアの死体』二〇〇〇年七月、光文社カッパ・ノベルス↓〇三年九月、光文社文庫
③『クール・キャンデー』二〇〇〇年十月、祥伝社文庫
④『猫島ハウスの騒動』二〇〇六年七月、光文社カッパ・ノベルス↓〇九年五月、光文社文庫
⑤『プラスマイナスゼロ』二〇〇八年十二月、ジャイブ↓一〇年十一月、ポプラ文庫ピュアフル

⑥『みんなのふこう』二〇一〇年十一月、ポプラ社→一三年一月、ポプラ文庫ピュアフル
⑦『ポリス猫DCの事件簿』二〇一一年一月、光文社→一三年八月、光文社文庫　※本書

件《くだん》の葉崎市シリーズのなかでも光文社を版元とする作品群（①②④⑦）は、本邦では稀な「コージー・ミステリ」の試みが打ち出されています。英語のコージー（cozy）は「暖かくて」気持ちいい」とか「こぢんまりして」居心地のよい」という意味。そんなコージーなミステリの舞台はたいてい狭い地域社会《コミュニティ》であり、名探偵の役を務める人物も職業捜査官でない場合がほとんど。それに、殺人の被害者になるのは、子どもや善人ではなく悪党か小悪党が好んで選ばれるのであります。作者の若竹さん自身は『ヴィラ・マグノリアの殺人』の初刊本に寄せた《著者のことば》で、「小さな町を舞台とし、主として誰が犯人かという謎をメインにした、暴力行為の比較的少ない、後味の良いミステリ——これすなわち、コージー・ミステリです」と態度表明していましたっけ。コージー・ミステリなるサブジャンルはもともとハードボイルドの対抗軸として広告されるようになったという説もあるみたいですが、現代日本の斯界にあっては近年流行のいわゆるイヤミス（人の悪意と残虐性を描いて後味の悪いミステリの総称）と対照的な世界観を志向するものだと理解するのが適当のようです。

そんなコージー・ミステリを謳う作品群のうち、『猫島ハウスの騒動』と本書『ポリス猫

DCの事件簿』の二つは、人よりも猫の数のほうがずっと多い〝猫の楽園〟猫島をメイン・ステージにした〈猫島もの〉で、主人公の若き警察官、七瀬《なな せ》晃《あきら》とその相棒のドラ猫DCの活躍を悠揚迫らぬ筆致《タッチ》で描いています。当初は海水浴客でにぎわう夏場に限って猫島に設けられた臨時派出所。この派出所になぜか居着いてしまった目つきの悪いドラ猫に、マスコミ好きの葉崎警察署署長が星章付きの紺色の首輪を授け、「勤務員」の資格を与えたのです。長編『猫島ハウスの騒動』のときは、本土の同署生活安全課の二村《ふたむら》喜美子《き み こ》警部補から「七瀬くんはかわいいけど、おツムとやる気はあんまりないみたいよ」と評され、強運だけが取り柄のように思われていた七瀬巡査ですが、ポリス猫DCが日々行動で示す薫陶や効果覿面《てきめん》。〈猫島もの〉の第一連作集である本書では、相棒DCの文字どおり猫の手を借りつつも、まさしく「名探偵」と呼ぶにふさわしい推理のひらめきをみせることもしばしば。彼の意外な伸びしろに目を丸くするばかりです。

さて、本書『ポリス猫DCの事件簿』は、猫島の四季と折節の行事を描いた歳時記としても親しめる内容になっています。まだ「DC」の愛称を得ていないドラ猫くんが猫島に捨てられる直前のエピソード「ポリス猫の食前酒」を皮切りに、〈人と猫〉よりも難しい〈人と人〉の共生を描いてブラックな味わいを残す「ポリス猫DCと多忙な相棒」、不可解な目張り密室の秘密に〝安楽椅子探偵〟で迫る「ポリス猫DCと草もちの謎」、不発弾処理のため全島民が避難するなかチェスタトン風の犯罪が行われようとする「ポリス猫DCと爆弾騒動」、人間様の選挙戦と猫の品評会の対比（相似？）に諷刺精神が富む「ポリス猫ＤＣと女王陛下の秘密」、商売仇の対立を煽《あお》る〈操り〉の小道具に妙味がある「ポリス猫ＤＣと南洋の仮面」、呪いの魔猫像がヒッチコック映画でいうマクガフィンとして機能する「ポリス猫ＤＣと消えた魔猫」、嘘が嘘と掛け合わされて犯人像の混乱を招く「ポリス猫ＤＣと幻の雪男」と、それぞれ独立した謎解き短編としてアイデアが光ると同時に連作集たる醍醐味も十二分に堪能できる贅が尽くされているのでありますよ。さらに、掉尾《ちょうび》を飾る「ポリス猫のデザート」では、ＤＣの生い立ちから〝最初の事件〟に遭遇するまでが回想されていて、ＤＣが「ＤＣ」と呼ばれるようになる以前から弱きを助け、一宿一飯の義理に厚い探偵猫(Detective Cat)だったことに改めて感心しきり。

日本の文学史上最も有名な猫は、「教師の家に居ると猫も教師の様な性質になると見える」(夏目漱石『吾輩《ハ》は猫《コ》である』)と自己分析していましたが、猫島の臨時派出所の場合はむしろ逆で、警察の派出所に棲む猫が警察のような性質になったのではなく、生来の探偵猫が居着いたハコに勤務することで七瀬青年は正義感と親切心にあふれた駐在さんらしい性質を育まれたと言うべきでしょう。観光客が増えて島民が潤うようになった代わり、犯罪の発生件数も右肩上がりで痛し痒《かゆ》しな猫の楽園。そんな愛すべき小さな島の治安をドタバタと守る一人と一匹の奮闘ぶりからますます目が離せないのです。

初出

ポリス猫の食前酒　単行本刊行時に書下ろし
ポリス猫ＤＣと多忙な相棒　ジャーロ二〇〇九年冬号
ポリス猫ＤＣと草もちの謎　ジャーロ二〇〇九年春号
ポリス猫ＤＣと爆弾騒動　ジャーロ二〇〇九年夏号
ポリス猫ＤＣと女王陛下の秘密　ジャーロ二〇〇九年秋号
ポリス猫ＤＣと南洋の仮面　ジャーロ二〇一〇年冬号
ポリス猫ＤＣと消えた魔猫　単行本刊行時に書下ろし
ポリス猫ＤＣと幻の雪男　ジャーロ二〇一〇年夏号
ポリス猫のデザート　単行本刊行時に書下ろし

二〇一一年一月　光文社刊

光文社文庫

長編推理小説
ポリス猫《ねこ》ＤＣの事件簿《じけんぼ》
著者　若《わか》竹《たけ》七《なな》海《み》

2013年8月20日　初版1刷発行

発行者　駒井　稔
印刷　堀内印刷
製本　榎本製本

発行所　株式会社　光文社
〒112-8011　東京都文京区音羽1-16-6
電話　(03)5395-8149　編集部
8113　書籍販売部
8125　業務部

ISBN978-4-334-76606-1　Printed in Japan

組版　萩原印刷

お願い　光文社文庫をお読みになって、いかがでございましたか。「読後の感想」を編集部あてに、ぜひお送りください。
　このほか光文社文庫では、どんな本をお読みになりましたか。これから、どういう本をご希望ですか。どの本も、誤植がないようつとめていますが、もしお気づきの点がございましたら、お教えください。ご職業、ご年齢などもお書きそえいただければ幸いです。当社の規定により本来の目的以外に使用せず、大切に扱わせていただきます。

光文社文庫編集部